大
方
sight

FRANCO MORETTI
The Bourgeois
Between History and Literature

布尔乔亚
在历史与文学之间

[意]弗朗哥·莫莱蒂 著　　"远读"译丛
朱康 译　　　　　　　　朱康　罗萌　丁雄飞　主编

中信出版集团 | 北京

图书在版编目（CIP）数据

布尔乔亚：在历史与文学之间 /（意）弗朗哥·莫莱蒂著；朱康译. -- 北京：中信出版社，2025.1.（2025.7重印）
ISBN 978-7-5217-6917-3

Ⅰ. I500.6

中国国家版本馆CIP数据核字第2024959XM9号

The Bourgeois: Between History and Literature by Franco Moretti
Copyright © Franco Moretti 2013, 2014
Simplified Chinese translation copyright © 2024 by CITIC Press Corporation
ALL RIGHTS RESERVED
本书仅限中国大陆地区发行销售

布尔乔亚——在历史与文学之间
著者：　[意]弗朗哥·莫莱蒂
译者：　朱　康
出版发行：中信出版集团股份有限公司
　　　　　（北京市朝阳区东三环北路27号嘉铭中心　邮编 100020）
承印者：　三河市中晟雅豪印务有限公司

开本：880mm×1230mm 1/32　　印张：9.5　　字数：174千字
版次：2024年12月第1版　　　　印次：2025年7月第2次印刷
京权图字：01-2024-5626　　　　书号：ISBN 978-7-5217-6917-3
定价：58.00元

版权所有·侵权必究
如有印刷、装订问题，本公司负责调换。
服务热线：400-600-8099
投稿邮箱：author@citicpub.com

目录

导论：概念与矛盾   001
  一、"我是布尔乔亚阶级的一员"   001
  二、失调（Dissonances）   006
  三、布尔乔亚什，中产阶级   010
  四、在历史与文学之间   017
  五、抽象的英雄   021
  六、散文与关键词：准备性的评论   025
  七、"布尔乔亚已无可挽回……"   028

第一章　从事工作的主人   034
  一、冒险、企业、幸运女神   034
  二、"这将证明我没有偷懒"   040
  三、关键词一："实用"（Useful）   049
  四、关键词二："效率"（Efficiency）   055
  五、关键词三："舒适"（Comfort）   062

六、散文一："连续性的韵律"　　072

  七、散文二："我们已发现了精神的生产性"　　082

第二章　严肃的世纪　　096

  一、关键词四："严肃"（Serious）　　096

  二、填充物　　107

  三、合理化　　114

  四、散文三：现实原则　　119

  五、描写、保守主义、现实政治　　128

  六、散文四："客观向主观的转变"　　135

第三章　雾　　145

  一、赤裸的、无耻的、直接的　　145

  二、"面纱之后"　　155

  三、哥特式，既有之物　　162

  四、绅士　　167

  五、关键词五："影响"（Influences）　　173

  六、散文五：维多利亚形容词　　180

  七、关键词六："认真"（Earnest）　　189

  八、"谁不爱知识？"　　194

  九、散文六：雾　　202

第四章　"民族的畸变"：半边缘地带的变形记　208
一、巴尔扎克、马查多与金钱　208
二、关键词七："财物"（Roba）　214
三、旧制度的持存（一）：《玩偶》　224
四、旧制度的持存（二）：《托克马达》　230
五、"这就是你要学的算术！"　235

第五章　易卜生和资本主义精神　242
一、灰色地带　242
二、"征象与征象相反"　249
三、布尔乔亚散文，资本主义诗歌　257

索引　270

图片来源　296

导论：概念与矛盾

一、"我是布尔乔亚阶级的一员"

布尔乔亚 (The bourgeois) ……不久以前，这似乎还是社会分析不可缺少的概念；现在，人们可能好多年都没有听到有人提起它了。资本主义比以往任何时候都更有力量，但它的人类化身却似乎已经消失了。"我是布尔乔亚阶级的一员，我能感受到自己是一个布尔乔亚，而且我历来生活的氛围就使我具有布尔乔亚的观点和理想"，1895年，马克斯·韦伯 (Max Weber) 写道。[1]今天谁还会重复这些词句呢？布尔乔亚的"观点和理

---

1 "Der Nationalstaat und die Volkswirtschaftspolitik", in *Gesammelte politische Schriften*, Tübingen 1971, p.20. ［译注］中文译文见马克斯·韦伯著，甘阳选编，甘阳等译：《民族国家与经济政策》，生活·读书·新知三联书店，1997年，第102页。莫莱蒂将韦伯文中的Bürgertum译为bourgeois class，将Bürger译为bourgeois，为贴近莫莱蒂这样的用词，这里将甘阳译文中的"市民"（转下页）

想"——那是[1]什么?

氛围的变化反映在学术作品中。西美尔(Simmel)和韦伯,桑巴特(Sombart)和熊彼特(Schumpeter),他们都把资本主义和布尔乔亚——经济和人类学——视为同一枚硬币的两面。25年前,伊曼纽尔·沃勒斯坦(Immanuel Wallerstein)写道:"关于我们的这个现代世界,如果没有……布尔乔亚什(the bourgeoisie)[2]的概念,我不知道能有什么严肃的历史解释。这么说有着充分的理由。人们不可能讲一个没有主人公的故事。"[3] 然而,甚至那些极度强调"观点和历史"在资本主义崛起中的作用的历史学家——梅克辛斯·伍德(Meiksins

---

(接上页)全部替换成了"布尔乔亚",虽然从德文的角度说,"市民"是一个更准确的翻译。在德语中Bürgertum和bourgeois"存在细微的,但很显著的差别",Bürger"既是一个法律概念,又是一种社会标签:它清楚地表明了一个国家的公民或一个阶级的成员"(彼得·盖伊著,赵勇译:《感官的教育》,上海人民出版社,2015年,第19页)。在下文与这些概念的相关措辞中,在莫莱蒂对德文作英译的地方,中译本仍尊重莫莱蒂的用词而对中文里的已有表述进行调整,在莫莱蒂保留德文原词的地方,将按照中文已约定俗成的翻译,把Bürgertum译为"市民阶级",把Bürger译为"市民"。本书以下部分,凡引文有中文译文,都会尽量采用已有译文并给出译文出处,但也会根据满足莫莱蒂论述的语义与修辞需要作适度调整,不再另作说明。

1 原文为斜体,表强调,在本书中均用黑体表示,下同。
2 [译注] Bourgeoisie与bourgeois为同根词,前者为集合名词,后者作名词时为个体名词。如果意译,一般会把前者翻译为"资产阶级"或"市民阶级",把后者翻译为"资产阶级分子""资产者"或"市民"。本书用音译的方法翻译这一组词语,并从20世纪20到30年代的翻译中借用一种区分的方式,将前者翻译为"布尔乔亚什",将后者翻译为"布尔乔亚"。
3 Immanuel Wallerstein, "The Bourgeois(ie) as Concept and Reality", *New Left Review* 1/167 (January-February 1988), p.98.

Wood)、德·弗里斯(de Vries)、阿普尔比(Appleby)、莫基尔(Mokyr)——都对布尔乔亚的形象鲜有或没有兴趣。梅克辛斯·伍德在《资本主义的原始文化》(*The Pristine Culture of Capitalism*)里写道:"英格兰有资本主义,但它并不是由布尔乔亚什创造的。法国有(某种程度上)取得了胜利的布尔乔亚什,但它的革命方案同资本主义没什么关系。"或者,最后:"**布尔乔亚……与资本家**(*capitalist*)之间没有必然的等同关系。"[1]

确实,没有必然的等同关系;不过,那并不是要点所在。"布尔乔亚阶级及其特质的起源",韦伯在《新教伦理与资本主义精神》中写道,是这样一个过程,它"与资本主义劳动组织的起源问题无疑是密切相关的,**但又不完全是一回事**"。[2] 密切相关,但又不完全是一回事;这是支撑着《布尔乔亚》的观念:把布尔乔亚与他的文化——在历史的大部分时间里,布尔乔亚确定无疑地是一个"他"——视为一个权力结构的其中两个部分,然而它们与这个结构又并非简单地重合。但是,对"这个"单数形式的布尔乔亚的谈论,本身就问题重重。"大布尔乔亚什

---

[1] Ellen Meiksins Wood, *The Pristine Culture of Capitalism: A Historical Essay on Old Regimes and Modern States*, London, 1992, p.3;第二句话摘自 *The Origin of Capitalism: A Longer View*(《资本主义的起源:一个更长远的视角》), London 2002(1999), p.63。

[2] Max Weber, *The Protestant Ethic and the Spirit of Capitalism*, New York, 1958(1905), p.24. [译注] 中文译文见马克斯·韦伯著,阎克文译:《新教伦理与资本主义精神》,上海人民出版社,2010年,第165页。

不能正式自绝于较其地位低下的人，"霍布斯鲍姆(Hobsbawm)在《帝国的年代》里写道，"它的本质正是在于它的结构必须接纳新分子"。[1] 佩里·安德森(Perry Anderson)补充说，这种可渗透性，使布尔乔亚得以区别于

> 在它之前的贵族和在它之后的工人阶级。这些对比分明的阶级尽管各有其显著的特点，但在结构上它们有更为突出的同质性：贵族通常是由政治爵位结合司法特权构成的法律地位规定的，而工人阶级则主要接受的是体力劳动条件的界分。布尔乔亚什作为一个社会群体没有可与它们相比的内在统一性。[2]

疏松的边界，虚弱的内部凝聚力：这些特征取消了将布尔乔亚什作为一个阶级来看待的观念吗？对于在这一问题上最伟大且仍健在的历史学家于尔根·科卡(Jürgen Kocka)来说，未必一定如此，只要我们区分出我们会把什么称作这一概念的核心，又会把什么视为这一概念的外围。后者事实上是极其多变的，无论在社会层面上还是在历史层面上；一直到18世纪，

1　Eric Hobsbawm, *The Age of Empire: 1875-1914*, New York, 1989(1987), p.177. ［译注］中文译文见艾瑞克·霍布斯鲍姆著，贾士蘅译：《帝国的年代：1875—1914》，江苏人民出版社，1999年，第224页。这里根据莫莱蒂论述的需要有改动。

2　Perry Anderson, "The Notion of Bourgeois Revolution" (1976), in *English Questions*, London, 1992, p.122.

它主要由欧洲早期城市中"那些个体经营的小商业者(手工业者、零售商人、旅馆业者、小店主)"组成；一百年后，组成它的是完全不同的人口，即"中低等级的白领雇员和公务人员"。[1]但与此同时，在19世纪的历史进程中，"有资产且有教养的布尔乔亚什"的融合形象在西欧出现，为整个阶级提供了重心，并强调它有适于作新的统治阶级的特性：这二者的会聚在德语的一对概念中找到其表达——*Besitzs-* 和 *Bildungsbürgertum*，即资产的布尔乔亚什和文化的布尔乔亚什，或者用更平淡的说法，这二者的会聚在英国的税收体系中找到了表达，这一体系将(来自资本的)"利润"与(来自专门服务的)"报酬"一视同仁地放置"在同一个表头之下"。[2]

资产与文化的相遇：科卡的理想型(ideal-type)也将是我的理想型，但有一个重大的差别。作为文学史家，我关注的焦点将不放在特定社会群体——银行家和高级公务人员，实业家和医生，等等——之间的现实关系上，而在文化形式与新的阶级现实之间的"贴合"中，例如，像"舒适"(comfort)这样的词语怎样勾画了资产阶级正当消费的轮廓；或者，讲故事的节奏如何适应新的生活规则。从文学棱镜中折射出的布尔乔

---

[1] Jürgen Kocka, "Middle Class and Authoritarian State: Toward a History of the German *Bürgertum* in the Nineteen Century", in his *Industrial Culture and Bourgeois Society. Business, Labor, and Bureaucracy in Modern Germany*, New York/Oxford, 1999, p.193.
[2] Hobsbawm, *Age of Empire*, p.172. [译注] 艾瑞克·霍布斯鲍姆著，贾士蘅译：《帝国的年代：1875—1914》，第217页。

亚——这是《布尔乔亚》的主题。

二、失调 (Dissonances)

布尔乔亚文化。**单一** (*One*) 文化？"五彩斑斓的 (Multicolored)——[用德语说即] bunt——[文化]……方可服务于我在显微镜下观察的这个阶级",[1] 彼得·盖伊 (Peter Gay) 在即将结束其五卷本的《布尔乔亚经验》(*The Bourgeois Experience*) 时写道。"经济利益、宗教信仰、思想信念和社会地位的竞争以及妇女地位等议题,都成了布尔乔亚与布尔乔亚之间争斗的战场",在后来的一次回顾中他补充说,分歧如此尖锐,以至于"引人怀疑,它根本不是个可定义的单一实体"。[2] 对于盖伊来说,所有这些"醒目的变异",[3] 都是19世纪社会变化加速的结果,因而也具有布尔乔亚史的维多利亚阶段的典型特征。[4] 但在布尔乔亚文化的二律背反里,可能还有一个更为

---

[1] Peter Gay, *The Bourgeois Experience: Victoria to Freud. V. Pleasure Wars*, New York, 1999(1998), pp.237–238.

[2] Peter Gay, *Schnitzler's Century: The Making of Middle-Class Culture 1815–1914*, New York, 2002, p.5. [译注] 中文译文见彼得·盖伊著,梁永安译:《施尼兹勒的世纪:中产阶级文化的形成,1815—1914》,北京大学出版社,2006年,第14页。

[3] Peter Gay, *The Bourgeois Experience: Victoria to Freud. I. Educations of the Senses*, Oxford, 1984, p.26.

[4] Ibid., pp.45ff.

长远的视角。阿比·瓦尔堡（Aby Warburg）有一篇关于圣三一教堂（Santa Trinita）中的萨塞蒂礼拜堂（Sassetti Chapel）的论文，取法于马基雅维利（Machiavelli）在《佛罗伦萨史》（*Istorie Fiorentine*）中对洛伦佐的刻画——"考虑到他生活中轻松的一面和严肃的一面，就会看到在他这个人身上共存着几乎不可能调和 [*quasi con impossibile congiunzione congiunte*] 的双重人格"。[1]瓦尔堡注意到 [萨塞蒂这位]——

> 美第奇家族治下的佛罗伦萨公民，兼有两种完全不同的性格，既有理想主义者的——不管是中世纪基督教的，还是浪漫主义骑士精神的，抑或古典主义新柏拉图主义的——性格，又有世俗性的、实用性的、异教徒的伊特鲁里亚（Etruscan）商人的性格。他的生命原始却和谐，这个神秘的生灵，欣然接受一切心灵的冲动，把它们视为自己精神领地的延伸，从容不迫地开展，从容不迫地运用。[2]

---

[1] [译注] 中文译文见马基雅维利著，王永忠译：《马基雅维利全集：佛罗伦萨史》，吉林出版集团有限责任公司，2013年，第400页。

[2] "The Art of Portraiture and the Florentine Bourgeoisie" (1902), in Aby Warburg, *The Renewal of Pagan Antiquity*, Los Angeles, 1999, pp.190–191, 218. 与此相似的一个将对立面予以结合的表述出现于《佛兰德艺术与佛罗伦萨早期文艺复兴》("Flemish Art and the Florentine Early Renaissance", 1902)，在瓦尔堡论述捐赠者肖像画的那些页面："双手保持着祈求上天保佑的忘我姿态，但目光，不管是陷于幻想还是有所警惕，望向的都是尘世中的远处。"（第297页）

一个神秘的生灵,理想主义的且又是世俗趣味的。布尔乔亚的另一个黄金时代,位于从美第奇时代到维多利亚时代这段历史的中途,在书写这个时代时,西蒙·沙玛 (Simon Schama) 所考虑的正是这种"特殊的共存",它允许

> 俗世的与神职的统治者去容忍一个本来已矛盾不堪的价值体系,一场存在于占有欲和禁欲主义之间的不息的争斗……肉体上自我放纵的积习与风险投资的刺激,在荷兰贸易经济中根深蒂固,它们自身从被指定守护古老的正统的人那里,激发出所有那些警告的声音与郑重的判断……明显对立的价值体系的这种特殊的共存……使他们得以游走于神圣与世俗之间,把它们作为需要或良知的要求,而不需冒险在贫穷或毁灭之间作残忍的选择。[1]

肉体的放纵,古老的正统:扬·斯蒂恩 (Jan Steen) 的画《代尔夫特的市民》(*Burgher of Delft*),画中人从沙玛的书的封面看着我们 (图1,见右页):一个粗壮的汉子,坐着,一袭黑衣,在他的一侧是他女儿的金银服饰,在他的另一侧是一个乞丐褪了色的衣服。从佛罗伦萨到阿姆斯特丹,圣三一教堂里的那些面孔上那种率真的生命力已经暗淡了;这位市民了无欢乐,被钉在

---

[1] Simon Schama, *The Embarrassment of Riches*, California, 1998, pp.338, 371.

图1

椅子上，仿佛陷身于困境之中，"道德的前后拉扯"（又是沙玛）让他无精打采：从空间上说他靠近女儿，但并没有看她；他面朝着那个女人的方向，实际上又没有跟她说话；他双眼低垂，无所关注。该怎么办呢？

马基雅维利的"不可能的调和"，瓦尔堡的"神秘的生灵"，沙玛的"不息的争斗"：相较于早期布尔乔亚文化的这些矛盾，维多利亚时代呈现出的是曾经不可见的真实：一个**妥协**的时代，而不再仅仅是对比。当然，妥协并非一致，人们仍然可以把维多利亚人看成是某种程度上"五彩斑斓的（multicoloured）"，但这些颜色是过去的剩余物，正在失去它们的光泽。飘扬在布尔乔亚世纪的那面旗帜，不是**五彩斑斓的**（bunt），而是——灰色的。

三、布尔乔亚什，中产阶级

"我发现很难理解为什么布尔乔亚不喜欢别人用他的名字称呼他，"格罗修森（Groethuysen）在他伟大的研究《法国布尔乔亚精神的起源》（*Origines de l'espirit bourgeois en France*）中写道，"国王被称作国王，牧师被称作牧师，骑士被称作骑士，但布尔乔亚喜欢隐匿身份。"[1] *Garder l'incognito*（隐匿身份），人

---

1 Bernard Groethuysen, *Origines de l'esprit bourgeois en France. I: L'Eglise et la Bourgeoisie*, Paris, 1927, p.vii.

们不可避免地会想到那个无处不在而难以捉摸的标签:"中产阶级"(middle class)。每一个概念都"为潜在的经验和可能的理论创设了一个特定的场域",莱因哈特·柯塞勒克(Reinhart Koselleck)写道,[1]通过选择"中产阶级"而舍弃"布尔乔亚",英语确实创造了一个与众不同的社会感知场域。可是,为什么?不错,布尔乔亚是产生于某个"在中间"的地方——如沃勒斯坦所说,他"**不是**农民或农奴,可他也**不是**贵族"[2]——但中间性(middlingness)恰恰是他希望克服之物:鲁滨孙·克鲁索出生在英格兰现代早期的"中间状态"里,但他拒绝接受他父亲把这一状态理解为"世间的最好状态"的观念,因而将其全部的生命都献给了对于这一状态的克服。为什么后来布尔乔亚不承认它自身的成功,而决定采用这样一个名称,使这一阶级复

---

1 Reinhart Koselleck, "*Begriffgeschichte* and Social History", in his *Futures Past; On the Semantics of Historical Time*, New York, 2004(1979), p.86.
2 Wallerstein, "Bourgeois(ie) as Concept and Reality", pp.91-92. 在沃勒斯坦双重否定的后面,有一个更遥远的过去,埃米尔·邦弗尼斯特(Emile Benveniste)在《印欧语系的词汇》(*Vocabulaire des institutions indo-européennes*)的《无名的职业:商业》("An occupation without a name: commerce")一章中曾对此做过说明。简单来说,邦弗尼斯特的论点是,商业("布尔乔亚"活动的一种早期形式)作为"一种职业,至少在开始的时候,和任何一种神圣的、传统的活动都不相符",因此它只能用否定性的术语来界定,如希腊语的 *askholia*(非闲暇)和拉丁语的 *negotium*[非闲暇(*nec-otium*),"对闲暇的否定"],或者用一般的术语来界定,如希腊语的 *pragma*(行动)、法语的 *affaires*(事务)["不仅仅是 à faire(去做)这一表述的实体化"],或英语的形容词"busy"(忙碌)[由它"产生了抽象名词 *business*(生意)"]。见 Emile Benveniste, *Indo-European Language and Society*, Miami, 1973(1969), p.118。

返至其无关紧要的开端呢？选择用"中产阶级"替代"布尔乔亚"，到底危害在哪里呢？

"Bourgeois"(布尔乔亚)最早是以"burgeis"的形式出现于11世纪的法国的，指的是那些中世纪城镇(bourgs)的居民，他们享有"从封建管辖之下获得解脱(free from)与豁免(exempt from)"的法定权利(罗伯特)。这一术语的法律意义——从中产生了作为"解脱"(freedom from)的自由(liberty)这一典型的布尔乔亚观念——在17世纪将近结束时被加进了经济意义，它带着一连串熟悉的否定词，指的是这样一种人，"他既不属于牧师，也不属于贵族，他不用双手工作，拥有独立的财产(means)"(罗伯特)。从那时起，这一词语虽然在年代学上与语义学上随国家的变化而各有不同，[1] 但它浮出了所有西欧语言的地表：从意大利语的"*boghese*"到西班牙语的"*burgués*"、葡萄牙语的"*burguês*"、德语的"*Bürger*"与荷兰语的"*burger*"。在这个词语群体中，英语中的"bourgeois"分外突出，这个术语没有被本民族的语言形态同化，它保持着来自法语的那个确凿的语义。事实上，"(法国的)公民或自由人"是《牛津英语大词典》给作为名词的"bourgeois"所下的第一条定义；"属于，或有关法国中

---

[1] 德语中的 *Bürger* 的变化轨迹——"从1700年左右的（*Stadt-*）*Bürger*（市民）到1800年左右的（*Staats-*）*Bürger*（公民）再到1900年左右作为非无产阶级的 *Bürger*（布尔乔亚）"——尤其醒目。见Koselleck, "*Begriffsgeschichte* and Social History", p.82。

产阶级的"是《牛津英语大词典》给作为形容词的"bourgeois"所下的第一条定义,随即,它获得了一系列涉及法国、意大利与德国的引语的支持。阴性名词"bourgeoise"是"中产阶级的法国妇女",而"bourgeoisie"——它前三个条目分别提及了法国、欧洲大陆和德国——与其他词语一致,是"法国城镇自由人的主体部分;法国中产阶级;也引申为其他国家的中产阶级"。

"Bourgeois",有着非英语的标记。在黛娜·克雷克(Dinah Craik)最畅销的书《约翰·哈里法克斯绅士》(*John Halifax, Gentleman*, 1856)——以一个纺织工厂主为主角的虚构的传记——里,这个词语只出现了三次,并总是使用斜体作为它的外来词属性的标记,它只被用于贬低这一观念("我说的是更低的等级,布尔乔亚什"),或表达对它的蔑视("哇!布尔乔亚——就是生意人呗?")至于克雷克时代的其他小说家,对这个词则完全保持沉默;在查德维克·海利(Chadwyck Healey)数据库——它所处理的250部长篇小说相当于略微扩大版的19世纪正典(canon)——里,"bourgeois"在1850年至1860年之间,准确地说,只出现过一次,而"rich"(富有的)出现过4 600次,"wealthy"(富裕的)出现过613次,"prosperous"(富足的)出现过449次。如果我们将调查的范围扩大到整个世纪——从一个略为不同的角度来处理,考察该词的运用范围,而不只是它的频率——斯坦福图书馆3 500部长篇小说给出了这样一个结果:形容词"rich"被用于修饰1 060个不同的名词;"wealthy", 215个;"prosperous", 156个; 而"bourgeois", 8个, 分别是: family (家庭)、doctor (医生)、virtues (美德)、air (风气)、affectation (造作)、playhouse (剧院), 以及bizarrely (古怪)、escutcheon (纹章)。

为什么这么不情愿呢？科卡写道, 一般说来, 布尔乔亚群体

> 通过与旧当局、世袭特权贵族和绝对君主政体的区别来确立自身……正是从这一思路里产生了状况的颠倒：一旦这些斗争的前线丧失或消退，再谈起市民阶层（*Bürgertum*），说它既包罗万象又界限分明，就失去它在现实中的实质意义。这解释了那些国与国之间的差别：在贵族传统薄弱或缺乏的地方（如瑞士和美国），在国家早期的去封建化和农业的商业化逐渐削弱了贵族——布尔乔亚的差别甚至城市——乡村差别的地方（如英国与瑞典），我们发现，有一些强有力的元素，阻碍了独特的市民阶层与市民阶层的话语这二者的形成。[1]

市民阶层话语缺少一个清晰的"前线"：这就是为什么英语对"布尔乔亚"一词如此漠不关心。而相反地，"中产阶级"一词身后的压力则在日益增加，原因很简单：英国早期工业

---

1 Kocha, "Middle Class and Authoritarian State1", pp.194–195.

化的许多观察家，都**渴求**（wanted）一个在中间的阶级。詹姆斯·密尔（James Mill）在《论政府》（*Essay on Government*, 1824）中写到，制造业地区"尤其不快乐，因为严重缺乏中间等级，那里的人口几乎全由富有的制造商和贫穷的工人组成"。[1] 帕金森教士对曼彻斯特的著名描绘，得到过许多同时代人的响应，他看到，"世界上没有哪个城镇，富人与穷人之间的距离如此遥远，或者说，他们之间的屏障如此难以穿越"。[2] 由于工业增长正在把英国社会两极化——"整个社会必定分裂成两个阶级：**资产的拥有者**和无资产的**工人**"，《共产党宣言》对此会做出这样直白的表达——二者之间的调解成为社会更迫切的需求，而一个在中间的阶级则是这唯一的救主：他们能与"贫穷工人的苦难"形成"共鸣"（密尔），同时又能"用他们的建议"给工人加以"引导"，为工人提供"值得称道的范例"。[3] 他们是"连接上层社会与下层社会之间的纽带"，布鲁厄姆勋爵（Lord Brougham）补充道，并且，在这一篇以"中产阶级的智性"（"Intelligence of the Middle Class"）为题论改革法案（the Reform Bill）的演讲里，他把他们描述为"冷静、理性、智性、诚实的英国感觉的真正

1　James Mill, *An Essay on Government*, ed. Ernest Baker, Cambridge, 1937(1824), p.73.

2　Richard Parkinson, *On the Present Condition of the Labouring Poor in Manchester; with Hints for Improving It*, London/Manchester, 1841, p.12.

3　Mill, *Essay on Government*, p.73.

保存者"。[1]

如果说经济创造了对一个中间阶级的显著的历史需要，那么政治则补充了具有决定意义的战术手段。在谷歌图书(Google Books)里，"中产阶级"(middle class)、"中间阶级"(middle classes)在1800年至1825年间出现的频度大致相同；但在紧靠1832年改革法案通过之前的那几年里——当其时，社会结构和政治表述(representation)之间的关系进入了公共生活的中心——"中产阶级""中间阶级"出现的频度突然比"布尔乔亚"多了两三倍。这可能是因为，"中产阶级"这一术语是人们借以排挤"布尔乔亚什"的方式，他们把布尔乔亚视为与其他阶级不相关联的群体，**居高临下**地看着它，只赋之以政治牵制的任务。[2] 结果是，一旦严峻的时刻出现，而新术语又已固化，就会产

---

[1] Henry Brougham, *Opinions of Lord Brougham on Politics, Theology, Law, Science, Education, Literature, etc. etc.: As Exhibited in His Parliamentary and Legal Speeches, and Miscellaneous Writings*, London, 1837, pp.314–315.
[2] "在1830—1832年的情境中，至关重要的事情——对辉格党的部长们似乎就是如此——是在中产阶级与工人阶级之间打上楔子，破坏他们结成的激进的同盟"，汤普森（F. M. L. Thompson）写道(*The Rise of Respectable Society: A Social History of Victorian Britain 1830–1900*, Harvard, 1988. p.16)。置放于中产阶级之下的这个楔子，因为一个在它之上的联盟的承诺而变得有些复杂：格雷勋爵（Lord Grey）宣称，"最重要的是把中层社会与上层社会联合起来"；而德洛尔·沃尔曼（Drohr Wahrman）——他曾用异常明澈的写法重构了关于中产阶级的漫长争论——指出，布鲁厄姆为中产阶级所写的著名颂词同时强调的是"政治责任……而不是不妥协；是对君主的忠诚，而不是人民的权利；是一座防止革命发生的价值堡垒，而不是防止自由被侵犯的价值堡垒"(*Imagining the Middle Class: The Political Representation of Class in Britain, c.1780–1840*, Cambridge, 1995, pp.308–309)。

生各种各样的后果(与反转):例如,虽然"中产阶级"与"布尔乔亚"指的是完全相同的社会实体(social reality),但它们围绕这一实体所创造的是非常不同的思想联系:布尔乔亚什一旦被放"在中间",就会作为一个其自身具有部分臣属特性的群体出现,无法承担世界道路的责任。而且,"下层""中层""上层"构成了一个连续体,相对于农民、普罗列塔利亚(proletariat)[1]、布尔乔亚什、贵族这些彼此无法通约的"阶级"范畴,这个连续体中的各层之间的流动性要容易想象得多。因此,从长远来看,"中产阶级"所创造的象征域(the symbolic horizon)对英国(和美国)布尔乔亚什来说极为有效:1832年的这场最初的挫败,使"独立的布尔乔亚表述(representation)"失去了可能,[2]后来在推行社会等级制度的委婉版本时,又为布尔乔亚挡住了直接的批评。格罗修森(Groethuysen)是对的:**匿名**(*incognito*)生效了。

四、在历史与文学之间

在历史与文学之间的布尔乔亚。但在这本书里,我会把自

---

1 [译注]即无产者、无产阶级,为与"布尔乔亚"对应,这里有意采取了音译的形式。
2 Perry Anderson, "The Figures of Descent" (1987), in his *English Questions*, London, 1992, p.145.

已限定在少数几个可能的例子。开篇是**掌权**（*prise de pouvoir*）之前的布尔乔亚（《从事工作的主人》[1]）：是笛福与韦伯之间的一场对话，谈论一个独自在一座岛上、从人类其他人当中脱–嵌（dis-embedded）出来的人；而这个人又是一个开始理解自己的生存模式，并找到正确的词语去表达的人。在《严肃的世纪》中，这座岛已变成半大陆（half continent）：这个布尔乔亚在整个西欧成倍增长，在多个方向上扩大着他自己的影响；毫无疑问，这是这部历史中最具"审美性"的环节：叙事上的发明，文体上的齐一，[2] 杰作——伟大的布尔乔亚文学。《雾》，讲述了一个完全不同的故事，发生在维多利亚时代的英国：在数十年非凡的成功之后，这个布尔乔亚不再可能只是"他本身"：他的支配着社会其他部分的权力——他的"霸权"（hegemony）——现在已提上日程；而在这个时刻，这个布尔乔亚突然为自身感到羞愧；他获得了权力，但失去了目光的清晰——他的"风格"。这是这本书的转折点，也是它的真理的时刻：这个布尔乔亚暴露出自己更善于运用经济领域的权力，而不那么长于确立政治地位，阐述普遍文化。此后，布尔乔亚世纪的太阳开始下沉：在

---

[1] ［译注］本书第一章标题为"A Working Master"，请注意它是一个单数形式，且包含有一个悖论的意味：传统上主人是无需工作的，而这个主人却同工人（worker）一般地工作（working）。

[2] ［译注］"文体上的齐一"，原文为"stylistic consistency"。"Style"既是"风格""样式"，又是"文体"。本书译文为尽量照顾词语使用的统一性，一般将style翻译为"文体"，在个别语境中也会译为"风格"。

"民族畸变"(National Malformations)笼罩的东部和南部地区,一个伟大的形象在另一个伟大形象之后被旧体制的持存所碾压和愚弄;在易卜生时代那可悲的无人土地(确实,不只是"挪威")上,布尔乔亚的生活产生了终极性的、激烈的自我批判。(《易卜生和资本主义精神》)

本书内容大抵就是如此;现在,请容许我略微补充几句,谈一下文学研究与历史的关系。哪一种历史——文学作品所提供的是哪一种**证明**?无疑,从未有过直接的证明:《南方与北方》(*North and South*, 1855)中的工厂主桑顿(Thornton),或《玩偶》(*The Doll*, 1890)中的企业家沃库尔斯基(Wokulski),没有为曼彻斯特或华沙的布尔乔亚什作过任何确切的证明。它们属于平行的历史序列——一种文化的双螺旋,在那里,资本主义现代化痉挛为文学的赋形所比配与重塑。"每一种形式都是对生活的根本性失调的化解",《小说理论》的作者青年卢卡奇写道;[1] 如果真是如此,那么文学就是一个奇怪的世界,在那里,化解(resolution)全都被妥善地保存——非常简单,就是我们仍在阅读的文本——而失调(dissonance)已从视野中安静地消逝:消逝得越彻底,它们的化解就越成功。

---

[1] Georg Lukács, *The Theory of the Novel*, Cambridge, MA, 1974(1914–1915), p.62. [译注] 中文译文见格奥尔格·卢卡奇著,燕宏远、李怀涛译:《小说理论》,商务印书馆,2012年,第55页。

有某种鬼魂似的东西，存在于这一历史之中，在那里，问题消失了，答案幸存了下来。但是，如果我们接受了这样一种观念，认为文学形式是一种化石，它保留着曾经在当下活生生的但又成问题的东西；如果我们努力后行，"逆向操作"来理解人们设计它时所欲解决的难题；如果我们这样做，那么对那个本来依然隐秘不彰的过去，形式分析就可以——即使不能总是在实践上，至少在原则上——开启其中的一维。在这里，我们能够对历史知识有所贡献：通过理解易卜生为过去所做的那些模糊的提示，或维多利亚时代形容词的那些隐晦的语义，乃至（乍眼看去，这不是一个愉快的任务）动名词在《鲁滨孙漂流记》中的角色，我们进入了一个阴影重重的王国，在那里，过去恢复了它的声音，不断对我们诉说着什么。[1]

---

[1] 这样构造出来的审美形式呼应着社会矛盾：鉴于文学史与社会史的这样一种关系，我曾以为，《严肃的世纪》尽管最初是为一部文集而作的论文，但将会非常顺利地融入本书（毕竟，该文的暂定名有很长一段时间一直都是"论布尔乔亚的严肃"）。但当我重读该文时，我立刻觉得（我的意思是，我非理性地、难以抗拒地觉得），我必须对初稿作大幅删改，并重新构思其余的部分。经过一番编辑后，我认识到它最切题的有三个部分——在初稿中标题都是"道路的分界点"——它们勾画了一个开阔的多维形态空间，布尔乔亚的沉重就是在这个空间里得以塑形的。换句话说，我觉得有必要删除的，是历史上有过的那些形式变异的光谱，留存下来的是19世纪选择过程的结果。在一本论布尔乔亚的书里做这样的选择似乎有些似是而非，但它突出了作为**文学**之历史的文学史——在那里，形式选择的多样性，甚至任意性，是这幅图画的关键方面——和作为**社会**之历史（局部）的文学史：在这里，至关重要的反倒是特定形式与其社会功能之间的关联。

五、抽象的英雄[1]

但是，**唯有**通过形式的媒介，[过去]才能对我们诉说。故事，以及文体（styles）：那是我寻找布尔乔亚的地方。尤其是，文体；它的出现是一个巨大的惊喜，如果考虑到，叙事是多么经常地被看作是社会认同的基础，[2]布尔乔亚什是多么经常地被等同于动荡与变化——从《精神现象学》的某些著名场景，到《共产党宣言》的"一切坚固的东西都烟消云散了"与熊彼特的创造性毁灭（creative destruction）。因此，我期待对布尔乔亚文学的界定，用的是新的、不可预测的情节：就像埃尔斯特（Elster）写到资本主义革新时的说法，"跃入了黑暗"。[3]然而，反过来，如我在《严肃的世纪》中所证明的，对立的一面也同样如此：常态化（regularity），而不是失衡化（disequilibrium），是欧洲布尔乔

1　[译注] Hero，"英雄"，另一个含义是"主角""主人公"。
2　有一个新近的例子，来自一本论法国布尔乔亚什的书："在这里，我想指出，社会群体虽然植根于物质世界，但它们的实存，却是由语言塑造的，更具体地说，是由叙事塑造的；一个群体要是宣称它在社会与政治体制中的角色是一个行动者，就必须有一个或几个关于自身的故事。" Sarah Maza, *The Myth of the French Bourgeoisie: An Essay on the Social Imaginary, 1750–1850*, Cambridge, MA, 2003, p.6.
3　熊彼特"赞扬资本主义，不是因为它的效率与理性，而是因为它的活力……他没有掩盖革新那些创造性的与不可预测性的方面，相反，他把这些都变成了理论的基石。革新本质上就是一种失衡化现象——一种向黑暗的跃入"。Jon Elster, *Explaining Technical Change: A Case Study in the Philosophy of Science*, Cambridge, 1983, pp.11, 112.

亚在叙事上的伟大发明。[1] 一切坚固的东西，都更为坚固了。

为什么呢？主要的原因可能就在布尔乔亚自身。在19世纪的进程里，一旦对"新财富"的污名被克服，有几个反复出现的特性能够就会聚集在这一形象的周围：首先是能量；然后是，自制；知识的明晰；贸易的诚实；强烈的目标感。一切"美好的"特性；但又没有好到能赶上这样一类叙事文学主人公——勇士、骑士、征服者、冒险家——西方的故事讲述对他们的依赖，不夸张地说，已经上千年了。"证券交易所是圣盘的蹩脚的替代品，"熊彼特写道，带着嘲弄的口吻——"在所有写字间里、在所有数字栏目中"的——商业生活注定是"本质上反英雄主义的"。[2] 在新、旧统治阶级之间，主要是一种非连续性关系：贵族曾在无畏的骑士组成的整条长廊里无耻地将自身理想化，布尔乔亚什则没有创作这样一种关于自身的神话。伟大的冒险机制正在被资本主义文明侵蚀——没有冒险，人物就失去

---

[1] 与此相同的一种布尔乔亚对叙事的抵制，见于理查德·赫尔格森（Richard Helgerson）的研究，研究主题是荷兰黄金时代的现实主义，即一种视觉文化，在那里，"女人、儿童、仆人、农民、工匠和刚闯进来的求婚的男人在**行动**（*act*）"，反之，"上层阶级的男性家长……只是**存在**（*are*）"，他们想要在肖像画的非叙事姿态里找到他们选择的形式。见"Soldiers and Enigmatic Girls: The Politics of Dutch Domestic Realism, 1650-1672"（《士兵与神秘女郎：荷兰家庭现实主义的政治，1650—1672》），*Representations* 58(1997), p.55。

[2] Joseph A. Schumpeter, *Capitalism, Socialism and Democracy*, New York, 1975 (1942), pp.137, 128. [译注] 中文译文见约瑟夫·熊彼特著，吴良健译：《资本主义、社会主义与民主》，商务印书馆，1999年，第218、205页。根据莫莱蒂行文的需要，这里的译文略有改动。

了独特性（*uniqueness*）的标记，而独特性来自与未知之物的相遇。[1]与一个骑士相比，一个布尔乔亚看起来没有标志，易于忘记，和其他任何一个布尔乔亚都很相似。下面是《南方与北方》开头的一个场景，女主人公向她母亲描述一个曼彻斯特的工厂主：

> "哎！我也不太知道他是个什么样的人。"玛丽……说……"大约三十岁——生着一张既不是完全平庸的，又说不上是漂亮的面孔，一点儿也不出众——样子也不大像一位有身份的人，不过也不大可能指望他像。"
>
> "然而也不鄙俗俗气。"父亲插嘴说……[2]

"不太"（Hardly）、"大约"（about）、"既不是完全"（neither exactly）、"又说不上"（not yet）、"不大"（not quite）……玛格丽特的判断，在通常情况下相当尖锐，但在这里，她迷失在了遁词的螺旋里。这是布尔乔亚类型的**抽象化**（*abstraction*）：在他的极端形式里，用摘引自《资本论》的一对说法来说，这是单纯的

---

1 关于冒险心性与资本主义精神的关系，见 Michael Nerlich（米歇尔·内里希）：*The Ideology of Adventure: Studies in Modern Consciousness, 1100–1750*（《冒险意识形态：1100—1750年间现代意识研究》），Minnesota 1987（1977）与本书下一章前两节。

2 Elizabeth Gaskell, *North and South*, New York/London, 2005(1885), p.60.［译注］中文译文见伊丽莎白·盖斯凯尔著，主万译：《南方与北方》，人民文学出版社，1994年，第99页。

"人格化的资本",甚或是"把这剩余价值转化为追加资本的机器"。[1]在马克思那里,在后来的韦伯那里,对所有感官特性的系统化抑制使人很难去想象,这种性格怎么会成为一个引人关注的故事的中心——除非这个故事就是(is)自我压抑的故事,就像托马斯·曼对托马斯·布登勃洛克(Thomas Buddenbrook)的描绘(这给韦伯本人留下了深刻的印象)里所做的那样。[2]在资本主义欧洲的早期时候,或在它的边缘地带,情况是不同的,在那里,资本主义作为一个体系的虚弱,使人们有大得多的自由去想象如鲁滨孙·克鲁索、杰苏阿尔多·莫塔(Gesualdo Motta)或斯坦尼斯洛·沃库尔斯基(Stanislaw Wokulski)这样强有力的个人形象。但在资本主义结构固化的地方,叙事的机制与文体的机制取代了个人成为文本的中心。这形成了看待本书结构的另一种方式:两个论述布尔乔亚性格的篇章——与两个论述布尔乔亚语言的篇章。

---

[1] Karl Marx, *Capital*, vol.I, Harmondsworth, 1990(1867), pp.739, 742. [译注]中文译文见马克思著,中央编译局译:《资本论》第1卷,人民出版社,2004年,第683、687页。

[2] 关于托马斯·曼与布尔乔亚什的问题,在卢卡奇的诸篇论文之外,可参看阿尔贝托·亚索·罗萨(Alberto Asor Rosa)的《托马斯·曼,或布尔乔亚的含混》("Thomas Mann o dell'ambiguità borghese", *Contropiano* 2:68 and 3:68)。如果有那么一个特殊的时刻,第一次有一本关于布尔乔亚的书,它的观念洞穿我的内心,那就是四十多年前,当我阅读亚索论文的时候;然后是1999—2000年,在柏林教书的那一年,我开始认真阅读他的这本著作。

六、散文与关键词：准备性的评论

在几页之前我说过，我更多是在文体里而不是在故事里寻找布尔乔亚的。我所谓"文体"，主要指两件事情：散文与关键词。在本书的前两章里，散文的修辞将逐渐进入视野，每次谈论一个方面（连续性、精确性、生产性、中立性……），由此我将绘制出它在18世纪和19世纪上升的曲线。布尔乔亚散文，它曾是一项伟大的成就——也是一项非常**艰涩的**（*laborious*）成就。在它的世界里，一切"灵感"的概念——这是诸神的礼物，在那里，理念和结果神奇地融合在一个创造的瞬间里——都是缺失的，这一现象暗示，不对**工作**（*work*）作直接的思考而去想象散文的媒介是不可能的。诚然，这说的是语言的工作，但说的是这样的一种：它体现了布尔乔亚活动的某些最为典型的特征。如果《布尔乔亚》有一个主角，那就是这种艰涩的散文。

我所勾勒的这种散文，是一个理想型（ideal-type），决不会完整实现于任何一个特定文本里。关键词，则不然；它们是真实的（real）作家所使用的现实的（actual）词语，可完美地追溯到这一本或那一本书。这里的概念框架，早就由雷蒙·威廉斯（Raymond Williams）的《文化与社会》（*Culture & Society*）和《关键词》（*Keywords*）及莱因哈特·柯塞勒克关于"概念史"的作品，在数十年前确定下来了。柯塞勒克关注的是现代欧洲的政治语言，对他来说，"一个概念，不仅是它所涵盖的关系的标记，而且是这种关系内部的**因子**（factor）"；[1] 更准确地说，它是在语言和现实之间创设"张力"的因子，经常"被有意识地作为武器来部署"。[2] 虽然这是一个伟大的思想史研究模式，但这种方法可能并不适用于格罗修森所说的这样一个社会性存在者：他"敏于行而讷于言"；[3] 而当他言说的时候，他更喜欢随便的、日常的用语而不是那些在知识上明晰的概念。因此，对于像"useful"（实用）、"efficiency"（效率）、"serious"（严肃）这样实用主义的、建设性的关键词，"武器"肯定是错误的术语，更别说像"comfort"（舒适）或"influence"（影响）这样主要的中介词项，它们更接近于邦弗尼斯特（Benveniste）的语言观念——语言是"世界与社会借以**被调节**（adjusted）的工具"[4]——而不是柯塞勒克所说的"张力"（tension）。将如此之多的关键词确定为形容词，在我看来这并非偶然：与名词（更不必说概念）相比，在文化的语义体系中，形容词不那么中心，它们是非体系性的，并的确是可调节性的；或者就像蛋头先生（Humpty Dumpty）带着轻蔑的口吻说的，"形容词，你可以任

1　Kosselleck, "*Begriffgeschichte* and Social History", p.86.

2　Ibid., p.78.

3　Grothuysen, *Origines I*, p.xi.

4　Emile Benveniste, "Remarks on the Function of Language in Freudian Theory", in *Problems in General Linguistics*, Oxford, OH, 1971(1966), p.71(emphasis added).

意处置"。[1]

散文与关键词：两条平行线，将表露于本书整个论述的表面，表露于规模各异的段落、句子与单词。借由它们，布尔乔亚文化的特殊性将从语言那内隐的甚至是被掩埋的维度里浮现出来：将从一种由无意识的语法模式和语义组合而不是清晰、明确的观念组成的"心性"(mentality)里浮现出来。这不是本书原初的计划，但有一些时刻，我仍将会被下述事实带回到那里：论述维多利亚时代形容词的那些页面，或许是《布尔乔亚》概念上的中心。但是，如果说布尔乔亚的观念已经引起了大量的注意，他的心性——除了几次像一个世纪前格罗修森的研究那样孤独的尝试——在很大程度上仍未得到探索；从而，语言的**细节** (*minutiae*) 所透露的秘密，常常受到大观念的遮掩：新愿望与旧习惯的摩擦，挫折，犹豫，妥协；简言之，文化史的**慢性** (*slowness*) 的部分。对于一本要把布尔乔亚文化视为未完成方案的书，它觉得自己似乎做出了正确的方法论选择。

---

[1] Lewis Carroll, *Through the Looking-glass, and What Alice Found There*, Harmondsworth, 1998(1872), p.186. [译注] 中文译文见刘易斯·卡罗尔著，王永年译：《爱丽丝漫游奇境》，中央编译出版社，2003年，第300—301页。这里根据莫莱蒂行文的需要，略微调整了一下语序。此外，该书中的Dumpy Humpy，王永年音译为亨普蒂·邓普蒂，但作为一个童话形象，这样译过于严肃了，所以这里同是借用了黄健人译《爱丽丝漫游奇境》（浙江少年儿童出版社，2006年）中的译法。

七、"布尔乔亚已无可挽回……"

1912年4月12日,所罗门·古根海姆(Solomon Guggenheim)的弟弟本杰明·古根海姆(Benjamin Guggenheim)正在"泰坦尼克"号游轮上,当船开始下沉,他是那些人中的一个:他们帮助妇女和儿童登上救生艇,同时要抵挡其他那些男性乘客的愤怒,有时甚至是暴行。当他的管家奉命司掌其中一艘救生艇时,古根海姆向他辞别,要他告诉自己的妻子:"没有一位女士因为本·古根海姆是一个懦夫而被弃置在船上。"仅此而已。[1] 他的言辞可能难以引起共鸣,但这真的无关紧要;他做了正确的、做起来非常困难的事情。因此,当一个研究者为卡梅隆(Cameron)1997年公映的电影《泰坦尼克号》挖掘到这则轶事时,他立即把它带给编剧,想获取编剧的注意:多棒的场景。但他遭到了断然的拒绝:太不现实了。富人不可能为怯懦之类的抽象原则而死。事实上,电影中那个模糊的古根海姆式的人物,试图用枪来挤出通向救生艇的路。

"布尔乔亚已无可挽回",[2] 1932年,托马斯·曼在论文《歌

---

[1] John H. Davis, *The Guggenheims, 1848–1988: An American Epic*, New York, 1988, p.221.

[2] [译注] 中文译文见托马斯·曼著,朱雁冰译:《歌德与托尔斯泰》,浙江大学出版社,2013年,第170页。

德——布尔乔亚时代的代表》中写道，而这两个**泰坦尼克**时刻——位于20世纪遥相对立的两端——同他的说法正相一致。布尔乔亚无可挽回，不是因为资本主义无可挽回：相反，资本主义比以往任何时候都更为强大（如果，它同泥人似的，应该大部分都在毁灭当中）。已经消散的是布尔乔亚的**正当**感（the sense of bourgeois *legitimacy*）：是这样一种观念，即统治阶级没有在统治，但它**应该**（*deserves*）去统治。正是这样一种信念，激发古根海姆在"泰坦尼克"号上说出那样的言词；用葛兰西讨论霸权（hegemony）概念的那些短文中的说法来说，此时处于生死关头，是他所在阶级的"声望（及由此产生的信任）"。[1]放弃它，意味着失去统治的权利。

权力，由价值来证成。但是，恰恰当布尔乔亚的政治统治最后要提上议程的时候，[2]有三件重大而又新奇的事情，迅速而连续地出现，永远地改变了这一图景。首先到来的是政治的衰败。当**美好年代**（*belle époque*）[3]走到它艳俗的终点，就像那场它喜欢从中照见自身的轻歌剧，布尔乔亚什会同旧权贵把欧洲抛入战争的残杀之中；此后，它把自己的阶

1　Antonio Gramsci, *Quaderni del carcere*, Torino, 1975, p.1519.
2　汉娜·阿伦特（Hannah Arendt）写道：布尔乔亚什曾经是"历史上第一个取得了经济主导而不追求统治的阶级"，它是到"帝国主义时期（1886—1914）"才实现其"政治解放"的。见汉娜·阿伦特：《极权主义的起源》（*The Origins of Totalitarianism*），New York, 1994(1948), p.123。
3　[译注]"美好年代"指的是欧洲社会史上从19世纪末到一战爆发的这段时期，此时的欧洲经济繁荣，社会和平，所以欧洲上流阶级称之为"美好年代"。

级利益荫庇在黑衫军与褐衫队 (black and brown shirts) 之后,[1] 为更恶劣的大屠杀铺就了道路。当旧制度行将结束,新的人证明他们还没有能力像一个真正的统治阶级那样去行动：1942年,当熊彼特带着冷酷的鄙视的笔调写道,"布尔乔亚阶级……需要一个主人",[2] 他不需要解释他这样说是什么意思。

第二次变换,性质上与第一次几乎完全相反,它出现在第二次世界大战以后,伴随着民主制度的广泛确立。佩里·安德森写道,"在现代资本主义社会形态中,大众所达成的历史的合意 (historical consent),其特性"是

> 大众的这样一种信仰：在现存的社会秩序中,他们握有最终的自我决定权……是大众的这样一种信念：在国家的治理中,所有公民都享有民主的平等——换句话说,他们不相信任何统治阶级的存在。[3]

欧洲布尔乔亚什曾经把自身隐藏在一排排制服背后,现在

---

1 [译注] 黑衫军：国家安全志愿民兵,意大利在一战后成立的法西斯准军事组织,因其成员着黑色制服而有此称。褐衫队：即冲锋队 (Sturmabteilung),德国纳粹的武装组织,因其队员穿褐色制服而得此名。
2 Schumpeter, *Capitalism, Socialism and Democracy*, p.138. [译注] 约瑟夫·熊彼特：《资本主义、社会主义与民主》,第220页。
3 "The Antinomies of Antonio Gramsci", *New Left Review* I/100(November-December 1976), p.30.

则逃匿在一个政治神话——作为阶级它必须自我谦抑——背后；逃匿在一个伪装的行为背后，而无所不在的"中产阶级"话语使伪装变得更为容易。于是，大功告成；当资本主义给西方大量劳工大众的生活带来了一种相对意义上的福利，商品变成了新的合法化（legitimation）原则；合意（consensus）被建立在物的基础上，而不是建立在人的基础上——更不要说建立在原则基础上了。这就是今天的拂晓时刻：资本主义胜利了，布尔乔亚文化死了。

本书遗漏了许多事情。有一些我已经在别处讨论过了，感到自己没有什么新的话要说：如巴尔扎克的"**暴发户**"（*parvenus*），狄更斯的中产阶级，曾在我的《世界之路》（*The Way of the World*）与《欧洲小说地图集》（*Atlas of European Novel*）中扮演重要角色。至于19世纪晚期的美国作家——诺里斯（Norris）、豪威尔斯（Howells）、德莱塞（Dreiser）——他们似乎没给这幅概括性的图画增添什么东西；再说，《布尔乔亚》是一部有所偏向的论文，没有百科全书式的野心。即便如此，有一个主题，我本来很想囊括进来，如果不是它威胁说自身可能要变成一本书的话：这就是维多利亚英国（Victorian Britain）与后1945年的美国之间的平行比较，它凸显了这两种霸权性的资本主义文化的悖论——目前唯有这类文化存在——但却主要立足于反布尔乔亚的价值。[1]当然,我也在思考宗教情感在公共话语中的普遍存在;事实上,这样一种存在一直在扩张,并在急剧逆转它早期的世俗化趋势。对于19世纪和20世纪晚期的巨大技术进展来说,同样如此:工业"革命"与随后的电子"革命"并没有为理性主义的心性提供支持,相反,它产生了科学文盲与那种违抗信仰的宗教迷信——这些方面,现在比那时要糟糕得多。在这个方面,美国把维多利亚时代那一章的中心主题激进化了:韦伯式的**祛魅**(Entzauberung)在资本主义体系的核心地带的失败,社会关系的感伤的复魅(re-enchantment)对韦伯式祛魅的取代。维多利亚英国与后1945年的美国这两种情形都有一个关键的成分,那就是民族文化的剧烈婴儿化:从"家庭阅读"的虔敬观念——这开启了对维多利亚文学的任意删改,到糖浆式复制品:一家人,对着电视微笑——这推动着美国娱乐业走向安乐死的状态。[2]它们之间的平行线能够延伸向几乎每一个方向,从追求"实用"知识与大力强调教育政策的

---

[1] 在通常的使用中,"霸权"这一术语涵盖着在历史层面和逻辑层面截然不同的两个领域:一个资本主义国家对其他资本主义国家的霸权和一个社会阶级对其他社会阶级的霸权;或简言之,国际的霸权和国内的霸权。英国和美国是到目前为止仅有的两个**国际霸权**的例子;当然还有许多国内霸权的例子:诸多布尔乔亚阶级以多种方式运用着它们对内的霸权。在本段以及在《雾》那一章中,我的论述涉及一些特定的价值,我把这些价值同英国和美国的**国内霸权**结合了起来。这些价值与那些培植了国际霸权的价值是怎样的关系,是一个非常有趣的问题,但那就不是这里要讨论的对象了。

[2] 显然,这两种文化最具代表性的讲故事的人——狄更斯与斯皮尔伯格(Spielberg)——都专攻既吸引儿童也吸引成人的故事。

反智主义——它开始于对运动的沉溺——到"诚挚"(那时)与"有趣"(现在)等词语的普遍运用,它们几乎不加掩饰地鄙视知识上与情感上的严肃性。

作为今日维多利亚主义的"美国生活方式":一个具有诱惑力的观念,而我非常清楚我对于当代事态的无知,因此决定拒绝这一观念。这是一个正确——但困难的决定,因为它意味着承认《布尔乔亚》是一个纯粹历史性的研究,同当下没有任何真实的联系。在[托马斯·曼的短篇小说]《颠倒错乱与早年的伤痛》(*Disorder and Early Sorrow*)中,科内利乌斯博士(Dr Cornelius)暗想,历史学的教授们"之所以喜欢历史,不是因为它是正在发生的事情,而仅仅是因为它是**已经**发生的事情。……他们的内心属于有条理、有章法的、历史的过去。……过去是不朽的;也就是说,它是死的"[1]。与科内利乌斯一样,我也是一个历史学教授;但我倾向于认为,章法分明的无生命之物,或许并不是我力所能逮的。在这一意义上,把《布尔乔亚》题献给佩里·安德森与保罗·弗洛雷斯·达凯斯(Paolo Flores d'Arcais)所表明的不仅是我对他们的友爱与敬重;它表达了这样一种希望:有一天,我将从他们那里学会,将过去的知识用于当下的批判。这本书还没有达到这一希望。但下一本书或许可以。

---

[1] Thomas Mann, *Stories of Three Decades*, New York, 1936, p.506. [译注] 中文译文见钱鸿嘉、刘德中译:《托马斯·曼中短篇小说选》,上海译文出版社,1986年,第391页。

第一章　从事工作的主人

一、冒险、企业、幸运女神

25　　这一开头众所周知：一个父亲警告他的儿子，不要放弃"中间状态"（middle state）——这一状态既能摆脱"劳力者的劳动与困苦"，同时又能摆脱"上层人士的虚荣、奢侈、野心与嫉妒"——不要成为这样一种人："到海外去冒险，去经营企业而发迹。"[1] 冒险与企业（Adventures, and enterprise）：被放在一起。因为在《鲁滨孙漂流记》(1719) 中，冒险不仅意味着该书标题页所说的那些"陌生的令人惊奇的"遭遇——海难……海盗……无人岛……奥里诺科的大河；当鲁滨孙在他

---

[1] Daniel Defoe, *Robinson Crusoe*, Harmondsworth, 1965(1719), p.28. [译注] 中文译文见丹尼尔·笛福著，唐荫荪译：《鲁滨孙漂流记》，中央编译出版社，2015年，第2页。

的第二次航行里带着"一点小小的冒险"上船,[1]冒险一词所指示的,就不是一个事件的类型,而是一种资本的形式。米歇尔·内里希(Michael Nerlich)写道,在德国现代早期,"冒险"属于"普通的贸易用语",它指的是"对风险(risk)(也被称作 angst[惊恐])的感受"。[2]我们再引用一下布鲁诺·库斯克(Bruno Kuske)的研究:"在**冒险**(aventiure)的贸易与对已知顾客的零售之间曾截然不同。**冒险**的贸易涵盖的是这样的情形:商人带着他的货物启程,但并不确切地知道,他将为它们找到的是怎样的市场。"

冒险作为风险性投资:笛福的小说是一座纪念碑,它纪念着这一冒险观念,纪念着这一观念同"资本主义的动态趋势"的结合,"资本主义从未真正维持过现状"。[3]但这是特殊种类的资本主义,它吸引着年轻的鲁滨孙·克鲁索,即吸引着韦伯所说的"资本主义的冒险家",而引起他的想象的是有着"非理性投机性质,或者趋向于以武力为手段的获利"的活动。[4]这种以武

---

1 Daniel Defoe, *Robinson Crusoe*, Harmondsworth, 1965(1719), p.39. [译注]中文译文见丹尼尔·笛福著,唐荫荪译:《鲁滨孙漂流记》,第14页。
2 Nerlich, *The Ideology of Adventure*, p.57.
3 Ian Watt, *The Rise of the Novel: Studies in Defoe, Richardson and Fielding*, Berkeley, CA, 1957, p.65. [译注]中文译文见伊恩·瓦特著,高原、董红钧译:《小说的兴起:笛福、理查逊、菲尔丁研究》,生活·读书·新知三联书店,1992年,第68页。
4 Weber, *Protestant Ethics*, p.20. [译注]中文译文见马克斯·韦伯著,阎克文译:《新教伦理与资本主义精神》,上海人民出版社,2010年,第162页。

力为手段的获利,显然就是[鲁滨孙在]岛屿上的故事(及在这一故事之前的奴隶种植的故事);至于非理性,鲁滨孙屡次感谢他的"荒唐的、杂乱无章的想法"[1]和"到海外漫游的愚蠢的爱好"[2],而这与韦伯的类型学完全一致。从这一视角来看,《鲁滨孙漂流记》的第一部分完美地说明了现代早期远程贸易的冒险心性,这种贸易所包含的"风险不但很大,而且难以估测,因此不在理性的资本主义企业的视域之内"。[3]

不在视域之内(Beyond the horizon)……1929年,罗马,阿比·瓦尔堡在他发表于赫尔茨安南图书馆(Bibliotheca Hertziana)的著名演说里,将整个会议小组的时间都专用于讨论喜怒无常的海洋贸易女神——弗秋娜(Fortuna),他宣称,最终,是文艺复兴早期的人文主义,克服了自古以来对她易变品格(fickleness)的不信任。瓦尔堡虽然回顾了作为"机缘"(chance)、"财富"(wealth)的弗秋娜与作为"风暴"(意大利语的fortunale有这一义项)的弗秋娜的交叠,但在他展现的一系列图像里,弗秋娜却逐渐失去了她的恶魔特征;让人最难忘的是,在乔瓦尼·鲁切拉伊(Giovanni Rucellai)的盾徽里,她"站

---

[1] [译注]丹尼尔·笛福著,唐荫荪译:《鲁滨孙漂流记》,第13页。
[2] Defoe, *Robinson Crusoe*, p.38. [译注]中文译文见丹尼尔·笛福著,唐荫荪译:《鲁滨孙漂流记》,第33页。
[3] Giovanni Arrighi, *The Long Twentieth Century: Money, Power, and the Origins of Our Times*, London, 1994, p.122. [译注]中文译文见杰奥瓦尼·阿瑞基、姚乃强、严维明、韩振荣译:《漫长的20世纪:金钱、权力与我们社会的根源》,江苏人民出版社,2001年,第145页。

在一艘船上，充当船的桅杆，左手握着帆桁，右手抓着鼓起的船帆的下端"。[1]接着，瓦尔堡说，这幅图像曾是鲁切拉伊提供的答案，回答的是"他自己提出的这个重要问题：人的理性和实践知识有任何力量(power)来反抗命运(fate)的偶然，反抗时运(Fortune)吗"？在那个"对海洋的统治逐渐上升"的时代，这个回答曾经是肯定的：时运已变成"可估算的并受规律支配的"，因此，古老的"商业冒险者"(merchant venturer)自身已转化成更为理性的"商业探险家"(merchant explorer)的形象。[2]玛格丽特·科恩(Margaret Cohen)在《小说与海洋》(*The Novel and the Sea*)中独立推进了这一相同的主题：她写道，如果我们认为鲁滨孙是一个"狡诈的航海家"，那么他的故事就不再是反对"高风险活动"的警世通言，而是对于"如何用最

---

[1] Aby Warburg, "Francesco Sassetti's Last Injunctions to his Sons" (1907) in *The Renewal of Pagan Antiquity*, Los Angeles 1999, pp.458, 241. 在当时为这场演说所设计的顺序里，以及1998年在锡耶纳的"记忆女神"展上所重现的顺序里，这场演说位列第48小组。
[2] 瓦尔堡这里暗指的是英国现代早期最成功的商人团体"商业冒险家"(the Merchant Adventurers)。他们虽然叫这个名字，但这些冒险家没有任何危险：他们受皇家特许状的保护，垄断了英国毛织品对低地国家和日耳曼地区的出口（然而，由于内战爆发，他们丧失了绝大部分的权力）。在商路和原料全面变化的条件下，鲁滨孙依靠大西洋奴隶经济秩序下的食糖贸易获取了财富(fortune)。关于现代早期的商人团体，参见罗伯特·布伦纳(Robert Brenner)的杰出著作《商人与革命：商业变化、政治冲突与伦敦的海外经销商，1550—1653》(*Merchants and Revolution: Commercial Change, Political Conflict, and London's Overseas Traders, 1550-1653*)，London, 2003（1993）。

好的成功机会来承担高风险活动"的反思。[1]青年鲁滨孙不再属于非理性的"前"现代状态，相反，他是我们今天这个世界的真正开端。

被合理化了的时运。这是一个精妙的观念——然而，将它运用于《鲁滨孙漂流记》，就会错失掉大部分让人充分信服的东西。暴风与海盗，食人族与囚禁，夺命的海难与劫后的余生，这些全部都是插曲，不可能从中辨别科恩所说的与"狡诈"相关的符号，或瓦尔堡所说的"对海洋的统治"；而当船"冒着所有危险 (at all adventures) 向大海漂去，船上一根桅杆也见不到"，[2]这一早期的场景，读起来就像是将鲁切拉伊的盾徽做了惊人的反转。而就鲁滨孙在财务上的成功来说，它的现代性至少同样令人起疑：虽然小说中并没有出现福图纳特斯 (Fortunatus)[3]故事里的那种有魔力的器具（在现代白手起家者的万神殿中，福图纳特斯曾是鲁滨孙最重要的前辈），但是，在鲁滨孙不在场的情况下，他的财富却在积累，后来他得到的收益是——装着

1　Margaret Cohen, *The Novel and the Sea*, Princeton, 2010, p.63.
2　Defoe, *Robinson Crusoe*, p.34. ［译注］中文译文见丹尼尔·笛福著，唐荫荪译：《鲁滨孙漂流记》，第8页。
3　［译注］福图纳特斯（Fortunatus），1509年出版的一部德国民间故事集中的人物。故事中说，他在一座森林中遇到幸运女神（Fortuna），后者赠给他一项有魔力的帽子，只要一戴上就能一切如愿以偿；又赠给他一个有魔力的钱袋，只要一打开，里面就总有40个国家的金币，这让他与他的儿子获得了取之不尽、用之不竭的财富。福图纳特斯与塞万提斯笔下的堂吉诃德一样，标志着欧洲从封建世界向现代资本主义世界的过渡。

"一百六十块葡萄牙金摩伊多"的"一个旧钱包",再然后是"七张上等豹皮……五箱绝妙的蜜饯和一百枚非铸造的金币……一千二百箱糖、八百捆烟草,其余还有我账单上所存的全部金币"[1]——这样一种积累和收益的方式,在很大程度上仍然是童话故事的材料。

让我来明确一下:笛福的小说是一部伟大的现代神话;**尽管**它写的是冒险,但它却并非由于这些才成为现代神话的。当燕卜荪在《田园诗的几种形式》(*Some Versions of Pastoral*)中随手将鲁滨孙比作[《天方夜谭》中的]水手辛巴达(Sinbad),他恰好准确地把握了笛福的小说;[2]如果有什么区别的话,与鲁滨孙"到海外漫游的愚蠢的爱好"相比,辛巴达"去经商……去谋生"[3]的欲望具有更为明确——更为理性——的商人特性。两个故事相似的地方是,它们结束的地点都不是在海上,而是在陆地上。[辛巴达]这位巴格达商人,在他七次航行中,每一次都被困在众多被施了魔法的岛上——食人的巨魔、嗜血的野兽、恶毒的猿猴、凶残的魔法师——他只能从那里逃离,却更深地跌入未知之中(就像他把自己绑在嗜血巨鸟的爪子上的时候)。换句话说,在《辛巴达》中,冒险不仅统治着(rule)海洋,同时还统

---

1 Defoe, *Robinson Crusoe*, p.280. [译注] 中文译文见丹尼尔·笛福著,唐荫荪译:《鲁滨孙漂流记》,第252—254页。
2 William Empson, *Some Versions of Pastoral*, New York, 1974(1935), p.204.
3 *The Arabian Nights: Tales of 1001 Nights*, Harmondsworth, 2010, vol.Ⅱ, p.464.

治着大地。在《鲁滨孙》中,则不然。在那里,统治着陆地的,是工作(work)。

二、"这将证明我没有偷懒"[1]

但为什么要工作呢？首先,无疑,这是一个事关生存的问题:在这样一种状况里,"每天的任务……似乎就是根据需要(need)的逻辑,把它们自身展露在劳动者的眼前"。[2]但是,甚至当[他认为]"只要我活着……哪怕四十年",[3]他未来的需要都已经无忧,鲁滨孙仍然在费力辛劳,一如既往,一页接着一页。他在现实生活中的原型亚历山大·塞尔柯克(Alexander Selkirk)(据说)曾在[智利的]胡安·费尔南德斯群岛(Juan Fernandez)度过了四年,时而"沮丧、倦怠、忧郁",时而又醉心于"一种持续不断的节日……亦即极度的感官的快感",在这

---

1 [译注] 丹尼尔·笛福著,唐荫荪译:《鲁滨孙漂流记》,第135页。
2 Stuart Sherman, *Telling Time: Clocks, Diaries, and English Diurnal Forms, 1660–1785*, Chicago, 1996, p.228.谢尔曼是在引用汤普森(E. P. Thompson)的话,但作了轻微修改,见汤普森:《时间、工作纪律和工业资本主义》("Time, Work-Discipline, and Industrial Capitalism"),《过去与现在》(*Past & Present*)第38期(1967年12月),第59页。
3 Defoe, *Robinson Crusoe*, p.161. [译注] 中文译文见丹尼尔·笛福著,唐荫荪译:《鲁滨孙漂流记》,第135页。

两种心情间疯狂地摇摆。[1]但鲁滨孙,一次也没有。曾有人做过估算,随着18世纪的进程,每年的工作日数量从250天上升到了300天;而在鲁滨孙的岛上,在这样一个星期日的地位从来都不能完全明确的地方,工作日的总量肯定更高。[2]当他处于热情最高涨的时候——"你们知道的,我现在……已经有了两个种植园……好几个房间,或者也称山洞……两片玉米地……山村别墅……饲养家畜的圈地……活的鲜肉仓库……存放葡萄干的冬季贮藏室"[3]——转身向读者高声宣布,"这将证明我没有偷懒",人们只能点头同意,然后重提这一问题:为什么他竟(does)工作如此之多?

诺贝特·埃利亚斯(Norbert Elias)在《文明的进程》(The Civilizing Process)一书中写道:"今天人们几乎已经意识不到

---

[1] 我所引用的是斯蒂尔(Steele)在《英国人》(The Englishman)第26期(1713年12月3日)里对塞尔柯克的描绘;现见瑞伊·布兰卡(Rae Blanchard)编:《英国人:理查德·斯蒂尔的政治期刊》(The Englishman: A Political Journal by Richard Steele), Oxford, 1955,第107—108页。

[2] 乔伊斯·阿普尔比(Joyce Appleby):《无情的革命:资本主义的历史》(The Relentless Revolution: A History of Capitalism), New York 2010,第106页。根据其他人的重构[例如,扬·德·弗里斯(Jan de Vries):《工业革命:消费行为与家庭经济,从1650年到现在》(The Industrious Revolution: Consumer Behavior and the Household Economy, 1650 to the Present), Cambridge, 2008,第87—88页],在18世纪增长的并不是工作日的数量——它已经达到300天左右这样一个上限,而是每天的工作时数;然而,如我们将要看到的,在这方面,鲁滨孙似乎遥遥领先于他的时代。

[3] Defoe, Robinson Crusoe, pp.160-161. [译注]中文译文见丹尼尔·笛福著,唐荫荪译:《鲁滨孙漂流记》,第134—135页。

一个'从事工作'(working)的上等阶级是多么独特、多么令人惊异的现象。……为什么它要屈从于这种强制,尽管……没有一个更高的阶级要求它这么去做?"[1]亚历山大·科耶夫(Alexander Kojève)分享着埃利亚斯的困惑,他在黑格尔《精神现象学》的中心看出了一个悖论——"布尔乔亚的难题"(the Bourgeois's problem)——布尔乔亚必须既"**为另一个人工作**"(work for *another*)(因为工作的出现只是外在制约的结果),然而同时又只能"**为他自身工作**"(work for *himself*)(因为他不再有主人)。[2]为他自身工作,**仿佛他就是另一个人**:而这恰恰就是鲁滨孙发挥其职能的方式:一方面他成了木工、陶匠或面包师,用几个星期又几个星期的时间试图制成某些事物;而后主人克鲁索出现,指出所做成果的不足。而后这一循环再一次地自我重复。它自我重复,因为工作已成为**社会权力新的正当化原则**。当小说的结尾,鲁滨孙发现自己成了"拥有五千英镑"及其他一切的"主人",[3]他28年不断的辛劳将在那里**为他的时运声辩**。实事求是地看,下述这二者没有任何的

---

1 Norbert Elias, *The Civilizing Process*, Oxford, 2000(1939), p.128. [译注] 中文译文见诺贝特·埃利亚斯著,王佩莉、袁志英译:《文明的进程》,上海译文出版社,2013年,第162页。

2 Alexander Kojève, *Introduction to the Reading of Hegel: Lectures on the "Phenomenology of Spirit"*, Ithaca, NY, 1969(1947), p.65. [译注] 中文译文见柯耶夫著,姜志辉译:《黑格尔导读》,译林出版社,2005年,第225页。

3 Defoe, *Robinson Crusoe*, p.280. [译注] 中文译文见丹尼尔·笛福著,唐荫荪译:《鲁滨孙漂流记》,第254页。

关联：他因为剥削巴西种植园的无名奴隶而变得富有——而他独自一人的劳动却没有给他带来哪怕一个英镑。但我们已看到，没有其他小说角色像他那样去工作：他怎么可能不配得到他所拥有的东西呢？[1]

有一个词语完美地表达了鲁滨孙的行为："industry。"根据《牛津英语大词典》，这一词语大约1500年出现，最初的意思是"智慧的或聪明的工作；熟练、精巧、机敏或聪明"。随后在16世纪中叶，第二个意思出现了——"勤勉或刻苦……仔细而稳定的应用……运用、尝试"，随即又被明确为"系统的工作或劳动；习见的具有实际效用的职业"。[2] 从熟练与技巧，到系统的

---

[1] "他所拥有的东西"当然也包括这座岛屿：在《第二篇论文》(*Second Treatise*) 的《论财产》("Of Property") 一章中，约翰·洛克（John Locke）在谈及未耕植土地时写道："他的**劳动**（*labour*）把它从自然手里取了出来，**从而**（*hath*）把它**划归**（*appropriated*）私用，当它还在自然手里时，它是共有的，是同等地属于所有人的。"换句话说，通过在岛屿上的工作（work），鲁滨孙已把岛屿变为己有。John Locke, *Two Treatises on Government*, Cambridge, 1960(1690), p.331. [译注] 中文译文见洛克著，叶启芳、瞿菊农译：《政府论》（下篇），商务印书馆，1996年，第20页。

[2] 感谢苏·雷基克（Sue Laizik），是她第一次让我注意到这些词义的变形。当然，"industry"是雷蒙·威廉斯（Raymond Williams）《文化与社会》的关键词之一；不过，最让他感兴趣的转变，亦即这样一个事实——industry变成了"一种'自在之物'（a thing in itself）——一种体制，一个由诸种活动组成的机体——而不仅是人类的一种属性"，出现在此处所描绘的这种转变之后，并可能是这种转变的后果：industry先是变成了任何一个人都能完成的简单、抽象的劳动（和"熟练与精巧"的独特性形成了对比），随后被第二次抽象，变成了"一种'自在之物'"。见雷蒙·威廉斯：《文化与社会：1780—1950》(*Culture & Society: 1780-1950*), New York 1983 (1958), 第xiii页，以及他的《关键词：文化与社会的词汇》[*Keywords: A Vocabulary of Culture and Society*, rev. edn, Oxford, （转下页）

运用；"industry"就是以这种方式促进着布尔乔亚文化：勤奋的工作(hard work)，代替聪明的花样。[1]而**平静**的工作(*calm work*)与勤奋的工作具有相同的意义，在赫希曼(Hirschmann)看来，其旨趣(interest)就在于一种"平静的激情"(calm passion)：稳定的、有序的、渐进的，因此比旧贵族的"狂暴(而又脆弱)的激情"[turbulent (yet weak) passion]更为强烈的激情。[2]在这里，两个统治阶级之间的不连续性是显而易见的：如果说狂暴的激情把尚武的等级所需要的东西——短暂的战斗"日"的白热化状态——理想化了，那么，布尔乔亚的旨趣是平静的、可重复的(可重复的、可重复的而又可重复的)日常生活的德性：较少的能量，但持续更长的时间。[每天]几个小

(接上页)1983(1976).]中的"Industry"的词条。[译注] 中文译文见雷蒙·威廉斯著，高晓玲译：《文化与社会：1780—1950》，吉林出版社集团有限责任公司，2011年，第1—2页。

1　像形容词"industrious"所显示的，勤奋的工作在英语中拥有一个伦理的光环，这是"聪明的"工作所缺乏的：这解释了在20世纪90年代，为何传奇般的安达信会计师事务所(Arthur Anderson Accounting)仍把"勤奋的工作"(hard work)列入其"价值表"——而这同一家机构的聪明的分支(安达信咨询公司，它曾一直炮制各种各样的投资事务)却代之以"尊重个人"(respect for individuals)，后者是为追逐金融红利而提出的新自由主义的新说法。最终，咨询公司挟持着会计师事务所批准对股票价格进行操纵，导致该机构耻辱地垮台。见Susan E. Squires，Cynthia J. Smith，Lorma McDougall与William R. Yeack：《安达信内幕：价值的转换，意外的后果》(*Inside Arthur Andersen: Shifting Values, Unexpected Consequences*，New York，2003)，第90—91页。

2　Albert O. Hirschmann, *The Passions and the Interests: Political Arguments for Capitalism before its Triumph*, Princeton, NJ, 1997(1977), pp.65-66.

时——"晚上那四个多钟头",永远谦逊的鲁滨孙写道[1]——但坚持了28年。

在前一节里,我们审视的是开启整部《鲁滨孙漂流记》的冒险;在这一节里,我们考察的是他在岛上生活中的工作。这同样是《新教伦理》的延续:一部以"资本主义冒险家"为开端的历史,但在那里,操劳的品性最终带来了"对他的非理性冲动的一种理性的缓解"。[2] 就笛福来说,从第一个[冒险的]形象到第二个[工作的]形象的转换格外引人注目,因为这一切显然不在计划之中:在小说的书名页上(图2,见下页),"奇特而惊人的冒险"——列在顶部,且用大号字体——显然被安排成了主要的卖点,而岛上的部分不过是"其他多个片段中的一个"。[3] 不过,在小说的写作中,岛上生活的"出乎意料的、不受控制的扩展"必然会发生,它摆脱了与冒险故事之间的从属关系,变成了这个小说文本的新的中心。对于这一在写作的中途重新定向的行为,一个来自日内瓦的加尔文主义者

---

1 Defoe, Robinson Crusoe, p.127. "早晨"打猎要3个小时,"处理、加工、保存和烧制"又占去"一天的大部分时间",这两者显然应该再加上晚上的4个小时,其工作时间合计起来远远超过当时大部分劳动者。[译注] 中文译文见丹尼尔·笛福著,唐荫荪译:《鲁滨孙漂流记》,第101页。

2 Ibid., p.17. [译注] 作者此处标注有误,该句引文出自韦伯,中文译文见韦伯著,阎克文译:《新教伦理与资本主义精神》,第160页。

3 这一点我要归功于朱塞佩·塞尔托利(Giuseppe Sertoli)的《两个鲁滨孙》("I due Robinson"),载于《鲁滨孙历险记》(Le avventure di Robinson Crusoe, Turin 1998)第xiv页。

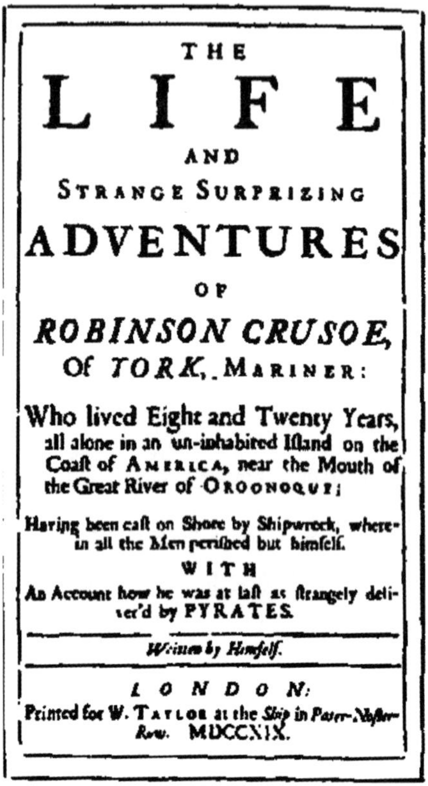

布尔乔亚——在历史与文学之间

> THE
> LIFE
> AND
> STRANGE SURPRIZING
> ADVENTURES
> OF
> ROBINSON CRUSOE,
> Of YORK, MARINER:
> Who lived Eight and Twenty Years,
> all alone in an un-inhabited Island on the
> Coast of AMERICA, near the Mouth of
> the Great River of OROONOQUE;
>
> Having been cast on Shore by Shipwreck, where-
> in all the Men perished but himself.
>
> WITH
> An Account how he was at last as strangely deli-
> ver'd by PYRATES.
>
> Written by Himself.
>
> LONDON:
> Printed for W. TAYLOR at the Ship in Pater-Noster-
> Row. MDCCXIX.

图2

(Calvinist)第一个把握到了它的重要意义——这个人就是卢梭：他的《鲁滨孙》，"清除了所有哗众取宠的空话"，将以海难为开端，然后限定在岛上的岁月里，这使得爱弥儿将不会把时间浪费于对冒险的梦想，而可以将精力集中在鲁滨孙式的工作（"他希望知道一切实用的东西，而且也只希望知道这些东西"）。[1]对爱弥儿以及在他之后的所有孩子来说，这当然是残酷的，但却是正确的：因为鲁滨孙在岛上的勤奋工作，的确是这本书最伟大的创新。

从资本主义的冒险家，到从事工作的主人（working master）。然而，当《鲁滨孙》抵近终点，第二次转向出现了：食人族、武装冲突、反叛者、狼、熊、童话式的时运……为什么呢？如果冒险的诗学曾经被它合理性的对立面所"调和"，为什么**在小说最后一个句子里**，要许诺还有"我个人的几次新的冒险中所遇到的一些非常令人惊异的意外事件"？[2]

到目前为止，我着重分析了冒险文化与理性工作伦理之

---

[1] Jean-Jaques Rousseau, *Emile* (1762), in *Oeuvres Complètes*, Paris, 1969, Vol. IV, pp.455–456. [译注] 中文译文见让-雅克·卢梭著，李平沤译：《爱弥儿》（上），商务印书馆，2017年，第271页。

[2] 马克西米利安·诺瓦克（Maximilian Novak）指出，《鲁滨孙漂流续记》（*The Farther Adventures of Robinson Crusoe*）出版于1719年8月20日，大约在第一卷面世的四个月之后；这一事实有力地表明，笛福"在原作付印之后已在致力于续集的事务"；因此小说的末句不是一处闲笔，而是一次具体的广而告之的行动。见诺瓦克：《笛福：小说大师》（*Defoe: Master of Fictions*），Oxford, 2001，第555页。

间的对立；确实，我毫不怀疑，这两者互不相容，而后者是现代欧洲资本主义所特有的更为晚近的现象。然而这并不意味着，现代资本主义可以被**化约**为工作伦理，而韦伯显然倾向于这么做；出于同样的理由，"非理性投机性质，或者趋向于以武力为手段的获利"的活动不再是现代资本主义的**特征**，这一事实也不意味着，它们已经从现代资本主义中**消失**。各种各样猛烈的、其结果不可预知的非经济实践活动——马克思所说的"原始积累"，或戴维·哈维 (David Harvey) 最近所说的"剥夺性积累"(accumulation by dispossession) ——在资本主义的扩张中发挥了 (事实上**仍然**在发挥着) 主要作用；果若如此，那么，广义的冒险叙事——例如，在稍后的时代里，康拉德 (Conrad) 的小说里那种宗主国的反思与殖民地的传奇之间的**交织** (entrelacement) ——仍然完全适合用于对现代性的表述 (representation)。

那么，这就是"两个鲁滨孙"的历史基础，随之形成了笛福叙事结构中的不连续性：那座岛为现时代的勤劳的主人提供了第一束观看的目光；海洋、非洲、巴西、星期五及其他冒险活动则给更古老的——但从来没有被彻底丢弃的——资本主义支配形式赋予了声音。从形式的观点看，对立层面之间的没有整合的共存——因此，不同于康拉德精心谋划的等级制：他又一次使用了那种平行线的结构——显然是这部小说的一个缺陷。但同样显然的是，这种不一致性**不仅是一个形式的问题**：它来自布尔乔亚类型自身的，来自他的两个"灵魂"[1]之间的，那未获解决的辩证法：不同于韦伯，笛福所暗示的是，理性的布尔乔亚永远不会真正战胜他的非理性冲动，也永远不会否定他曾经所是的那个掠夺者。笛福的并未定型的故事，不仅是一个新时期的开端，而且还是这样的一个开端——**永远无法克服的结构性矛盾在那里有了可见的形式**，因此，它仍然是布尔乔亚文学的伟大经典。

三、关键词一："实用"（Useful）

11月4日。今天早晨我开始安排我的工作时间、带枪外出时间、睡眠时间和消遣时间。时间是这样安排的：如果天不下雨，每天早晨我带枪外出两三个小时，接着就干活到十一点左右，然后吃点东西，聊以果腹。从十二点到下午两点，我躺下睡觉，因这时天气极其炎热。然后到了晚上，我又重新干活。[2]

---

[1] "两个灵魂"的隐喻——受《浮士德》中那段著名独白的启发——是桑巴特（Sombart）有关布尔乔亚一书的主乐调："每一个完全的布尔乔亚胸中都居住着两个灵魂：企业家的灵魂和值得尊敬的中间阶级人士的灵魂……企业精神是对黄金的贪婪、对冒险的欲望与对探险的热爱之间的综合……布尔乔亚精神则由计算、审慎的策略、合理性与节俭态度（economy）所组成。"Werner Sombart, *The Quintessence of Capitalism*, London, 1915(1913), pp.202, 22.
[2] Defoe, Robinson Crusoe, pp.88-89. [译注] 中文译文见丹尼尔·笛福著，唐荫荪译：《鲁滨孙漂流记》，第63页。

工作、枪、睡眠与消遣。但当鲁滨孙实际描述他的日子时，消遣消失了，他的生活使人能够丝毫不差地回忆起黑格尔对启蒙的清新明快的概括：在这里，"任何事物都是有**实用**的"。[1]实用：本书的第一个关键词。当鲁滨孙返回到海难之后的船上，文中那咒语般的重复——从木工用的箱子，"对我来说非常实用的收获品"，到"一些对我十分实用的东西"及"一切……可能对我实用的东西"[2]——通过把鲁滨孙放置在句子的中心（**对我……对我……对我……**实用）重新确定了世界的方位。同在洛克那里一样，这里的"实用"是这样一种范畴：它既确立了私有财产（对**我**实用），同时又通过将私有财产与工作结合起来（对我实用）而使之正当化（legitimate）。图里奥·佩瑞科里（Tullio Pericoli）为这部小说作的插图，看起来就像疯狂版百科全书的技术图样（图3，见右页）[3]，却表达了这个世界的本质，在那里，没有物品自身就是自身的目的——在实用性（the useful）的王国里，**没有事物是自身的目的**——它们**总是且只是做其他事情的一种手段**。一个工具。而在一个工具的世界里，唯一一件要做的事情就是：工作。[4]

---

1 G. W. F. Hegel, *Phenomenology of Spirit*, Oxford, 1979(1807), p.342. ［译注］中文译文见黑格尔著，先刚译：《精神现象学》，人民出版社，2013年，第346页。
2 Defoe, *Robinson Cruse*, pp.69ff. ［译注］中文译文见丹尼尔·笛福著，唐荫荪译：《鲁滨孙漂流记》，第43、47、50页。
3 Tullio Pericoli, *Robinson Crusoe di Daniel Defoe*, Milan, 2007.
4 在这样一个工具的世界里，人类自身也成了工具——也就是说，仅仅是社会劳动分工中的齿轮；因此，鲁滨孙从来不用名字去召唤其他的船员，而只用活动：水手、木匠、枪手……

图3

一切事物都是为了他。一切事物都是工具。于是,有了实用性的第三个维度:

> 最后,由于我很想看看我这个小小的海岛王国的环境,我决定去游历一趟。于是我往船上为这次航行装贮食物,放上二十四个大麦面包(其实它们只是些饼),满满一陶罐烤脆了的大米(这是我平常吃得最多的食品),一小瓶甘蔗酒,半边羊肉,一些弹药(为了打更多山羊)和两件大值班衣——我前面提到过,这是我从水手的箱子里找出然后保存下来的;现在我带上它们,在夜里一件用来做垫被,一件用来做盖被。[1]

37 在这里,有作为故事行动中心的鲁滨孙(**我决定**……**我装贮**……**我保存**……**我带上**),有鲁滨孙远征所需的物品(陶罐……弹药……两件大值班衣),而紧挨着它们的,是一系列对于目的的解释——为这次航行……为了打更多……用来做垫被……用来做盖被,这三者共同完成了这个关于实用性的三角形。主语,宾语,和**动词**。一个动词已经内在地蕴涵着工具给人的训诫,它又在鲁滨孙的行动的内部对这重训诫进行了再生产:在那里,非常典型的是,做每一个行动都是**为了做其他事情**:

---

[1] Defoe, Robinson Crusoe, p.147. [译注] 中文译文见丹尼尔·笛福著,唐荫荪译:《鲁滨孙漂流记》,第121页。

因此，第二天我去了我那所谓的乡村住房，砍下一些小枝条，我发现它们正合乎我想要达到的目标。于是下一次我来的时候准备了一把短柄小斧去砍下大量枝条，我马上就发现，这种枝条这里多的是。我竖起它们在我的环形篱笆里晾晒，等晒干到适合使用时，我便将它们带回，放到山洞里，等下一个季节到来时，我就坐在山洞里使自己尽可能多地编一些篮子，来装土或是搁一些临时需要放的东西。虽然我编得并不漂亮，但却是十分适用的。这之后，我就注意到不让家里没有篮子，旧的用坏了，我又编新的，特别是我还编了一种又结实又深的大筐篮，准备等我收到大量谷物时来放粮食，再不用袋子装了。

我费了许多时间克服这个困难之后，我又振作起来，看能够用什么方式来满足我的两种需求……[1]

每行两三个动词；如果换一个作家，如此之多的活动，或许会被写得狂乱不堪。但在这里，无所不在的目的论词汇（因此……想要……目标……准备……适合……使……适用……注意……满足）构成了一个缠结性的组织，使整页文字连贯、致密，而动词则以实用主义的方式把鲁滨孙的行动细分为主句中

---

[1] Defoe, Robinson Crusoe, p.120. [译注] 中文译文见丹尼尔·笛福著，唐荫荪译：《鲁滨孙漂流记》，第95页。

的直接的任务（我去了……我发现……我来……我竖起）与目的从句中的不确定的未来（去砍下……来装……来放……来满足）；虽然可以肯定的是，这并没有**那么**不确定，因为对于实用性的文化来说，这个理想的未来，是一个就在眼前的未来，它不过就是当下的延续而已："**第二天**""**下一个季节**""**去砍下大量枝条，我马上就发现**"。在这里，所有这一切都紧紧地联结在一起；这些句子，没有跳过任何一个步骤（于是——下一次——我来的时候——准备了——一把短柄小斧——去砍下——大量枝条），就像黑格尔所说的"散文的心智"(prosaic mind)，它们是通过"原因与结果，目的与手段这样的范畴"来理解世界的。[1] **尤其**是，目的与手段：**目的理性**(Zweckrationalität)，韦伯将这样称呼它；以目的为指向的，或者说受目的支配的合理性(rationality)；"**工具理性**"(instrumental reason)，这是霍克海默(Horkheimer)在概念的变奏中所做的命名。在韦伯之前的两个世纪，笛福的文字所展示出的这样一种词汇-语法的联结，是**工具理性**的第一个化身：是还远未形成概念的，作为**语言实践**的工具理性——它被完美地表述，虽然完全无人关注。这是投向布尔乔亚"心性"的第一束目光，这是笛福给予布尔乔亚"心性"的伟大贡献：散文，作为实用之物的文体。

---

[1] G. W. F. Hegel, *Aesthetics: Lectures on Fine Art*, Oxford, 1998, Vol.II, p.974.[译注] 中文译文见黑格尔著，朱光潜译：《美学》第三卷下册，商务印书馆，1981年，第22页。

四、关键词二:"效率"(Efficiency)

实用之物的文体。一位同笛福一样伟大的小说家,把他最后的、最具雄心的小说,全部献给了这一观念。卢梭曾写道,爱弥儿希望知道一切实用的东西,**而且也只希望知道这些东西**;而歌德——呜呼——严格遵循着字面注意到了这第二个分句。"从实用经过真实达到美",这是我们在《威廉·麦斯特的漫游年代》(*Wanderjahre*)的开端的部分读到的;[1]在这部小说里,人们找到的不是"娱乐的花园或现代的公园",而是"蔬菜田,大片培植药用植物的地段,以及可能在任何方面实用的任何东西"。[2]实用与美的冲突,曾经是前一部关于威廉·麦斯特的小说——1796年出版的《学习年代》(*Apprenticeship*)的关键,现在已不见踪影;在《漫游年代》的"教育省"里,二者的冲突已让位于二者在功能上的主从关系;"选择成为实用者",[3]作为小说中出现的为数不多的艺术家之一,一位雕刻家这样表态,现在他十分快乐,除了解剖学标本,别的什么他都不再制作。艺术被剥夺了它刚刚获得的

---

[1] Johann Wolfgang Goethe, *Wilhelm Meister's Journeyman Years, or The Renunciants*, New York, 1989(1829), p.138. [译注] 中文译文见歌德著,董问樵译:《威廉·麦斯特》,上海译文出版社,1999年, 第636页。
[2] Ibid., p.126. [译注] 中文译文见歌德著,董问樵译:《威廉·麦斯特》,第620页。
[3] Ibid., p.326. [译注] 中文译文见歌德著,董问樵译:《威廉·麦斯特》,第878页。

无目的性，这一事实被再三呈现为一种值得赞许的进步："就像盐对于食物不可缺少，艺术对于工艺的关系也是这样。我们对于工艺所取不多，只要使得手工操作不单调乏味就行了"，神父给威廉的信中写道；[1]"严格的艺术"——石匠、泥瓦匠、木工、屋顶工、锁匠……——教育省的另一位领袖补充说，"必须成为自由的艺术的模范，而力求使后者感到惭愧"。[2]并且，如果必要，乌托邦的惩罚性的、反审美的一面就会出现：当威廉看到到处都没有剧场，他的向导人简慢地告诉他说，这是因为"我们认为玩这种把戏是非常危险的，这和我们的严肃目标是冰炭不相容的"。[3]因此，戏剧在教育省被禁除了。就是这样。

"断念者"（Renunciants），《漫游年代》的副标题如是说，它用这个词语标示了人的完满性在现代劳动分工的强迫之下所遭受的牺牲。三十年以前，在《学习年代》中，这一主题曾被呈现为布尔乔亚生活中令人痛苦的残损形态；[4]但在后来的这部小

---

[1] Johann Wolfgang Goethe, *Wilhelm Meister's Journeyman Years, or The Renunciants*, New York, 1989(1829), p.266. [译注] 中文译文见歌德著，董问樵译：《威廉·麦斯特》，第796页。
[2] Ibid., p.383. [译注] 中文译文见歌德著，董问樵译：《威廉·麦斯特》，第951页。
[3] Ibid., p.276. [译注] 中文译文见歌德著，董问樵译：《威廉·麦斯特》，第810页。
[4] 威廉在给维尔纳（Werner）的信中说：布尔乔亚不得不"培养他的个别才能，以便成为实用的人"，而同时又被指责，"在他的存在中缺乏和谐：为了使自身在某种方式上实用，他势必忽略其他一切方面"。参见Johann Wolfgang Goethe, *Wilhelm Meister's Apprenticeship*, Princeton, NJ, 1995(1796), pp.174-175. [译注] 中文译文见歌德著，董问樵译：《威廉·麦斯特》，第284页。

说中,痛苦消失了:"专门化的时代已经到来了",威廉的一个旧时的伙伴径直告诉威廉,"谁懂得这点,并按照这种精神劳动,他就是幸运的"。[1]这样的时代已经到来了,与之同步是一种"幸运"。"一个人之所以幸福,是因为他的职业变成了他最爱的消遣",一个收集了大批农用工具的农民宣称,"使他对本身处境要他非干不可的事情显得高兴"。[2]一个工具的博物馆,来庆祝劳动的分工。"一切行为,一切艺术……只有在一定限度以内获得。真正领会一件事情……比做百个领域里的半瓶醋,给人以更高的教育",威廉的一位对话者说。[3]"我在哪儿有用,哪儿就是我的祖国!"另一位对话者作了补充,随后又道:"如果我现在说,'让每个人处处都力求对自己和他人有用',这倒不是什么教训和忠告,而是生活本身的格言。"[4]

有一个词语,对于《漫游年代》来说堪称完美——如果它只存在于歌德写作的时代的话,这个词语就是:效率。或更恰当地说,这个词语存在于那个时代,但它指称的却是几个世纪以来一直为它所有的东西:"一个运作着的施动者(operative agent)或效果因(efficient cause)所具有的状况",《牛津英语

---

[1] Goethe, *Willhelm Meister's Journeyman Years*, p.118. [译注] 中文译文见歌德著,董问樵译:《威廉·麦斯特》,第609页。
[2] Ibid., p.190. [译注] 中文译文见歌德著,董问樵译:《威廉·麦斯特》,第701—702页。
[3] Ibid., p.197. [译注] 中文译文见歌德著,董问樵译:《威廉·麦斯特》,第711页。
[4] Ibid., p.365. [译注] 中文译文见歌德著,董问樵译:《威廉·麦斯特》,第928页。

大词典》的这一解释意味着：效率是**起因** (causation)，仅此而已。其后，大约在19世纪中叶，语义发生了转换："完成某事的适能 (fitness) 或力量 (power)，在实行中获得的成功，预期的目标；适足的 (adequate) 力量，效力 (effectiveness)，功效 (efficacy)。"[1] **适足的**力量：不再是单纯地**做**某事的能力，而是没有任何浪费的、用最经济的方式做某事的能力。如果说实用性已把世界变成了工具的集合，那么劳动分工接着要做的就是校正工具，使它们符合其目的（"预期的目标"）——而"效率"就是结果。它们是资本主义合理化历史中的三个连贯的步骤。

合理化的 [历史] ——及欧洲殖民主义的 [历史]。"这些家伙没什么了不起的，真的"，马洛 (Marlow) 轻蔑地说，他说的是英国的罗马人；"他们是征服者，而征服只需野蛮的武力"。[2] 野蛮的武力；与之相反，英国的殖民地统治的"挽救者"是"效率——是对效率的热衷" (the devotion to efficiency)。[3] "效率"，以逐渐增强的音量，在一个简单句里，两次被提及；然后，这个词从 [康拉德的]《黑暗的心》(*The Heart of Darkness*) 中消

---

[1] 这一转换几乎同时发生在几个领域；《牛津英语大词典》所提供的例子涉及法律 [怀特莱 (Whately) 1818—1860]、文明史 [巴克尔 (Buckle)，1858]、政治哲学 [密尔 (Mill)，1859] 与政治经济学 [福西特 (Fawcett)，1863]。

[2] Joseph Conrad, *Heart of Darkness*, Harmondsworth, 1991(1899), p.31. [译注] 中文译文见约瑟夫·康拉德著，智量译：《黑暗的心》，载于赵启光编选：《康拉德小说选》，上海译文出版社，1985年，第488页。

[3] 同上。

失；在它的位置上，升起一个令人震惊的无-效率的世界，在那里，机器被留下等待着生锈与解体，工人用底部有洞的提桶打水，砖块缺少至关重要的配料，而马洛自己的工作因为缺少铆钉而停止（虽然"海岸那边有好多个箱子的铆钉——好多个箱子——堆成堆——撑破了——裂开了！"[1]）。而这一切浪费产生的原因很简单：奴隶制。在谈论康拉德时代的巴西种植园时，罗伯托·施瓦茨（Roberto Schwarz）写道，奴隶制绝不可能"围绕着效率的观念来安排秩序"，因为它一直都只能依赖"暴力和军事纪律"；因此"对生产过程的理性研究与持续现代化"严格说来"没有意义"。在这种情况下，与这家"公司"所掌管的刚果一样，罗马人的"野蛮的武力"最终证明可能比效率本身（efficiency）更为"有效"（efficient）。

《黑暗的心》，一次奇怪的尝试：派遣一位目光敏锐的布尔乔亚工程师，只为验证这样一个事实——世纪末资本主义最赚钱的冒险活动（ventures）[2]就是站在工业效率的对立面：再次引用施瓦茨的话说，即"现代的对立面"。在前文我曾经说过，"以武力为手段的获利"与现代的合理性携手存活了下来，而康拉德的中篇小说（novella）——在那里，伦理性的布尔乔亚被派去

---

[1] Joseph Conrad, *Heart of Darkness*, Harmondsworth 1991(1899), p.58. ［译注］中文译文见约瑟夫·康拉德著，智量译：《黑暗的心》，载于《康拉德小说选》，第521页。

[2] ［译注］Adventure与Venture都有"冒险"之意，但前者多指刺激性的野外活动，后者多指开拓性的商业业务。

营救非理性的探险家——正是这种相争共栖关系的完美例证。人群在马洛的四周,但马洛与他们毫无共同之处,他唯一一个和他们有共感的时刻,是在河边废弃的驻地上发现一本匿名小册子的时候;他写道,"简陋的书页",因"真诚谈论着进行工作的正确的方式"而"散发出光彩"(luminous)[1]。**正确**的方式:殖民地掠夺活动中的工作伦理。"光彩",与标题中的"黑暗"相对:[这意味着]宗教的联合体,它与《新教伦理》中的"天职"(calling)的联合体相似;或[意味着]最初的"对效率的**热衷**",它自身有一个韦伯式的回声,即《以学术为业》("Science as a Profession")里的"对任务的热衷"(devotion to the task)。[2]但是……对效率的热衷——**在刚果自由国**?依我说,在马洛与他身边的那些掠夺者之间毫无共同之处:换言之,毫无共同之处,**除了他为他们工作这一事实**。他对于效率的热衷越深重,他们的掠夺就越容易。

工作文化的创造,可以说,已成为作为一个阶级的布尔乔

---

[1] Joseph Conrad, *Heart of Darkness*, Harmondsworth, 1991(1899), p.58. [译注]中文译文见约瑟夫·康拉德著,智量译:《黑暗的心》,载于《康拉德小说选》,第536页。

[2] [译注]当"devotion"在"以学术为业"的主题下,用于the task之前,更好的译法当然是"献身":"如果是发自内心地献身于他的任务(an inner devotion to the task),而且唯有如此,才能使科学家达到自己所服务的主题那样的高贵与尊严。"(马克斯·韦伯著,阎克文译:《以学术为业》,《马克斯·韦伯社会学文集》,人民出版社,2010年,第135页)这里为显示devotion to efficiency与devotion to the task在修辞上的关联,将后者译为"对任务的热衷"。

亚什在象征领域的 (symbolic) 最大成就：实用、劳动分工、"工业/勤劳"、效率、"天职"及下一章所谈论的"严肃"——所有这些，甚至还有更多的概念，证明了过去仅仅属于苛刻的必要性或严酷的职责的事情现在所获得的巨大意义；马克斯·韦伯可能恰好运用同样的概念来描述手工劳动（在《新教伦理》中）与伟大科学（在《以科学为业》中），这一状况本身就是一个更深远的、间接的符号，它标记着布尔乔亚工作的新的象征价值。但当马洛对他的任务的全心热诚变成血腥压迫的工具——在《黑暗的心》中，这一事实被写得如此精巧，以至于几乎不可见——布尔乔亚工作根本上的自相矛盾 (antinomy) 就表露了出来：同一种指向自身的全神贯注的态度，既是它的伟大形象的根源——未知的部落隐匿在岸边，愚蠢而胆怯的杀手藏身在船上，而马洛，毫不在意，仍驾着轮船沿着航线前行——同时也是它的奴役状态的起因。马洛的工作伦理驱使他做好他的工作；达到怎样的目的，并不是这一伦理所关切之事。就像《以学术为业》中以如此令人难忘的方式所描绘的"眼罩"(blinders)，现代工作的正当性和生产性不仅得到了加强，而且通过对它周边事物的"盲视"(blindness) 而被稳固地**确立**。事实上，这就是韦伯在《新教伦理》中所写的那种"非理性的生活……在那里，一个人是为了他的商业而生存，而不是为了他的生存而经营商业"，在那里，一个人不间断活动的唯一结果，是"唯工作是

瞻的非理性意识（irrational sense）"。[1]

为**目的理性**所宰制的一种非理性生活。但工具理性，如我们前面所看到的，是现代散文的根本原则之一。在下文不远处，就将看到这二者结合的后果。

五、关键词三："舒适"（Comfort）

在《新教伦理》中我们读到，布尔乔亚的禁欲主义，

> 已经统治了这个一直被它挡在修道院和教会之外的世界，但总的说来，它还是让尘世日常生活的天然自发性质保持了原状。现在，它砰然关上了身后修道院的大门，大踏步地闯入了生活的闹市，开始把自己的条理性渗透进生活的常轨，由此而造就一种尘世中的生活，但这种生活

---

[1] Weber, *Protestant Ethic*, pp.170–171. [译注] 中文译文见马克斯·韦伯著，阎克文译：《新教伦理与资本主义精神》，第70—71页。"非理性"（irrational）一词萦绕于韦伯对资本主义精神气质（ethos）的描绘之中。但是对他来说，资本主义非理性有两个对立的种类：一个是"冒险家"的非理性——手段确实是非理性的，但目的（对收获的个人享受）不是；另一个是现代资本家（capitalist）的非理性，与前一类相反，手段已经完全合理化了，但结果——"一个人是为了他的商业而生存，而不是为了他的生存而经营商业"——完全是非理性的。只有在后一种情况下，工具理性的荒诞性才呈现出来。[译注] 中文译文见马克斯·韦伯著，阎克文译：《新教伦理与资本主义精神》，第197—198页。

既不属于尘世,也不是为了尘世。[1]

在 (in) 尘世中的生活,但既不属于 (of) 也不是为了 (for) 尘世。就像鲁滨孙"在"海岛上的生活,既不"属于"也不是"为了"海岛。然而,我们从来没有过这样的印象——像韦伯关于资本主义精神气质所写的,"[他的活动所带来的] 只有那种唯工作是瞻的非理性意识,除此以外便一无所获"。[2]有一种克制的、难以捉摸的享乐感弥漫在小说之中——这可能是它成功的一个缘由。但,是**对什么**的享乐?

先前,我引用过这样一个时刻,当时,鲁滨孙向读者申说——"这将证明我没有偷懒"——使用的是在法官面前为自己辩护的语调。但随后,这个句子转入了一个意料之外的方向:"……我没有偷懒,而且,只要是我的舒适的生活所需要的事,我都会不辞劳苦地去完成。"[3] 舒适的 (comfortable):这是关键。如果说"实用"把海岛变成了一个工场,那么"舒适"(comfort) 则给鲁滨孙的生存恢复了快感元素。在"舒适"的符号之下,甚至《新教伦理》都找到了一个较为轻松的时刻:

---

[1] Weber, *Protestant Ethic*, p.154. [译注] 中文译文见马克斯·韦伯著,阎克文译:《新教伦理与资本主义精神》,第255—256页。

[2] Ibid., p.71. [译注] 中文译文见马克斯·韦伯著,阎克文译:《新教伦理与资本主义精神》,第198页。

[3] Defoe, *Robinson Crusoe*, p.161. [译注] 中文译文见丹尼尔·笛福著,唐荫荪译:《鲁滨孙漂流记》,第135页。

世俗的新教禁欲主义与自发地享受财富几乎势不两立，它约束着消费，尤其是奢侈品的消费。……另一方面……它并不希望把苦行强加给富人，只是要求他们出于必需和实用目的利用自己的财产。这种舒适[**韦伯的原文为英文**]的观念其特征就是限定在伦理上可以容许的开支范围。自然，符合这种观念的生活方式的发展，最早也清晰地见之于那些最一贯地代表整个这种生活态度的人们当中，也就绝非偶然了。他们反对封建豪门的那种建立在腐朽经济基础上的炫耀与排场、宁要贪鄙的优雅不要朴素的诚实，把中产阶级家宅[bürgerlichen "home"（市民"家宅"）]简洁而殷实的舒适[Bequemlichkeit]奉为理想。[1]

布尔乔亚家宅——**英国布尔乔亚家宅**——作为舒适的化身。夏尔·莫拉泽（Charles Morazé）在《布尔乔亚征服者》（Les bourgeois conquérants）写道，在18世纪的进程中，"英格兰把一种新型的快乐变成了时尚——这就是居家的快乐：英国人称之为'舒适'，此后世界其他地区的人也将如此"。[2] 不消说，鲁滨

---

[1] Weber, Protestant Ethic, pp.170–171. [译注] 中文译文见马克斯·韦伯著，阎克文译：《新教伦理与资本主义精神》，第268页。

[2] 夏尔·莫拉泽（Charles Morazé）:《布尔乔亚征服者》（Les bourgeois conquérants），Paris, 1957，第13页。到了维多利亚时代，家宅与舒适之间的关联已变得不言自明，彼得·盖伊描述了"一个英国顾客"的例子，这个顾客满腔严肃地要求他的建筑师，"除了舒适的风格，不要有任何风格"[《快感战争》(Pleasure Wars)，第222页]。想一想《霍华德庄园》(Howards End) 中（转下页）

孙的岛上并没有"中产阶级家宅";但是,当他决定制作"一些我感到最缺少的必需品,特别是一把椅子和一张桌子;因为没有这两样东西,我就无法享受我的世界中很少的一点舒适",[1]或者当他后来宣称"我的住宅极度舒适",[2]很显然,他也认为舒适与家宅的视域有关:一把椅子,一张桌子,一支烟斗,一册簿记……一把雨伞![3]

舒适(Comfort)。这个词起源于后期拉丁语词语的复合——cum(连同)+forte(勇敢、有力)——13世纪时首度出现在英语当中,意为"加强;鼓励……帮助,救助"(《牛津英语大词典》),此后的四个世纪,它的语义范围一直都大致相同:"在需求、疼痛、疾病……心里的苦闷与折磨方面"所做的"生理的补给或供养""缓解/安慰"与"帮助"。而在17世纪后期,巨变发生:comfort不再是使我们从不利环境复归到"正常"状态之物,而是那种以常态为起点,**把福祉(*well-being*)作为自身的目**

(接上页)的威尔科克斯(Wilcox)先生,他向玛格丽特·施莱格尔(Margaret Schlegel)展示他的房子:"我受不了那些诽谤各种舒适的人……当然,我是指合情合理的舒适。"福斯特(E. M. Forster):《霍华德庄园》(*Howards End*), New York, 1998,第117—118页。[译注] 爱德华·摩根·福斯特,苏福忠译:《霍华德庄园》,人民文学出版社,2009年,第197页。

1　Defoe, *Robinson Crusoe*, p.85. [译注] 中文译文见丹尼尔·笛福著,唐荫荪译:《鲁滨孙漂流记》,第58—59页。
2　Ibid., p.222. [译注] 中文译文见丹尼尔·笛福著,唐荫荪译:《鲁滨孙漂流记》,第194页。
3　Ibid., p.145. [译注] 中文译文见丹尼尔·笛福著,唐荫荪译:《鲁滨孙漂流记》,第119页。

的来追求,一点儿晦气都不带的东西:"一种引起或有助于享乐与满足的事物(一般为复数形式,一方面不同于必需品,另一方面又有别于奢侈品)。"[1]

一边是必需品,另一边是奢侈品。身陷于这两组强有力的概念之间,[舒适]这一观念必然会变成一个战场。"生活的舒适含义多样,甚为宽泛,"在《蜜蜂的寓言》(*The Fable of the Bees*)里,精彩的《评论(L.)》声言,"以致无人能说清人们用这组词究竟指的是什么,除非知道他们过着哪种生活……我往往相信,人们为每日的面包做祈祷时,主教的祷告里包含着教堂司事不能想过的一些东西"。[2]在主教的嘴里,"舒适"有可能是蒙着伪装的奢侈品;而这确实是《天路历程》(*Pilgrim's Progress*)开卷时的无名英雄——在他摈弃"舒适"的时候,他得到了"基督徒"的名字——对这一词语的理解方式。[3]但坚

---

[1] 在词义变化上这种情况经常发生,旧义和新义共存一段时间,甚至共存于同一个文本:例如,在笛福那里,[comfort]这个词的名词和动词还在传达着旧的意思[比如,鲁滨孙讲述了当船只失事时,他怎样"到达了陆地,在那里,感到极大的欣慰(great comfort),爬上岸边的悬岩"(第65页)],而它的形容词和副词则倾向于新的意思,比如,当鲁滨孙声称"我的住宅极度舒适"(第222页),或当费力地做出一把雨伞之后,他用平静的语调说出"这样,我便生活得极为舒适"(第145页)。[译注]中文译文见丹尼尔·笛福著,唐荫荪译:《鲁滨孙漂流记》,第39、194、119页。

[2] Bernard Mandeville, *The Fable of the Bees*, London, 1980(1714), pp.136–137. [译注]中文译文见伯纳德·曼德维尔著,肖聿译:《蜜蜂的寓言》,中国社会科学出版社,2002年,第84页。

[3] "顽固说:怎么!难道就此撇下我们的朋友和我们舒适的生活吗?""基督徒(这是那个人的名字)说:对,因为你所撇下的一切,加起来都比(转下页)

毅的本杰明·富兰克林 (Benjamin Franklin)，却有所犹豫。"**朋友们，同胞们，**"《穷理查年鉴》(*Poor Richard's Almanack*) 里的1756年的年鉴宣称，"听说，你们每年至少要花去**二十万英镑，**购买**欧洲、东印度群岛**与**西印度群岛**的商品：假设这笔花销的一半是在购买**绝对必需品**，那么另一半所购买的或许可称为**多余物**，充其量是便利品 (conveniences)，没有这些你们也可以度过这短暂的一年"。[1] 短暂的一年是人们可以被合理地要求戒除便利品的时限。便利品？曼德维尔 (Mandeville) 指出，"体面与便利 (Decency and Convenience) 这两个词语"充满了"含混性"，无法调和的"含混性"，以致它们成了完全无用的东西。《牛津英语大词典》证明他是对的："便利：合适于或特别适应于实行某种行动……的品质"，"有益于个人舒适或有利于行动的物质上的安排或器具"。如果舒适曾经让人难以捉摸，那么便利这个词更糟。[2]

词语的战争总是令人困惑。因此，让我们重读一下《鲁滨孙漂流记》的这个段落："我开始做一些我感到最**缺少**的**必需品**，特别是一把椅子和一张桌子；因为没有这两样东西，我就

（接上页）不上我将要享受到的一丁点。"约翰·班扬（Johan Bunyan）：《天路历程》(*The Pilgrim's Progress*)，New York/London，2009（1678），第13页。[译注] 约翰·班杨著，西海译：《天路历程》，上海译文出版社，1983年，第20页。
1 Benjamin Franklin, *Autobiography, Poor Richard, and Later Writings*, New York, 1987, p.545.
2 事实上，舒适的观念与便利的观念有着相当清楚的差异：舒适包含着某种快感，便利则没有。

无法**享受**我的世界中很少的一点**舒适**；没有桌子，我就不能如此**愉快**地写字、吃饭或做其他事情。"[1] 56个[英语]单词，从"必需"到"舒适"和"愉快"，从"缺少"到"享受"：如此迅速地转调，以致这句话似乎证实了曼德维尔的挖苦与《牛津英语大词典》的含糊的定义："一边是必需品，另一边是奢侈品。"但是如果我们看看鲁滨孙**实际**(actual)拥有的舒适，这个概念就失去了假定的[与必需品、奢侈品这二者的]等距关系：借助桌子来做的这些写字、吃饭与"做其他事情"的行为，显然全部都倾向于必需——同奢侈绝对没有任何关系。奢侈，一直都是对普通之物的某种程度的超越；舒适，则从来都不是；由此，舒适的快感所具有的那种深层的共通感，迥然不同于奢侈带来的违反常情的欢乐(delight)，因为根据凡勃伦(Veblen)在《有闲阶级论》(*The Theory of Leisure Class*)中所做的粗暴解释，后者"绚烂夺目，光怪陆离，而且不方便……到让人痛苦的地步"；[2] 布罗代尔(Braudel)不那么刻薄，但同样的犀利，他斥责旧制度下的奢侈"更加的虚假"，因为"它不一定伴有我们将称之为舒适的东西。供暖装置依然贫乏，而通风设备更是可笑"[3]。

1　Defoe, *Robinson Crusoe*, p.85(emphasis added). [译注] 中文译文见丹尼尔·笛福著，唐荫荪译：《鲁滨孙漂流记》，第58—59页。
2　Thorstein Veblen, *The Theory of the Leisure Class*, Harmondsworth, 1979(1899), pp.182-183. [译注] 中文译文见斯托丹·凡勃伦著，蔡受百译：《有闲阶级论》，商务印书馆，2011年，第142页。
3　Fernand Braudel, *Capitalism and Material Life 1400-1800*, New York, 1973(1967), p.235.

舒适，作为使人愉快的日常必需品。在这个新的视域内，该词原义中的一个面向又浮现了出来。过去这个词语通常意味着，"需求、疼痛、疾病"上的"缓解""帮助"与"供养"。几个世纪以后，对缓解的需要回来了：然而，这一次不是缓解疾病，而是缓解——工作。令人惊奇的是，多少现代的舒适品都在处理这种需要——这种完全直接产生于工作的需要：**休息**。(鲁滨孙——可怜的人——所希求的第一件舒适品是一把椅子。)[1] 对新教伦理来说，正是这种与工作的邻近关系，使舒适成为"可允许的"东西——是的，成为福祉——但这是一种不会引诱你远离天职的活动，因为它依然保持着极度的冷静与节制。它极度的节制，招致了晚近一些资本主义历史学家对它的报复；它极度的冷静，因而在现代历史的急促变化中未能发挥举足轻重的作用。扬·德·弗里斯 (Jan de Vries) 写道，舒适指的是那些"能够被满足"的欲望，因此也是有着内在限度的欲望；而要说清"消费革命"的无止限的特性，要说清后来经济腾飞的无止限的特性，我们必须转向笛福一代首先注意到的"无常易变的'欲

---

[1] 红衣主教纽曼将会写道，"舒适，或方便"，是"如轻便的椅子或熊熊的火"那样的一些事物，它们"能帮助人们驱散寒冷与疲倦，然而没有它们，自然也提供了休息与保持体温的方法"。John Henry Newman, *The Idea of a University*, London, 1907(1852), p.209. [译注] 中文译文见约翰·亨利·纽曼著，高师宁等译：《大学的理念》，贵州教育出版社，2003年，第182页。

望的白日梦'"，[1] 或"标新立异的时尚精神"。[2] 尼尔·麦肯德里克 (Neil McKendrick) 总结说，18世纪的构述 (formulation)，没有为舒适留出概念化的空间，因此这个时代，"需要的指令"(the dictate of need) 就彻底被"时尚的指令"(the dictate of fashion) 所取代。[3]

那么，要的是时尚而不是舒适？从某个方面上说，这一非此即彼的选择显然并没有根据，因为这二者都为塑造现代消费文化做出了贡献。而真实的情形是，它们做出贡献的方式是如此不同，它们怀有的阶级内涵完全对立。时尚，在宫廷社会里就已经很活跃了，到了这个时代仍然保留着傲慢的光环，且实际上还是奢侈的光环，它所吸引的是这样一种布尔乔亚什，他们渴望超越自身，模拟旧统治阶级的形象；舒适依旧是脚踏实地的，是散文气的；它的美学——如果有这样一种东西的话——是低调的，是功能性的，适合于日常生活，甚至适合于工作。[4] 这使舒适没有时尚那么显眼，却完全更有能力弥漫

---

[1] 扬·德·弗里斯 (Jan de Vries)：《勤劳革命》(*The Industrious Revolution*)，第21、23页。在这里，德·弗里斯运用了提勃尔·西托夫斯基 (Tibor Scitovsky) 在《无乐趣的经济》(*The Joyless Economy*, Oxford, 1976) 中所设定的——完全反历史的——舒适与快乐对立的模式。

[2] Joyce Oldham Appleby, *Economic Thought and Ideology in Seventeenth-Century England*, Los Angels, 2004(1978), pp.186, 191.

[3] Neil McKendrick, "Introduction" to Neil McKendrick, John Brewer, J. H. Plumb, *The Birth of a Consumer Society: The Commercialization of Eighteenth-Century England*, Bloomington, IN, 1982, p.1.

[4] 这肯定就是熊彼特所想的东西，当他看到"资本主义生活风格能（转下页）

于生活中的那些间隙；它和其他那些典型的18世纪商品共享同一种播散的门径——那些商品，也是介于必需品与奢侈品之间——它们包括咖啡与烟草，巧克力与酒精。用德语词语来说，这是享乐品(Genussmittel)：[1]"快感的手段"(在这个"手段"里，人们听到了无可置疑的工具理性的回声)。它们还被称作"兴奋剂"(Stimulants)，这个词语含有另一个显著的语义选择：细小的震击——用这些商品带来的欢乐为每一天、每一周不时打上圈点，从而实现其显著的"实用性功能"，即确保"个人更有效地融入社会，因为它们给他提供了快感"。[2]

(接上页) 够容易地——也许是最有力地——用现代西装便服的起源加以说明"(熊彼特：《资本主义、社会主义与民主》，第126页)。西装便服起源于乡村穿着，过去常用作商务套装，同时也被视作一般性日常生活中优雅仪态的标记；然而，它同工作的关联使它"不适宜"用于具节庆氛围的、更有时尚性的场合。[译注] 中文译文见约瑟夫·熊彼特著，吴良健译：《资本主义、社会主义与民主》，第203页。

1 [译注] 德语词语Genussmittel意为嗜好品、享乐品，它是由Genuss（pleasure/快乐）与mittel（means/手段）组成的复合词。

2 沃尔夫冈·希维尔布希（Wolfgang Schivelbusch）：《味觉乐园：香料、兴奋剂、麻醉品的社会史》(*Tastes of Paradise: A Social History of Spices, Stimulants, and Intoxicants*), New York, 1992(1980)，第xiv页。玛克辛·伯格（Maxine Berg）与海伦·克利福德（Helen Clifford）写到，1700年左右，"咖啡、糖与烟草作为舶来品被移用为药用材料"；随后发生了第二次形变，类同于"舒适"的形变——它们从"药用材料"转用于小型的日常快感。在《鲁滨孙漂流记》的一个段落里，工作、烟草与舒适有一次无缝的对接，在那里，鲁滨孙宣称他"自己的最为了不起的成就……是能做出一支烟斗……我感到极为舒适（comforted）"（《鲁滨孙漂流记》，第153页）。见玛克辛·伯格、海伦·克利福德编：《消费者与奢侈：1650—1850年间欧洲的消费文化》(*Customers and Luxury: Consumer Culture in Europe 1650–1850*), Manchester, 1999，第11页。[译注] 中文译文见丹尼尔·笛福著，唐荫荪译：《鲁滨孙漂流记》，第126—127页。

沃尔夫冈·希维尔布希 (Wolfgang Schivelbusch) 写道，Genussmittel 这一词语的完成，"听起来就像是一个悖论"：*Arbeit-im-Genuss*，[1] 他给出的定义是：混杂着快感的工作。舒适一词的完成，是同一种悖论，而且也出于同一种理由：在17世纪和18世纪，两个同样有力但完全矛盾的价值集合同时形成：现代生产禁欲的律令，和一个新兴社会集团享乐的欲望。在这两个对立的力量之间，舒适与享乐品努力打造了一种妥协关系。妥协，而不是真正的解决：对这一关系来说，最初的对立太过于尖锐了。因此，曼德维尔关于"舒适"的含混性的说法是正确的；他没有抓住的是，含混性**恰恰是**该词的**要点**。有时，这是语言能做到的最好的事情。

六、散文一："连续性的韵律"

在前文中我曾经写到，目的从句在鲁滨孙的很多行为 (actions) 发生之前为这些行为做出了预示，由此，它们透过"工具理性"的棱镜结构了现在与未来的关系——**为了做**那件事，我做这件事。而且这未必是鲁滨孙深思熟虑的计划。这里所要讲的，是船只失事——他一生中最悲惨、最意外的时刻——

---

1 [译注] *Arbeit-im-Genuss*，work-in-pleasure，快感/享乐之中的工作。

之后即刻就出现的事情。然而,他

> 从海岸向陆地里面走了大约一浪远,去看看能不能找到点淡水来喝,使我大为高兴的是,我竟找到了水;喝了些水之后,又放了一点烟叶在嘴里,聊以充饥,我又走到那棵树那里,爬了上去,尽力让自己坐牢靠,以免睡着了摔下来;我又砍了一截短短的枝杆,像一根警棍,用来防身,然后便开始歇憩。[1]

他走过"去看看"是否有水能"来喝";然后他咀嚼烟草"以充饥",让自己坐好"以免"摔下来,砍一截枝杆"用来防身"。到处都是短时的目的论,就好像这是第二自然。然而,就在目的从句这种向前倾斜的语法旁边,第二选择现身,倒向与之相反的时间方向:一种极为少见的动词形式——动名词完成式 (the past gerund): "喝了 (having drank) ……放了 (having put) ……砍了 (having cut) ……" 这在《鲁滨孙漂流记》中要比在其他任何地方出现得都更为频繁,同时意义也更为重大。[2] 下

---

[1] Defoe, *Robinson Crusoe*, p.66. [译注] 中文译文见丹尼尔·笛福著,唐荫荪译:《鲁滨孙漂流记》,第41页。

[2] 在文学实验室收录的3 500部小说中,动名词完成式在1800年到1840年间每10 000个单词出现5次,1860年下降到3次,一直到19世纪末都保持着这个水准。由此来看,《鲁滨孙漂流记》的使用频度(每10 000个单词9.3次)比它们高出2到3倍——而鉴于笛福习惯于两个相连动词使用一个助动词("having drank, and put","having mastered, and employed",等等),这一频度可能(转下页)

面是小说中的几个例子：

安装好桅和帆之后，在海上试了一程，我发现它航行得非常之好……

将船**停稳**之后，我便带着枪走上岸……

……风势已**减弱**，现在海面平静了，我便冒险……

我将所有的东西**搬上**岸并**妥善收藏好**之后，又回到我的小船上……[1]

在这里，尤其值得注意的，是语法上所谓的这种动名词的"体式"（"aspect"），是这个技术术语所包含的这样一种事实：从言说者的视角看来，鲁滨孙的行为已经全部**完结**（*completed*），已经"完成"（perfected）。船已停稳，一劳永逸；他的东西被搬上岸，并将一直留在那里。过去已被划出界线；时间不再是一股"流"；它已经被定型，在这一意义上，它也已经被控制。但是，同一个行为，在**语法上**"完成"了，在**叙事上**却仍然是开放的：在大多数情况下，笛福的句子为一个行为做了成功的收尾（将船停稳……），又将这一收尾转化为**另一个行**

（接上页）还更高。即便如此，由于文学实验室的语料库局限于19世纪，对于一部出版于1719年的小说而言，这一频度的价值显然还很难最终确定。

1　Defoe, *Robinson Crusoe*, pp.147, 148, 198(emphases added). ［译注］中文译文见丹尼尔·笛福著，唐荫荪译：《鲁滨孙漂流记》，第121、122、170页。

为的前提：我发现它航行得……我便带着枪……我便冒险。然后，神来一笔，这第二个行为又变成**第三个行为**的前提：

> **喂好**（*having fed*）它以后，又像先前那样，我**系上**（*ty'd*）绳子，**以便牵**（*to lead*）走……
>
> 将船安全地**存放好**（*having stowed*）之后，我**走到**（*went*）岸上**来看看**（*to look*）四周……
>
> **克服了**（*having mastered*）这个困难，为它费去了（*employed*）许多时间之后，我**鼓舞**（*bestirred*）自己**去看看**（*to see*），如果能够的话，怎样满足我的两个需求……[1]

动名词完成式、动词过去式、动词不定式：绝妙的三部曲。目的理性已学会跨越近在咫尺的目的，描绘一条较长的时间弧线。主句，在中央，突出的是它的行为动词（我鼓舞……我走到……我系上……），在这里它们是唯一在限定形式里发生曲折变化的动词。在主句的左边，同时也是在主句的过去，存在着动名词：这个一半动词、一半名词的词，赋予鲁滨孙的行为一个客观性的剩余，它几乎把这些行为放置在了他人身的外部；人们会忍不住说，这是客

---

[1] Defoe, *Robinson Crusoe*, pp.124, 151, 120 (emphases added). [译注] 中文译文见丹尼尔·笛福著，唐荫荪译：《鲁滨孙漂流记》，第99、125、95页。根据语境需要，译文微调。

观化了的劳动。最后，在主句的右边，同时也是在未言明的（然而又决不会太远的）将来，存在着目的从句，这个从句里的不定式——往往成双成对地出现，就像是要增加它的开放性——体现了叙事上的潜在可能性：有些事情即将到来。

过去—现在—将来："连续性的韵律"，在《批评的解剖》(*Anatomy of Criticism*) 中，诺思罗普·弗莱 (Northrop Frye) 以此作为论散文一节的标题。有趣的是，该节实际上很少谈论连续性，倒是在大量谈论对连续性的**偏离** (*deviations*) ——从以"西塞罗式的从句的平衡"为特征的"准格律"的绮丽体 (euphuism)，到"使其质料过度对称化"的"矫揉造作的散文"，"亨利·詹姆斯 (Henry James) 晚期小说中的长句"（"并非线性的思想过程，而是一种共时性的理解"），或者，最终，那种导致了"线性运动的淡化"的"古典风格"。[1] 这非常奇妙，从线性的连续性到对称性与共时性，持续不断的滑动。而持这一姿态的，并非只有弗莱。还有卢卡奇，他的《小说理论》(*Theory of the Novel*)：

只有散文才能以同样的力量，包容痛苦和成功、斗争

---

1 Northrop Frye, *Anatomy of Criticism: Four Essays*, Princeton, 1957, pp.264–268. [译注] 中文译文见诺思罗普·弗莱著，陈慧等译：《批评的解剖》，百花文艺出版社，2006年，第389、391、394、395页。

和殊荣[、道路和圣典]；只有它不受束缚的灵活性及其无节奏的联系，才能以相同的力量，拥抱世界的羁绊和自由、被给予的沉重和征服来的轻盈，自此以后，这世界内在地焕发着被发现的意义的光芒。[1]

[散文]这一概念虽然复杂，但是清晰：对卢卡奇来说，由于"每一种形式都是针对生活的根本的不和谐所做出的化解"，[2]又由于小说世界的特殊的不和谐表现在它自身"无限巨大并……充满了"礼物和危险，[3]因此小说需要一个媒介，这个媒介既要是"无韵律的"（以适应世界的异质性），但同时也要足够"严密"，以赋予异质性以某种形式。在卢卡奇看来，这一媒介就是散文。概念是清晰的。但在这里，这一概念是要点吗？《小说理论》的副标题是"一篇论说文"(An Essay)；对于青年卢卡奇来说，论说文是这样一种形式：它还没有失去它"同科学、伦理以及艺术之间未分化的统一性"。[4]以及艺术。因此，请

---

1 卢卡奇（Lukács）：《小说理论》（*Theory of the Novel*），第58—59页。由于某种原因，我放在方括号里的短语，在安娜·波斯托克（Anna Bostock）卓越的英文译本里漏掉了。[译注] 参见卢卡奇著，燕宏远、李怀涛译：《小说理论》，商务印书馆，2012年，第51—52页。

2 Ibid., p.62. [译注] 卢卡奇著，燕宏远、李怀涛译：《小说理论》，第55页。

3 Ibid., p.34. [译注] 卢卡奇著，燕宏远、李怀涛译：《小说理论》，第25页。

4 Georg Lukács, "On the Nature and Form of the Essay", in *Soul and Forms*, Cambridge, MA, 1974(1911), p.13. [译注] 卢卡奇，张亮、吴勇立译：《卢卡奇早期文选》，南京大学出版社，2004年，第137页。

允许我再次引用一下这个段落：

> 只有散文才能
> 以同样的力量，包容
> 痛苦**和**成功、
> 斗争**和**殊荣、
> 道路**和**圣典；
> 只有它不受束缚的灵活性及其无节奏的联系，才能
> 以相同的力量，拥抱世界的
> 羁绊**和**自由、
> 被给予的沉重**和**征服来的轻盈，
> 自此以后，这世界内在地焕发着被发现的意义的光芒。

所用的词语是一样的。但现在，可以明显看出它们的对称性了：一个接一个的均衡的对子（痛苦和成功、羁绊和自由、被给予的沉重和征服来的轻盈），由两个同义的动词盖上了封印（"包容"——"拥抱"），通过同一个状语从句获得最终的完成（**"以同样的力量，包容"——"以相同的力量，拥抱"**）。在这里，语义和语法完全陷入彼此歧义的状态：一个主张散文的不和谐是历史的必然，另一个则将这一主张纳入新古典主义的对称之中。散文获得了永生，但用的是反散文的文体。[1]

---

[1] 格奥尔格·西美尔（Georg Simmel）对青年卢卡奇有深刻的影响，在他的美学思想中，对称是一个非常重要的元素。"人们将在对称中发现一切美（转下页）

我们将会看到，这个段落并不是卢卡奇关于散文的结论；但相比之下，无疑是这段话阐明了《鲁滨孙漂流记》的文体。完成式、过去式、不定式从句的连续体体现了这样一种时间观念——"各向异性的"(anisotropic) 时间：根据人们采取的方向的不同而不同的时间——它排除了对称性，因此也排除了产生于对称性的稳定性（及这样一个美的种类）。从书页的左侧转到书页的右侧——就是从全部完结的过去，转到稳定在我们眼前的现在，与现在之外的一个有些不确定的未来——这种散文，不仅是连续性的韵律，而且是**不可逆性**的韵律。现代性的节拍是"对消逝的迷狂"，在《精神现象学》中黑格尔写道："一切坚固的东西都烟消云散了"，在《共产党宣言》里它激起这样的回声。笛福的韵律不像他们那样狂热，它和缓、稳定，但同样一往直前，义无反顾。韦伯在《新教伦理》中写道，资本主义的积累需要一种"永续更新"的活动；[1]笛福的句子——在那里，第一个行为的成功是垫脚石，它引发出**进一步的**行为，从后者出发又产生出更进一步的行为——所体现的恰恰就是这种"方法"：不断"更新"过去的成就，使它们成为新的起点。这就是

（接上页）学处理（aesthetic treatment）的基础"，在《审美社会学》（"Soziologische Aesthetik"）里，西美尔写道，"要赋予事物以感觉与和谐，人们必须首先用对称的样式来为它们塑形，把分散的部分协调为整体，围绕中心点安排次序"。见格奥尔格·西美尔：《审美社会学》，《未来》（*Die Zukunft*），1896；我是从意大利文的译本转引的，见《艺术与文明》（*Arte e civiltà*），Milan, 1976，第45页。

[1] Weber, *Protestant Ethic*, p.21. [译注] 中文译文见马克斯·韦伯著，阎克文译：《新教伦理与资本主义精神》，第160页。

以前进为导向的（*pro-vorsa*, forward-oriented）散文的语法；[1] **发展**（*growth*）的语法："克服了这个困难，为它费去了许多时间之后，我鼓舞自己去看看，如果能够的话，怎样满足我的两个需求……"[2] 已经克服了**一个**困难；可以处理**两个**新的需求了。进步："在**过去**（the *past*）面前，在自身与过去的比较中，**现在**（the *present*），通过它自身赋予自身的**将来**（the *future*），持续不断地自我证成（self-justification）。"[3]

实用的、散文的、资本主义精神的、现代进步的文体。但它真的是一种**文体**吗？从形式上说，是；它有独特的语法连序和工具性行为的弥散性主题。但美学上呢？这是散文文体学（stylistics）的核心问题：它小心翼翼地做出的一步一步、稳步前行的决定，哦，就是**散文性的**（*prosaic*）。请允许我暂时把这一问题留在这里：散文文体，与其说它关系着美，不如说它关系着——**惯习**（*habitus*）：

> ［即］可持续的、可变换的禀性（*dispositions*），结构

---

[1] 作为"以前进为导向的（provorsa）话语"——这种话语"不知道什么叫适度回退"——的散文理念，可以在亨利希·劳斯贝格（Henrich Lausberg）的《文学修辞学原理》（*Elemente der literarischen Rhetorik*, Munich, 1967, 第249节）找到它的古典表述。

[2] Defoe, *Robinson Crusoe*, p.120. ［译注］中文译文见丹尼尔·笛福著，唐荫荪译：《鲁滨孙漂流记》，第95页。

[3] Hans Blumenberg, *The Legitimacy of Modern Age*, Cambridge, MA, 1983(1966–1976), p.32 (emphases added).

性的结构(structured structures),它们倾向于作为结构化的结构(structuring structures),也就是作为实践与表征(representation)的产生与结构化的原则发挥作用,它们客观上可能是"受规约的"(regulated)与"合规约的"(regular),但它们绝不是因对规则的服从才形成的,它们客观上适合于它们的目标,但它们并没有预先设定:要有意识地瞄准目的,要准确地掌握为达成目的所需的那些必要的操作……[1]

笛福的那些三从句的句子是布迪厄的观点的绝佳的例证:它们属于"结构性的结构",这些结构的形成并不是通过计划,而是通过诸多独特但彼此兼容的元素的缓慢蓄积;这些结构一旦获致了完整形式,就"规约"(regulate)着——并没有"有意识地瞄准"这样一种做法——读者对时间性的"实践与表征"。在这里,"规约"一词有着深刻的**生产性的**(productive)意义:其目的并不是作为**无**-规约者(ir-rgular)压抑其他形式的时间表征,而是提供一个语法上紧致而又足够灵活的样板,来使它自身适应不同的状况。[2] 散文与韵文不同,千年来韵文一直

---

[1] Pierre Bourdieu, *Outline of a Theory of Practice*, Cambridge, 2012(1972), p.72.
[2] 《鲁滨孙漂流记》的三从句有诸多变体,除了其中一两个组件的加倍以外,还有几种属于对基本语序的偏离:或是延迟主句["在费了好大的力气去找黏土——挖黏土,揉黏土,带黏土回家,加工黏土——之后,我花了将近两个月时间的'劳动',做成的不过是两只巨大而难看的陶制的东西(我没法称它们为坛子)"(第132页)],或是在句子中间再插入一个从句("把我的第二批货物运上岸后——虽然我很想将那两桶火药打开,将它们包装成一些小包,因(转下页)

58 通过一种记忆的机制"规约"着教育的实践,这一机制强令对给定的结构作**确切的重复**,散文则只能面对应该与原初结构相似——是的,但绝不相同的结构,要求一种**主观的再-生产**。在《小说理论》中,卢卡奇为这种状况创设了一个完美的隐喻:精神的生产性。

七、散文二:"我们已发现了精神的生产性"

鲁滨孙渴望更多地了解他的"小小的王国",因此决定作环岛航行。先是一些岩石阻拦着他,然后是风挡住了他。他等了三天,然后又一次冒险触犯,但所有事情都出现了灾难般的错误——"深水……激流……我的桨一点用也没有"——直到他觉得自己肯定要死了。他总结道:"现在我知道了,上帝的意旨是多么容易叫人类最悲惨的处境变得更加悲惨。"[1]

上帝的意旨:小说的寓言性(allegorical)界域。但是,《天路历程》是《鲁滨孙漂流记》无可逃避的前例,这二者的比较揭

(接上页)为它们用大桶装着很重——我用帆布给自己搭了一个小帐篷"[第73页]),或是补充其他的句法复合成分("在船撞上沙滩,牢牢地搁浅在沙滩上无法移动之后,我们的处境很糟糕,除了尽可能设法求生之外,别无他法"[第63页])。[译注] 括号中的引文中文译文见丹尼尔·笛福著,唐荫荪译:《鲁滨孙漂流记》,第106、48、37页。

1 Defoe, *Robinson Crusoe*, p.148. [译注] 中文译文见丹尼尔·笛福著,唐荫荪译:《鲁滨孙漂流记》,第122、123页。

示了：不过是一代人的时间，却已有多少东西发生了改变。在班扬那里，文本的寓言潜能被该书的**旁注**（marginalia）系统地、公开地激发了出来，旁注将基督徒的旅行故事转化成第二文本，在那里宣布该书的真实意义：例如，当柔顺（Pliable）抱怨旅行步伐的缓慢，班扬的**附录**（addendum）——"这并没有那么柔顺"——把这个片段变成了道德训诫，这种训诫可以从叙述之流中提取出来，而永远保存在它的现在时态之中。这个故事之所以有意义，是因为它有两个部分，第二个部分是重点所在：这就是寓言（allegory）的工作方式。但《鲁滨孙漂流记》是不同的。英语中最不起眼的词语之一——"things"（物、事情、东西）——将阐明我的意思。在班扬笔下，"things"是出现频度第三高的名词（仅次于"way"和"man"），而在笛福那里，"things"的频度排名第十（在"time"及一连串与海和岛相关的用词之后）；乍看起来，这似乎标志着这两本书之间的接近程度及它们彼此之间的距离。[1] 但是，如果人们审视一下这个用词的索引，会看到，这个图像就变了。下面是班扬的文字：

---

[1] 在《天路历程》中，每10 000个单词，"things"出现25次，而在《鲁滨孙漂流记》中出现12次；在谷歌图书（Google Books）语料库中，17世纪晚期和18世纪早期，这个词的平均频度大约低于每10 000个单词10次（在每10 000个单词1.5次和2.5次之间）；在文学实验室［Literary Lab］语料库中，1780年左右为每10 000个单词2次，随后有非常缓慢的上升，到了19世纪90年代，达到每10 000个单词略高于5次。

凡是用比喻讲的事情,我们不要藐视……

他使卑贱的事物预示着神圣。

……认识黑暗的东西,把黑暗的东西显示给罪人……

……最好不要贪慕目前的东西(things),而要期待将来的事物(things)。

……所见的东西是暂时的,所不见的事物是永远的。

……有什么事情像天上的上帝的事情这样值得世上人使用他们的口头和嘴唇呢?

我只是想把事情弄清楚罢了。

深奥的东西,隐秘和神妙的东西。

……究竟什么样的目的才会让他……用空虚的东西填补他的心灵呢?[1]

60　在这些例句中,"things"有三个彼此不同,然而又部分重叠的含义。第一个完全是一般性的含义:"things"用来意指(signify) 无意义 (insignificance):"基督徒和忠信就把他们在路上遇到的一切事情都告诉了他";[2] "我只是想把事情弄清楚罢了"。这个词语唤来了"尘世"(《天路历程》中另一个非常高频的词),又把它作为无关紧要的东西轻轻抖去。然后另一

---

[1] Bunyan, *Pilgrim's Progress*, pp.7, 9, 26, 28, 60, 65, 95, 100. [译注] 约翰·班杨著,西海译:《天路历程》,第10、14、37、39、82、88、127、132页。
[2] Ibid., p.68. [译注] 约翰·班杨著,西海译:《天路历程》,第93页。

组表述——"卑贱的事物""空虚的东西"——为它补充了第二个语义层,表达着对这些尘世中的无意义之物的道德蔑视。最后,在无意义与不道德之后,第三个化身到来;物变成了**符号** (signs):"用比喻讲的事情",或者"把黑暗的东西显示给罪人",或者是在旅途的间歇,解释者 (Interpreter) ——完美的名字——将阐说 (explain) 给基督徒的那些"无比美好的东西" (excellent things)。[1]

变成了符号的物;这些物之所以能毫不费力地这样做,是因为,从根本上说,**它们绝非真的是物**。以典型的寓言性的方式,班扬唤起尘世("things"的含义一),只是为了否定它的肤浅(含义二),并整体上超越它(含义三)。这完全是一个逻辑性的序列——就像《天路历程》的完整的标题所说的,是"从现世到将来的世界"(from this world to that which is to come)——在那里,文字层面之于寓言层面就像身体之于灵魂;它存在只是为了被消耗,就像"我们这座城市",基督徒马上对此做出了阐说,"我确实知道它将要被来自天国的火烧毁"。[2] 被消耗,被烧毁,被纯化:这就是《天路历程》中的物的命运。而《鲁滨孙漂流记》:

> 我还要去找更重要的东西,首先,是工具……
> ……那些索具和船帆,以及这类可以弄上岸来的其他

---

1 [译注] 约翰·班扬著,西海译:《天路历程》,第36页。
2 Ibid., p.11. [译注] 约翰·班扬著,西海译:《天路历程》,第18页。

> 东西。
>
> 还有炮手用的几样东西,特别是两三根铁撬棍……
>
> ……没有那种能弯曲的枝条之类的东西……
>
> ……必须要有一堆稀奇古怪的小东西,才能够备料、制作、烘焙、涂酱、加工,最后制成这一块面包。
>
> 我花了将近两个月时间的"劳动",做成的不过是两只巨大而难看的陶制的东西——我没法称它们为罐子。[1]

在这里,物不是符号,肯定既不"空虚"也不"卑贱";它们是鲁滨孙所"需求"(wants)的东西,而"需求"有缺乏(lack)与欲求(desire)这双重含义;毕竟,这部书最伟大的片段之一,就是搭救船上装载的东西,使它们免于沉入海底而永久地丧失。"物"这个用词的含义必然仍旧是一般性的,但这一次,它的不确定性所激发的是特殊化的进程,而不是对尘世的逃避:物取得了意义,但不是通过"垂直地"升入永恒的层面,而是通过"水平地"流入另一个从句,在那里,它们有了具体性("小""陶制的""难看的"),或者说变成了"工具""铁撬棍""罐子""能弯曲的枝条"。它们固执地将自身保持为物质,拒绝成为符号;如同《现代的正当性》的现代世界,它不再像班扬的世界那样,"承担人的拯救的责任",而是"用其自身所提供的稳定性与可

---

[1] Defoe, *Robinson Crusoe*, pp.69, 72, 73, 90, 130, 132. [译注] 中文译文见丹尼尔·笛福著,唐荫荪译:《鲁滨孙漂流记》,第43、47、65、104、106页。

靠性同那种拯救相**竞争**"。[1] 稳定性与可靠性：这就是笛福笔下的物的"意义"。彼得·伯克 (Peter Burke) 将此称为"质言心态 (literal-mindedness) 的兴起"，并把其年代确定在大约17世纪中期，[2] 而荷兰风俗画有一个类似的变迁："大约在1660年以后"，

---

1 Blumenberg, *Legitimacy of the Modern Age*, p.47(emphasis added).
2 彼得·伯克（Peter Burke）：《多样的文化史》(*Varieties of Cultural History*), Cornell, 1997, 第180页。也可参见其略早一些的论文《质言心态的兴起》("The Rise of Literal-Mindedness")，《共同知识》(*Common Knowledge*) 1993年第2期。[译注] *Varieties of Cultural History*，该书由丰华芹、刘艳译为中文，改题为《文化史的风景》，由北京大学出版社于2013年出版。该书对于literal-mindedness的讨论是以"比喻的历史"为背景的，故中译本将它翻译为"文字意识"："比喻的衰退……是从比较具体的思想方式逐渐转变为比较抽象的思想方式（这与识字和识数能力有关）；与此同时，对于用文字而不是用符号来解释文本、图像和事件抱有更大的兴趣，即'文字意识'（literal-mindedness）的兴起。和其他许多历史学家一样，我也认为这一历史类型的转变发生在并开始于17世纪的中期，至少存在于西欧的上层社会当中。"（《文化史的风景》，第203—204页）不过，"literal-mindedness"这一概念本身就包含有隐喻的维度，它还可指缺乏想象力的、只注重实际的态度。彼得·伯克在其论文《历史学家、人类学家和象征》("Historians, Anthropologists, and Symbols")，载于*Culture Through Time: Anthropological Approaches*, Stanford University Press, 1990）中的讨论就远远超越"文字意识"的层面，故有译者将其译为"务实心态"："女巫审判的衰落和对仪式的拒斥，从属于更大范围的、我称之为务实心态（literal-mindedness）兴起的趋势。……较为重要的情节有：新教徒强调对《圣经》的字面解读，17世纪科学家消解自然界的'神秘'力量，19世纪哲学、文学、社会学和历史学家强调现实主义和实证主义（'实际发生的''社会事实'及其他种种）。……务实心态取得了诸多值得自豪的成就，从蒸汽机到史料考证。很难想象，如果没有它，对自然界的事物怎样（而不是为什么）发生的系统研究如何发展起来，或者说完全依据文献来系统地研究历史如何能发展起来。"该译文见https://www.douban.com/group/topic/18029404/。本译作试图把"文字意识"与"务实心态"这两个语义维度作一个综合，选用"质言"来作为"literal"的译词。在古代的汉语表达中，"质言"既有"直言"之义，又有"实言"之义，且中国古代散文分"质言""文言"两体，质言即词句质朴、不加文饰，与下文黑格尔对散文的讨论颇可相互参证。

从以"寓言手法"(allegorical devices)为中心转移到了"以日常生活为本务"。[1]一位不动感情的维多利亚人将这样写道:"世上生成的东西是某种特定的事实性的东西……是心灵的[从诗意到]散文气的转向(prosaic turn),是质言性(literalness),是一种动辄说'事实就是如此,不管你们怎么想'的倾向。"[2]

事实就是如此。黑格尔论散文:"我们可以将质言的准确性、鲜明的确定性、清晰的可理解性规定为散文的一般规则,而隐喻性的或形象化的东西一直都是相对不清晰和相对不准确的。"[3]因此,让我们返回到本节开头提到的段落,对它作充分的阅读:

> 第三天,早晨,由于夜里风势已减弱,现在海面平静了,我便冒险开船。但是,我又一次为那些轻率无知的驾船人做了鉴戒。因为我刚一驶到那个岬角,离开海岸还不

---

1 Schama, *Embarrassment of Riches*, pp.452–453.
2 Walter Bagehot, *The English Constitution*, Oxford, 2001(1867), pp.173–175. [译注] 中文译文见沃尔特·白芝浩著,夏良才译:《英国宪法》,商务印书馆,2005年,第258—261页。
3 Hegel, *Aesthetics*, p.1005. [译注] 中文译文见黑格尔著,朱光潜译:《美学》第三卷下册,第61页。这段话里的几个核心的概念,在黑格尔原文中作"die Richtigkeit ... die deutliche Bestimmtheit und klare Verständlichkeit",朱光潜译为"精确,鲜明和可理解性"。但莫莱蒂所引的英译本将它们翻译为"literal accuracy, unmistakable definiteness, and clear intelligibility",给第一个概念"die Richtigkeit"增加了它原本没有的修饰词"literal"。但对于莫莱蒂来说,这个修饰词至关重要,他借此把黑格尔与彼得·伯克的论述联系了起来。

到一船的距离,我就发现我自己驶向了深水区,进入了一股像磨坊闸沟里的水那样急的激流,它裹挟着我的船猛烈地流去,我费尽了一切力量,也无法让船回到激流的边上来。但我发现这股激流将我的船冲得离开我左边的那股涡流越来越远。这时不巧又没有风来帮我一下忙,我奋力划着双桨,却一点用也没有。这时我因徒劳无功而开始听天由命了。因为海岛两边都有激流,我知道海岛前面不远的地方它们就将汇合到一起,那我就更加无可挽救了,同时我又看不到任何避开它的可能性。所以,除了死亡之外,我已没有任何希望。当然不是死在海里,因为这时海面相当平静,而是因为没有吃的而活活饿死。的确,我那会儿在岛上停留时,曾找到一只海龟,几乎大到我刚能提起它,我将它丢在船上;而且我还有一大罐子(就是我自己做的那种陶盆)淡水。但是,要是被冲到汪洋大海上……[1]

白天,早晨,减弱的风——海面因此获得了平静。在为驾船人提供半寓言性的"鉴戒"之后,"准确性"回来了:岬角(the point),船,海岸,深水,激流,一路上对于最终的死亡的恐惧(伴随以直接而详细的说明:不是溺亡,而是饿死)。随后,是更多的细节:他将死于饥饿,是的,但实际上,他在船上带有一只海

---

[1] Defoe, *Robinson Crusoe*, p.148. [译注] 中文译文见丹尼尔·笛福著,唐荫荪译:《鲁滨孙漂流记》,第122页。

龟；确实，一只大海龟："大到我刚能提起它"(不：**几乎**大到)；他也有一罐水：一**大罐淡水**——虽然它并非**真的**是一个罐子，而只是"我做的那种陶盆"……鲜明的确定性。但这是为什么呢？寓言总是有一个清晰的含义；有一个"观点"(point)。而这些细节呢？这里有太过丰富的细节，太过显著的细节，因而不可能是"现实效果"(reality effects)——"无关紧要的对象，过剩的词语"，即巴特(Barthes)将要从现实主义风格中发觉的东西；但是，面对在早晨上路的鲁滨孙，面对和过去的它一样大的海龟，我们应该做些什么呢？事实就是如此。诚然。可是它们意味着——什么呢？

在《诗学的基本概念》(*Basic Concepts of Poetics*)中，埃米尔·施塔格尔(Emil Staiger)问：史诗式修饰词意味着什么呢？——或更确切地说：**史诗式修饰词经常被重复**这一事实意味着什么呢？就意味着海面**永远**都是深暗的酒(dark wine)的颜色，而奥德修斯每一天的生活都充满着迂回与曲折？不；这种"熟习之物的复归"暗示着某种更一般也更重要的事情：对象获得了"坚实的、稳定的实存"，因此，"生活不再无休无止地漂流"。[1] 重要的不是特定修饰词的个体性，而是它的复归所赋予史诗世界的坚固性。同一种逻辑也适用于质言心态的散文的那些细节：它们的重要性不在于它们的具体内容，而在于它

---

1 埃米尔·施塔格尔（Emil Staiger），*Basic Concepts of Poetics*（《诗学的基本概念》），University Park, PA, 1991(1946), pp.102-103.

们带给世界的那种前所未有的**精确**（*precision*）。在漫长的**艺格敷词**（*ekphrasis*）[1]的传统里，细节描写是留给非同一般的对象的，现在它成了看待此世之"物"的平常方式。就其本身而言平常而又有价值。鲁滨孙拥有的是罐子还是陶盆，实际上并没有什么分别；重要的，是一种心理定势的确立，它认为细节是重要的，**即使它们在当下看来无关紧要**。精确，为精确而精确。

这是观看世界的最"自然的"，同时又最"**不**-自然的"方式，这样一种方式所凝神关注的是自然的，同时又不自然的东西。——自然的东西，在这一点上，它似乎要求的不是想象，而只是"素朴"（plainness），在笛福看来，"素朴""无论在风格上还是在方法上，都与诚实（honesty）的主题构成了某种恰当的类比关系"。[2]——不自然的东西：因为如前所引的这样的篇章，如此之多地聚焦于"局部"的精确，以致它整体上的含义迅即就模糊了。有一种代价是为了精确而付出的。以"实际事实"（matters of fact）为对象的伟大理论家罗伯特·波义耳（Robert Boyle），在谈到自己描写实验的方式时这样写道："曾经，为了使事情得到清晰的呈现，我时常……运用繁多的词语去表达它

---

1 [译注] *ekphrasis*，古希腊修辞学用语，指的是演讲或文本中的形象化描述，在中文里译法甚多，"艺格敷词"而外，还有"造型艺术""图说""写画""符象化""绘画诗"，等等。
2 笛福：《论诚实》（"An Essay upon Honesty"），载于乔治·A. 埃特金（George A. Aitken）编：《对幻想着天使世界的鲁滨孙·克洛索的生活与奇遇的严肃思考》（*Serious Reflections during the Life and Surprising Adventures of ROBINSON CRUSOE With his Vision of the Angelic World*），London, 1895，第23页。

们，以至于现在在许多地方，连我自己似乎都充满了对冗言的愧疚感"；但他又补充说："对于那些我认为切合于我的主题，同时对你——我的读者来说实用的东西，我宁可忽略修辞学家的感受。"[1] 实用的冗言：这可能正是《鲁滨孙漂流记》的公式。

有一种代价是为了精确而付出的。布鲁门伯格与卢卡奇在表达它时用了同一个词语：总体性 (totality)。

> 现代体系的优势在于，它面向对其"方法"的持续的、几乎日常化的确证，以及该"方法"所取得的"世俗性的"（life-worldly）成功……其弱点是它的不确定性，即不确定这种孜孜不倦的成功到底会带来什么样的"总体性"。[2]

---

[1] 罗伯特·波义耳（Robert Boyle）：《序文，兼及对一般实验论文的思考，并作为读者必读的导论，以供更好地理解本作者的所有著述》("A Proemial Essay, wherein, with some Considerations touching Experimental Essays in general, Is Interwoven such an Introduction to all those written by the Author, as is necessary to be perused for the better understanding of them")，载于《罗伯特·波义耳阁下作品集》(*The Works of the Honourable Robert Boyle,* ed.)，Thomas Birch（托马斯·伯奇）编，第2版，London，1772，第1卷，第315、305页。托马斯·库恩（Thomas Kuhn）在《测量在现代物理科学中的作用》("The Function of Measurement in Modern Physical Science", 1961) 中写道：新的实验哲学坚持"以完整的和自然主义的细节报告一切实验和观察"，"像波义耳这样的人……第一次开始记录他们的定量数据，**不管这些数据是否完全适合于定律**"。见托马斯·库恩（Thomas S. Kuhn）：《必要的张力：科学的传统和变革论文选》(*The Essential Tension: Selected Studies in Scientific Tradition and Change*)，Chicago，IL，1977，第222—223页。[译注] 中文译见托马斯·库恩著，范岱年等译：《必要的张力》，北京大学出版社，2004年，第210—211页。

[2] Blumenberg, *Legitimacy of the Modern*, p.473.

我们的世界因此变得无限广大,它的每一个角落都蕴藏着远比希腊世界更丰富的礼物和危险,但是,这种繁富同时也消除了积极的意义,即他们赖以生活的基础——总体性。[1]

这种繁富(wealth)消除了总体性……前文所引的《鲁滨孙漂流记》的那个段落,其关键点应当是他的突然的恐惧:自船只失事那天以后,他从来没有像这般贴近于死亡。但是,这个世界的元素是如此多变,予它们以准确的说法是如此艰难,以至于人们不断偏离与弱化这个片段的一般含义:一旦我们的预期固定在某物上,就会出现**别的**东西,用一种偏离中心的剩余材料(那些饱藏着礼物和危险的角落)挫伤一切综合的可能。卢卡奇又写道:

我们发明了精神的创造性:所以,我们的原始图景无可挽回地失去了其自明的对象,而我们的思想则走在一条永远都无法到达终点的无限遥远的路上。我们发明了形式的创造:所以我们的双手所厌倦和绝望放弃的一切总是没有最后完成。[2]

---

[1] Lukács, *The Theory of the Novel*, p.34. [译注] 中文译文见卢卡奇著,燕宏远、李怀涛译:《小说理论》,第24页。

[2] Ibid., pp.33-34. [译注] 中文译文见卢卡奇著,燕宏远、李怀涛译:《小说理论》,第24页。

接近……从未完成……绝望的手……不完整。在《小说理论》的另外一篇中，**精神的生产性**(*Productivität des Geistes*)的世界也是"被上帝遗弃"的世界(第88页)。[1]而人们疑惑的是：在这里，哪个才是主导性的声调——是为已完成之物而骄傲，还是因已失去之物而忧郁？现代文化是应该庆祝自身的"生产性"，还是该悲悼自身的"接近性"？[2]韦伯的"祛魅"(在写作《小说理论》期间，卢卡奇与韦伯关系非常密切)提出的是同一个问题：在**祛魅**的过程中，在"原则上，人们可以通过计算掌握一切"，[3]与计算的结果不再"能教给我们一些有关世界意义的知识"，[4]这两个事实哪一个更为重要？

哪一个更为重要？这是不可言说的问题，因为"计算"和"意义"之于韦伯，就像"生产性"和"总体性"之于卢卡奇，它们是不可比较的两个价值。这是根本性的"非理性"，与前文里我们在布尔乔亚的工作文化中所遇到的是同一种：具体的细

---

1 [译注] 中文译文见卢卡奇著，燕宏远、李怀涛译：《小说理论》，第79页。
2 要避免误解：《小说理论》中的"生产性"(productivity)一词，没有今天通行的那种定量的或利润导向的意思；它指的是生产新形式的能力，而不是对"原始意象"的再生产。今天，"创造性"(creativity)可能是一个比"生产性"更好的译法。
3 Weber, "Science as a Profession", p.139. *From Max Weber: Essays in Sociology*, edited by H. H. Gerth and C. Wright Mills, Oxford, 1958. [译注] 中文译文见马克斯·韦伯著，阎克文译：《马克斯·韦伯社会学文集》，人民出版社，2010年，第136—137页。
4 Ibid., p.142. [译注] 中文译文见马克斯·韦伯著，阎克文译：《马克斯·韦伯社会学文集》，第140页。

节会丰富我们对世界的感知,而散文越是更好地扩增具体的细节——它越是更好地**做它自己的工作/作品**(*work*),它这样做的理由就越是难以捉摸。生产性,或意义。在其后的世纪中,布尔乔亚文学的进程分岔为两条道路:一条路上的人想要把工作/作品做得更好,为此不惜任何代价,而另一条路上的人则相反,他们面对着生产性与意义之间的选择,决定选择意义。

第二章　严肃的世纪

一、关键词四:"严肃"(Serious)

几年以前,在一本题为《描写的艺术》(*The Art of Describing*)的书中,斯维特拉娜·阿尔珀斯(Svetlana Alpers)观察到——由于决定要"描写被看的世界",而不是生产"对人的有意义的行动的模仿"——荷兰黄金时代的画家永远地改变了欧洲艺术的进程。神圣与世俗历史的伟大场景(像阿尔珀斯本人经常提到的对无辜者的屠杀)不见了,但我们仍然看到了生活、风景、室内陈设、城市景观、肖像、地图……简言之:"一种不同于叙事艺术(narrative art)的描写的艺术。"[1]

这是一篇雅致的论文;然而,至少有一个例子——约翰内

---

[1] Svetlana Alpers, *The Art of Describing: Dutch Art in the Seventeenth Century*, Chicago, IL, 1983, pp.xxv, xx.

斯·维米尔 (Johannes Vermeer) 的作品——表明，真正的新颖之处似乎并不是对叙事的消除，而是对叙事的**新维度**的发现。看看图4 (见第98页) 中的这个穿蓝色衣服的女人。她的身体有一种多么奇怪的形态。或许，她怀孕了？她如此聚精会神地阅读的是谁的信？是墙上的地图所暗示的，远在他乡的丈夫？(但如果丈夫远在他乡的话……)

　　在这幅画的前景处有一个打开的盒子：这封信是放在那里的吗——那么，这是一封**旧时**的信，因为没有新来的信而被重读吗？(维米尔的作品里有那么多的信，它们总是暗示着一个小故事：此时此地正在被阅读的东西，写在另一个地方，更早的时候，谈论的是甚至更早一些的事件：在几英寸的画布上，有三个时空的层面) 而图5 (见第99页) 里的那封信，仆人已经将它交给了女主人。看看她们的眼睛：烦恼、反讽、疑惑、串通；你几乎可以看到仆人成了女主人的女主人。一个多么奇特的、倾斜的框架：门、前厅、被弃置的拖把——有人正在外面的街道上等待着回答？在图6 (见第100页) 中，那是怎样的一种微笑，在那个女孩的面容上？她已喝了多少酒，从桌上的那个陶罐中 (在这个时代的荷兰文化中，这是一个现实的问题；此外，又是一个叙事的问题)？前景中的那个士兵一直在把什么样的故事讲给她听？她已经**相信**他了吗？

　　我要停一下。但有一点点尴尬，因为所有这些场景确实都是——请阿尔珀斯原谅——"人的有意义的行为"：是故事的

图4

图5

图6

场景，叙事的场景。诚然，它们并不是**世界历史**(Weltgeschichte)的伟大时刻；但叙事——青年乔治·艾略特(George Eliot)熟知这一点，包括它在荷兰画里的源头[1]——并不只是由难忘的场景构成的。罗兰·巴特在《叙事结构分析导论》("An Introduction to the Structural Analysis of Narrative")为这个问题找到了正确的概念分析框架，他把叙事单元分为两个大类:"基本功能"(或"核心") [cardinal functions (or nuclei)] 与"催化剂"(catalyzers)。在这里，术语发生了一些变异。查特曼(Chatman)在《故事与话语》(Story and Discourse) 中用的是"内核"(kernels)与"附属"(satellites)；而主要为了简单起见，我将使用"转折点"(turning points)与"填充物"(fillers)。但术语是不重要的，唯一重要的是概念。下文是罗兰·巴特的说法：

> 一个功能要成为基本功能，它所指涉的行动要足够开

---

[1] "我在这些描绘平凡单调的家庭生活真实性情况的图画里感受到乐趣，发现其中有使人在感情上共鸣的泉源。在我们这些平常人当中，绝对多数的人们所过的实在是这种平凡单调的家庭生活，而不是那些煊赫荣华的，或一贫如洗的，或充满悲剧性苦难的，或有震撼世界的伟大行动的生活。我毫不踌躇地把眼睛从那些乘云的天使身上挪开。我不想看这些天使，也不想看那些先知预言家以及英雄战士，等等。我宁可看一个平凡的老妇人，她正忙着修整花盆或者寂寞地吃着午饭……或者我宁可看一次乡村的结婚典礼。这典礼是在一间四面是土墙的屋子里举行，张皇失措的新郎带着他那高肩大脸的新妇开始跳结婚舞。同时一些老年的中年的亲友在旁边看着……" George Eliot, *Adam Bede*, London, 1994(1859), p.169. [译注] 中文译文见乔治·艾略特著，张毕来译《亚当·比德》，贵州人民出版社，1987年，第213页。

启……一个替代行动来影响故事的展开,……在两个基本功能之间永远有可能安排辅助的描述,它们围绕着某个核心聚集而不致改变它们的替代性质……这些催化剂仍然是功能性的,……但是它们的功能性是无力的、片面的、寄生的。[1]

一个基本功能就是情节中的一个转折点;填充物就是在一个转折点与下一个转折点*之间*所发生的事情。在《傲慢与偏见》(*Pride and Prejudice*, 1813) 中,伊丽莎白与达西在第三章相遇;他行为傲慢,她因此心怀厌烦;"影响故事的展开"的第一个行动:她被设置在与他的对立之中。相隔31章之后,达西向伊丽莎白求婚;第二个转折点:一个替代行动被开启。又过了27章,伊丽莎白接受了他:替代行动完结,小说结束。三个转折点:开始、中间、结局。非常几何学化;非常奥斯丁式。当然,在这三个场景之间,伊丽莎白与达西相遇、相谈、相听、相思,要量化这类事情并不容易,不过大体说来,好像大约有110个这样的片段。这些就是填充物。巴特是对的,它们事实上并没有太大的作用;它们使故事的发展变得丰富而又精微,但没有改变转折

---

[1] Roland Barthes, "Introduction to the Structural Analysis of Narratives" (1966), in Suan Sontag, ed., *Brathes: Selected Writings*, Glasgow, 1983, pp.265–266. [译注] 中文译文见罗兰·巴特著,李幼蒸译:《符号学历险》,中国人民大学出版社,2008年,第116页。

点所确立下来的东西。它们的确是太过"无力的、片面的",无法改变什么;它们能提供的全部内容就是这样一些人,他们说闲话、打扑克、游览、散步、读信、听音乐、喝茶……

叙述(Narration):但是是对日常生活的叙述。[1]这就是填充物的秘密。叙述,因为这些片段总是包含着一定剂量的确定性(伊丽莎白将会对达西的话做何反应呢?他会同意和加德纳夫妇一同散步吗?)。而正像罗兰·巴特要说的那样,这种不确定性仍然是局部性的、情境性的,不会长期"影响故事的展开"。在这方面,填充物的作用非常像是优雅的举止,深受19世纪的小说家的钟爱;这种机制被设计出来,就是为了把控生活的"叙事性";是为了给予它规则,给予它"文体"(style)。就此而言,维米尔同所谓"风俗"画("genre" painting)的决裂至

---

[1] 在19世纪早期,日常性(everydayness)——*alltäglich*、*everyday*、*quotidien*、*quotidiano*(这四个词分别是德语、英语、法语、意大利语中表示"日常""每天"之意的单词)的语义场渐渐趋向于"习惯的"(habitual)、"普通的"(ordinary)、"可重复的"(repeatable)、"频繁的"(frequent)等所构成的暗淡领域,与此形成对照的是,在更早前的时候,日常与神圣之间有一种更鲜明的对立。奥尔巴赫(Auerbach)作《摹仿论》(*Mimesis*)的其中一个目的就是要捕获生活的这一难解的维度,该书概念上的主旋律——"对日常生活的严肃摹仿"(*die ernste Nachahmung des alltäglichen*)——就说明了这一点。虽然奥尔巴赫最终选定的书名突出的是"摹仿"(imitation/*Mimesis*)的方面,但该书真正的起源于在其他两个术语——"严肃"与"日常"——在预备性的研究《关于对日常生活的严肃摹仿》(*Über die ernste Nachahmung des alltäglichen*)中。(在那里,奥尔巴赫也曾考虑用"辩证的"与"生存的"作为可能的选项来替代"日常的"。)它们甚至曾居于更为中心的位置。见《罗曼语语文学研讨课》(*Travaux du séminaire de philologie romane*),Istanbul, 1937, pp.272–273。

关重要；在他画作里的场景中，再也没有人笑了；顶多，是微笑；但即便如此，也并不常见。通常，他的人物都有着蓝衣女人那样的专心、沉着的脸：严肃 (serious)。严肃，它被《摹仿论》用在了那个界定现实主义的神奇公式里［而龚古尔兄弟 (the Concourts) 在《热曼尼·拉瑟顿》(*Germinie Lacerteux*) 的序言里已经在这么使用了，对他们来说，长篇小说是**严肃的重大形式** (*la grande forme sérieuse*) [1]］。严肃："同娱乐 (amusement) 或寻欢作乐 (pleasure-seeking) 相反"的东西（《牛津英语大词典》）；"同谐谑 (Scherz) 与玩笑 (Spasz) 相反"的东西［格林兄弟《德语大词典》］；"异于浅薄 (*superficialità*) 与轻佻 (*frivolezze*)"的东西［巴塔利亚《意大利语大辞典》］。

但是，在文学中，"严肃"的确切含义是什么呢？在《关于〈私生子〉的谈话》(*Entretien sur le fils naturel*, 1757) 的第二篇的结尾，我们读到这样一段话，把"严肃体"(genre sérieux) 一词引入欧洲文字之中："我只剩下一个问题要问你，就是关于你的作品的文类 (genre)。这不是悲剧，也不是喜剧。那么是什么，你给它起个什么名字？"[2] 在第三篇《谈话》的开头，狄德

---

1 ［译注］"今天，小说在发展，在成长，已开始变成文学研究和社会调查的一种既严肃而又生动感人的重要形式。"见埃德蒙·龚古尔、茹尔·龚古尔著，董纯、杨汝生译：《热曼妮·拉瑟顿》，人民文学出版社，1985年，第2页。
2 Denis Diderot, *Entretiens sur le fils naturel*, in *Oeuvres*, Paris, 1951, pp.1243ff. ［译注］中文译文见狄德罗著，张冠尧等译：《关于〈私生子〉的谈话》，载于《狄德罗美学论文选》，人民文学出版社，1984年，第89页。

罗做出了回应,将这个新文类界定为"两个极端文类之居间的 (intermediate)",或"处在它们中间"的文类。这是一种伟大的直觉,它更新了文体与社会阶级之间的古老的关联;在贵族的悲剧激情的高峰与平民的喜剧深渊之外,居于中间的阶级增添了一种居于中间的文体:既非此又非彼。[这是]中性的;[是]《鲁滨孙漂流记》式的散文。[1]然而,狄德罗的"居间的"形式与两种极端文类并不是**等距的**:他补充说,严肃体"倾向于悲剧而不是倾向于喜剧",[2]而的确,当人们观看像卡耶博特 (Caillebotte) 的《欧洲的广场》(*Place de l'Europe*,图7,见下页) 这样一幅表现布尔乔亚严肃性的杰作,不可能不产生这样的感受——用波德莱尔的话说:它所有的人物"都在举行某种葬礼"。[3]确实,"严肃的"可能和"悲剧的"不甚相同,但它标识着

---

[1] 狄更斯在1856年7月给沃尔特·萨维奇·兰多(Walter Savage Landor)的信中沉思道:"世间最流行的小说之一没有任何使人笑或哭的东西,这不是很古怪吗?""但我自信地认为,人们绝没有润饰过《鲁滨孙漂流记》的任何一个段落。"

[2] Diderot, *Entretiens sur le fils naturel*, p.1247. [译注] 狄德罗著,张冠尧等译:《关于〈私生子〉的谈话》,载于《狄德罗美学论文选》,第94页。

[3] Charles Baudelaire(夏尔·波德莱尔):"The Heroism of Modern Life"(1846)(《现代生活的英雄》)in P. E. Charvet, ed., *Selected Writings on Art and Artists*(《艺术与艺术家》),Cambridge, 1972, p.105.在《福尔图娜塔和哈辛塔》(*Fortunata y Jacinta*)中,佩雷兹·加尔多斯(Pérez Galdós)做出了相同的诊断,但语气不同:"西班牙社会开始自认为自身是'严肃的',也就是说,开始身穿悲哀的衣着;我们的色彩明亮的帝国正在消失……我们处在北欧的影响之下,而这个该死的北欧却把它那阴沉沉的天空特有的灰色强加给我们……"(Harmondsworth, 1986, p.26.)[译注] 两处中文译文见夏尔·波德莱尔著,郭宏安译:《美学珍玩》,上海译文出版社,2009,第168页;佩雷兹·加尔多斯著,孟宪臣等译:《福尔图娜塔和哈辛塔》,上海译文出版社,1987年,第40页。

图7

某种黑暗、冷淡、无法逾越、缄默、沉重的东西；标识着对于劳动阶级"狂欢状态"的一种不可改变的摆脱。布尔乔亚什是严肃的，它正走在成为统治阶级的路上。

二、填充物

歌德，《威廉·麦斯特的学习时代》(1796)，第2卷，第12章。在旅店门前的凳子上，可爱的年轻女演员菲林娜正和威廉调情；她站起来，走向旅店，转过身来看他最后一下；过了一会儿，威廉跟了上去——但在旅店的门口，他被剧团经理梅林纳拦住，很久以前，威廉曾许诺给他一笔借款。由于一心想着菲林娜，威廉保证当天晚上付钱，并开始移身向前；但他又一次被拦住，这一次是弗里德里希，他用他特有的热情向威廉打了声招呼……先他上楼去了菲林娜的住处。受挫的威廉回到自己的房间，发现迷娘在那里；他心情沮丧，态度简慢。迷娘有些伤心，而威廉甚至都没有注意到。他又走了出去；店主正在和一个陌生人谈话，这个陌生人用眼角的余光打量威廉……

黑格尔的世界散文：在那里，个人"不得不让自己在多方面成为旁人的手段，替旁人的狭隘目的服务，同时为了要满足自己的利益，也不得不把旁人变成他自己的单纯的手段"。[1] 它

---

[1] G. W. F. Hegel, *Aesthetics*, Oxford, 1985(1823–1829), vol.I, p.149. ［译注］（转下页）

还是这样一种散文，在那里，受挫的苦涩（威廉，他对快感的追求被阻止了两次）古怪地混合着对**可能性**的强烈感知。为梅林纳所勒索的那笔借款将启动该小说关于戏剧的章节，里面有令人难忘的对戏剧艺术的讨论；对失去威廉的恐惧增强了迷娘的激情［并在几页之后，给了她创作歌词《你可知那个地方》(Kennst du das Land)[1]的灵感］；旅店门口的陌生人正在筹备威廉对其所属城堡的参访，而威廉与雅尔诺在这座城堡里的相遇转而将把他引向塔楼会社。在我所描写的填充物里，这一切实际上还没有**发生**；它们仅仅是可能性。但它们已足够"重新唤醒"日常生活，令人感受到它的生机，感受到它的开阔；虽然它的承诺将不会被全部信守（同样，在结构上，成长小说就是关于失望的文类），但这种开阔感将永远不会全部失去。这是一种崭新的、真正的想象生活意义的**世俗**方式：意义分散在无数微小的事件中，飘摇不定，夹杂着尘世的冷漠或狭隘的利己主义；而且，它一直就**在那里**，挥之不去。正是在这样一种视角之中，歌德将永远不会同成长小说（它怀有丰富的意义，但同时它也怀有充足的目的）的目的论方面达成完全和解。但是第一步已经迈出。

歌德用他对可能性的感知复苏了日常生活；而司各特

（接上页）弗里德里希·黑格尔著，朱光潜译：《美学》（第1卷），商务印书馆，1979年，第191页。
1　[译注] 它更为人所熟知的名称为"迷娘曲"。

(Scott) 在《威弗莱》(*Waverley*, 1814) 中则转向过去时代的日常仪式：唱歌、打猎、进食、烘焙、跳舞……静态的场景，甚至有一点无聊；但威弗莱是英国人，他不知道苏格兰人的惯习所规定的东西，他错误地发问，错误地理解，冒犯当地的人民——就这样，小小的叙事跌宕照亮了日常生活的仪轨。《威弗莱》并没有像《麦斯特》那样为填充物所主导；它仍半含着哥特式的氛围，尘世的历史已在迫近，爱与死的故事创造着各种各样情节剧式的回声。但就在这种情节剧之中，司各特在设法**减缓**叙事的速度，增加叙事的停顿的瞬间；于是，在这些瞬间里，他找到了"时间"以用于发展那种分析性文体，而这种文体反过来产生了一种新型的描写，在那里，似乎有一个"公正的法官"在监视着这个世界。[1] 从填充物到分析性文体再到描写，这样一种形态学的递进，属于典型的文学进化论；新的技巧同结构的其他部分相互作用，促进了整个"装置潮流"(wave of gadgets) 的形成（据说这属于工业革命）。一代人及装置，已重新规划了风景。

巴尔扎克，《幻灭》(1839) 的第二部：吕西安·德·吕邦泼雷 (终于) 在写他的第一篇文章，这将构成一场划时代的"报刊业里的革命"。自从他抵达巴黎以来，这是他一直在等待的机会。但就在这个欣欣鼓舞的转折点上，一个辅助性的片段被悄然嵌入：报纸缺少稿件；它需要几篇作品，即刻就用，不管讨

1　Walter Scott, *The Heart of Mid-Lothian*, Harmondsworth, 1994(1918), p.9.

论什么,只要它们填充掉几个页面;吕西安的一个朋友,满腔热情,坐下来就写。这就是柏拉图式的填充物观念:用来填充空白空间的书面语,仅此而已。但是这篇附加的文章冒犯了一群人,他们将在一长串的迂回与曲折之后,令吕西安走向毁灭。这是巴尔扎克的"蝴蝶效应":不管初始的事件如何微不足道,大城市的生态系统有如此丰富的关联与变量,以至于它完全不成比例地放大了它的效应。在一个行动的开端与结局之间,总是有某种东西介入其间;某个第三者,当他就像在黑格尔"世界散文"里那样,想要"满足自己的利益",于是就使得情节朝着不可预料的方向偏转。由此,即便是日常生活里的那些最平庸的时刻,也变得就像是长篇小说里的章节(在巴尔扎克那里,这并不完全是好事……)

成长小说 (Bildungsroman),与苦乐参半的挫折和可能性的混合;求爱故事 (courtship stories),与态度举止受到抑制的叙事性;历史小说 (historical novel),与意想不到的过去的仪式;城市的多曲线绘图 (urban multiplots),与突然加速的生活。这是对日常生活的全面性的重新唤醒,是对19世纪早期历史的全面性的重新唤醒。随后,到了下一代人,潮流发生了转向。想想爱玛与夏尔·包法利共进晚餐的那一页——人们能想象一个更完美的填充物吗?——因此奥尔巴赫 (Auerbach) 说:

> 在这个场景中,没有发生什么特别的事情,在此之前

也没有发生什么特别的事情。这是周期性重复的钟点里的任意一个瞬间，丈夫与妻子一同进餐。他们没有争吵，也不存在任何具体的冲突。……没有事情发生，但就是这个没有事情，变成了一种沉重的、压抑的、暗含威胁的事情。[1]

压抑的日常生活。是因为爱玛嫁给了一个平庸的男人？是，又不是。说是，因为夏尔在她的生活中确实是一个负担。说不是，因为甚至在她与他距离最远的时候，即在她的两次通奸——先是和鲁道尔夫，后是莱昂——之中，爱玛发现的全然都是"同样平淡乏味的婚姻生活"，同样没有任何有意义的事情发生的"周期性重复的钟点"。"冒险"崩解成了平庸，如果以另一部关于通奸的小说——恩斯特·费多 (Ernest Feydeau) 出版于1858年的《范妮》(*Fanny*)，当时它常被拿来与《包法利夫人》(*Madame Bovary*) 相提并论——为背景，可以看到，这种崩解甚至更为明显，但实际上又截然相反：这是在狂喜与绝望、可耻的猜疑与至上的幸福之间持续不断的摇摆，这一切都被表达在一

---

[1] E. Auerbach: *Mimesis*, Princeton, NJ, 1974(1946), p.4884. 该书论福楼拜的部分肇始于在前文中已提及的1937年的论文《关于对日常生活的严肃摹仿》；今天，当我们打开《摹仿论》，我们遇到的头两个文本是《奥德赛》与《圣经》；然而，从概念上说，该书是从《包法利夫人》的填充物开始的，正是这些填充物赋予了奥尔巴赫"严肃的日常生活"的观念。[译注] 中文译文见埃里希·奥尔巴赫著，吴麟绶等译《摹仿论》：商务印书馆，2014年，第580页。

种无法和解的双线并进的方式之中。《包法利夫人》中的诸世界，除了刻意保持的中性，还带着它沉重、笨拙的语句（"它们就是**事物**"：巴特）、"和谐的灰色的声调"[佩特（Pater）]、"**永恒的未完成过去时**"（普鲁斯特）。未完成过去时（*imparfait*）：这种时态预示着没有惊喜；这种时态属于重复，属于平常，属于背景——但这样一个背景，已变得**比前景本身更为重要**。[1] 几年以后，在《情感教育》（*Sentimental Education*）中，甚至1848年这个**奇迹之年**（*annus mirabilis*）都未能动摇普遍的惰性：在这部小说中，真正难忘的并不是[1848年]革命的"前所未闻"，而是水如何快速地关闭，旧物什如何快速地归还，是狭隘的利己主义，漫无目的的、易碎的白日梦……

背景，征服前景。下面的一节在英国展开，在一个地方小镇，一个仿佛是由热力学第二定律来支配的地方：乔治·艾略特写道，充沛的激情在不知不觉中的冷却，将使人"流于一般，变成碌碌无闻的庸人"。[2] 她将在这部书中回顾一个青年医生，

---

[1] "福楼拜（Flaubert）的小说，更一般地说，现实主义与自然主义的叙事，其标志就是，其叙事段落中充斥着未完成过去时……背景变得更为重要，而前景的重要性则减弱"：哈拉尔德·魏因里希（Harald Weinrich）在其巨著《时态》[*Tempus*, 1964, 2nd edn, Stuttgart 1971(1964), pp.97-99]）中这样写道。进而，维因里希补充说，作为背景的，因此也是填充物的典型特征的这些动词时态（"法语中的中断式未完成过去时，英语中以-ing结尾的时态"），大约于1850年开始传播开来。（同上，pp.141-142.）对文学实验室的3 500部（英国）小说的初步检视支持魏因里希的这一假设：过去进行式，在19世纪早期，每1 000个词语出现6次，到了1860年上升到16次，到了1880年又上升到18次。

[2] George Eliot, *Middlemarch*, Harmondsworth, 1994(1872), pp.144-145.（转下页）

这个人给了她这样一个奇妙的想法，来写这样一个完全被填充物毁灭的生活的故事："经不起环境的小小诱惑，陷进了一个没有快乐的天地，那已是一则沉沦的普通故事，不是什么一时的失足了。"[1]悲哀；利德盖特甚至都没有出卖自己的灵魂；他只是在小事件的迷宫里失去了它，而当这些事件在决定着他的生活，他甚至都没有把它们**作为**事件来认识。[2]在来到镇上的时候，利德盖特是一个不寻常的年轻人；几年以后，他也就"流于一般"了。就像奥尔巴赫说的那样，没有什么异乎寻常的事情发生；然而，一切又都发生了。

最后，在新世纪的第一年，托马斯·曼的《布登勃洛克一家》(*Buddenbrooks*) 对布尔乔亚生活的提炼：汤姆反讽与轻蔑的姿态，吕贝克市民 (burghers) 明智的言词，托妮天真的兴奋，汉诺痛苦的功课……跟随主导动机 (leitmotif) 的手法而返回到每一个页面来看，托马斯·曼的填充物，甚至失去了这样一种叙事功能——只是要成为**文体**——的最后一点残余。与瓦格纳 (Wagner) 的作品一样，在这里，一切都衰落了，一切都消失了，但还残存着表达主导动机的言词，使吕贝克及吕贝克的人民

（接上页）[译注] 中文译文见乔治·爱略特著，项星耀译：《米德尔马契》，人民文学出版社，1987年，第140页。

1 George Eliot, *Middlemarch*, Harmondsworth, 1994(1872), pp.782–783. [译注] 乔治·爱略特著，项星耀译：《米德尔马契》（下），第731页。

2 "中间与中介 (mediations) ——本文称为介质 (mediums) 的东西——避开了原定指派给它们的消磨时间或单纯催化的功能，实际上偏离了它们本来要抵达的终点。"(D. A. Miller: *Narrative and its Discontents*, Princeton, 1981, p.142.)

安静低调又令人难以忘记；就像布登勃洛克的家庭记事簿，在那里，"甚至最微不足道的事件也都被赋予了庄严的意义"。言词完美地合成了意义深远的严肃性，布尔乔亚的世纪正是带着严肃性来看待它每天的存在——而严肃性也暗示，需要有一些更进一步的反思。

三、合理化

多么迅速的转变。1800年左右，填充物还非常罕有；一百年以后，它们随处可见 [龚古尔兄弟、左拉、冯塔纳 (Fontane)、莫泊桑、吉辛 (Gissing)、詹姆斯、普鲁斯特……]。你以为你在阅读《米德尔马契》(*Middlemarch*)，但是，不，你正在阅读大批的填充物——毕竟，填充物是这整个世纪在叙事上的唯一发明。如果一个小装置如此广泛又如此迅速地传播，那么，在布尔乔亚欧洲，一定曾有某种事物，在急切等待它的出现。但，是什么呢？曾有一个读者写信给托马斯·曼说，这部《布登勃洛克一家》是部奇怪的书：几乎什么也没有发生，我应该感到无聊，然而我没有。这部书**是**奇怪的。日常生活怎样才能变得有趣呢？

要寻找答案，我们就必须实行某种"逆向操作"；之所以逆向，是因为解答已被给出，我们从解答退回到问题：我们已经知道填充物是**怎样**被制作的，现在我们必须理解，**为何**用那样一种方式来制作它们。在这一过程中，视域 (horizon) 改变了。如果填充物的"怎样"我们是在绘画、小说与叙事理论里寻找的，那么，它们的"为何"则在文学与艺术之外，在布尔乔亚私人生活的领域之中。[让我们] 再一次从荷兰黄金时代开始，那时，这个直到今天我们仍栖息于其间的私人领域，第一次找到了自身的形式；那时，住宅变得更为舒适——又是舒适，门与窗子成倍地增加，而房间的功能则不断地分化，出现了专用于日常生活的房间："起居"(living) 或"会客"(drawing) 室 [彼得·伯克曾经解释过，drawing room 实际上是 *with*-drawing room，是主人离开 (withdraw from) 他们的仆人来享受"空闲时间"、欣赏新鲜玩意的地方]。[1] 维米尔的房间，小说的房间：歌德、奥斯丁、左拉、艾略特、曼……一个受保护的而又开放的空间，为新的故事及新的日子的产生做好了准备。

但这是一个为私人生活日渐增长的**规律性**所交叉分割的故事。维米尔笔下的人物喜爱干净，衣着整洁；他们擦洗墙壁、地板、窗户；他们学习阅读、写作、看地图、弹奏鲁特琴与小键琴。

---

[1] 于尔根·科卡（Jürgen Kocka）写道，"要充分参与布尔乔亚文化的价值与实践"，空闲时间是一个关键的先决条件；他的论述可以用来描写维米尔的世界："人们需要一个明显高于最低限度的稳定收入……不仅孩子，妻子和母亲都必须从工作的必要性中获得一定程度的解放……能有充足的空间（住宅或公寓里具有专门功能的房间）与时间用于文化活动和休闲。"[The European Pattern and the German Case", in Jürgen Kocka and Allen Mitchell, eds, *Bourgeois Society in Nineteenth-Century Europe*, Oxford, 1993(1988), p.7.]

是的,他们有大量的空闲时间,但他们用起空闲时间来是如此地节制,以至于他们好像一直都在**工作**:青年卢卡奇在《市民性与为艺术而艺术》(*Bürgerlichkeit und l'art pour l'art*) 中写道,"生活笼罩着某种系统化地、规律性地重现的东西",

某种依据法则而一再发生的东西,某种无关于欲望或快感而又必须完成的东西。换句话说,这是秩序对心境的支配、永久对短暂的支配、安静的工作对由感受性所滋养的天赋的支配。[1]

秩序对心境的支配(*Die Herrschaft der Ordnung über die Stimmung*)。[这样的表述有]韦伯的影子。这是科卡所说的"朝向常规化工作与合理性生活风格的倾向",也是那些有规律地重复的活动——一日三餐、工作日程、钢琴课、通勤……——展现出的"隐秘的韵律"[伊维塔·泽鲁巴维尔(Eviatar Zerubavel)],这些活动给"生活的常轨"[2]带来了条理。以上种种,用巴林顿·摩尔(Barrington Moore)描写维多利亚英国的词语来说,都是"良好的"(good)、"健康的"(healthy)利润——

---

1 Gerog Lukács:"The Bourgeois Way of Life and Art for Art's Sake: Theodor Storm", in *Soul and Form*, New York, 2010(1911).
2 Weber, *Protestant Ethic*, p.154. [译注]马克斯·韦伯著,阎克文译:《新教伦理与资本主义精神》,第256页。

微薄但是稳定,产生于对细节的辛苦的关注;[1]是19世纪统计学"对偶然的驯服"[伊恩·哈金(Ian Hacking)],或者说,是"规范化""标准化"之类的词语(与行为)的不可抗拒的扩散……[2]

为什么填充物[出现],在19世纪?因为它们提供了**能与布尔乔亚生活的新规则相容的这种叙事快感**。填充物之于讲故事,就像舒适之于生理快感:够不上享乐(enjoyment)的程度,正适用于读小说这样的日常活动。沃尔特·白芝浩(Walter Bagehot):"大部分人类的主要作息方式的确已经发生了巨大的变化。从前,他们要么在生气勃发的行动中,要么在毫无生气的安逸中度日。一个封建时代的男爵除了进行战争和追求女性——二者都是极其刺激的事情——和被称为'不荣耀的安逸'之外没有什么事情可做。现代生活很少有激动人心的东西,但不停地静悄悄地行动。"[3]

不停地静悄悄地行动:这就是填充物的工作方式。这同我们在笛福的微观叙事系列中发现的"连续性的韵律",有一种深刻的相似性。在这两个例证——或更准确地说,在这两个**模型**(*scales*):《鲁滨孙漂流记》的语句和19世纪小说的片段——之中,

---

1 Barrington Moore, Jr, *Moral Aspects of Economic Growth*, Cornell, 1998, p.39.
2 根据《牛津英语大词典》的说法,在"常规的、通常的、典型的、普通的、惯例的"这一意义上来解释的"规范的"(normal)一词,该词18世纪晚期进入英语,1840年左右成为常见词;"规范化"与"标准化"稍晚一些,出现在19世纪的下半叶。
3 Walter Bagehot, *The English Constitution*, Oxford, 2001(1867), pp.173-174. [译注]沃尔特·白芝浩著,夏彦才译:《英国宪法》,第259页。

小事情具有了大意义，但犹居于其"小"；它们已经**叙事化**，但仍不改其**日常性**。填充物的流播把小说变成了"平静的激情"，为经济利益而重复赫施曼 (Hirschmann) 伟大的矛盾修辞法，或者说把小说变成了韦伯的"合理化"(rationalization) 的一个方面：合理化这一进程发端于经济与管理，但最后蔓延至空闲时间、私人生活、感觉、审美所组成的领域 (就像《经济与社会》的最后一卷，韦伯把它献给了音乐语言)。最后，或者说：填充物**将小说的天地合理化了**，把它变成了一个有一点惊喜、些许冒险但毫无奇迹的世界。填充物是布尔乔亚的伟大发明，这不是由于它们给小说带来了商业、工业或其他布尔乔亚"现实"(它们并没有带来这些)，而是因为，通过它们，合理化的逻辑渗透在**小说的韵律**之中。在它们的影响达到巅峰时，甚至文化工业都落入它们的魔咒：福尔摩斯的扶手椅里的"逻辑"，把血腥的谋杀译入了"系列的演讲"；不可思议的宇宙，"科学"幻想小说给它制定了精细的法律；像《八十天环游世界》(*Around the World in 80 Days*) 这样一本世界畅销书，致力于行星式的准时，于是，主人公的生活就遵循着火车时间表，犹若本笃会修士的生活遵循着**日课经** (*horarium*) ……[1]

83　　但小说不仅是故事。事件与行动，无论重要与否，都经由言词而被传达；它们生成了语言，生成了文体。在此之后，正要

---

[1] "准时"当然是布尔乔亚的另一个具有代表性的关键词：曾有好几个世纪，它关涉着"精确""拘谨""严格"等概念，19 世纪，它转向"对特定时间的准确持守"的含义。

发生的是什么呢?

四、散文三:现实原则

《米德尔马契》。在罗马,多萝西在她的房间里,哭泣;艾略特写道,多萝西站在"不可理解的罗马"面前,无力抵御:

> 废墟和会堂遗址,宫殿和巨型石像,树立在污浊鄙陋的现时的中心,在这里,一切有生命、有血肉的事物似乎都沉沦于失去了崇敬心的迷信所带来的深度的退化之中;巨人的火热生命仍在天花板上窥视着、挣扎着,但已是暗淡朦胧;洁白塑像构成的长廊上,那些大理石眼睛似乎在抵制着一个陌生世界的单调光线:一切热烈的理想留下的这一大堆残余,不论是感性的,还是精神的,都跟现实中退化和遗忘的迹象混合在一起,起先,它们骤然呈现在她的眼前,使她像触电一样,大为震惊,后来它们又用大量的阻遏着情感洪流的混乱的观念所带来的这种疼痛来向她强调自身。[1]

---

[1] Eliot, *Middlemarch*, p.193. [译注] 乔治·爱略特著,项星耀译:《米德尔马契》(上),第187页。

这个句子, 共87个多音节词, 形成了一个巨大的主体; 而那个娇小的 "她" 则是这个主体唯一的客体。罗马与多萝西之间比例上的失衡, 在此得到了最好的表达——而实际上, 如果没有艾略特的散文文体所特有的精确, 它根本就不可能得到表达。废墟和会堂遗址被 "树立" 在具有 "污浊鄙陋" 特征的现时之中, 在那里, 一切有生命的事物 (更好的说法是: "有生命、有血肉的事物") 都沉沦 (不: "似乎都沉沦") 于退化之中, 这种退化是 "深度的", 其 "迷信" 是 "失去了崇敬心的"。每一个词语都经过了观察、衡量、限定、改进。"我从来没有如此渴望知道事物的名称," 艾略特在她1856年写于伊尔弗勒科姆 (Ilfracombe) 的日记中说, "这份欲望是正在我体内不断生长的这样一种倾向的一部分: 摆脱一切模糊与偏误, 走入清楚、鲜明的观念的白昼。"[1] 摆脱模糊与偏误; 这正是 "严肃" 一词的第二个语义层面: 如利特雷 (Littré) 所说, "与其对象的高度符合" (想一想维米尔笔下的那个穿蓝色衣服的女人, 那张专心致志的脸孔, 也属于年轻的玛丽·安·埃文斯[2])。"严肃性有一个规定的目标," 施勒格尔 (Schlegel) 在《雅典娜神殿》(*Athenaeum*) 中写道, "因此它既不会嬉戏也不会欺骗自己, 而是不倦地追循着

---

1 George Eliot, "Ilfracombe, Recollections, June, 1856", in *George Eliot's Life: As Related in Her Letters*, New York, 1903, p.291.
2 [译注] 玛丽·安·埃文斯 (Mary Ann Evans), 乔治·艾略特的本名。

自己的目标直至完全达到"。[1]这是职业伦理的责任感,是专家的使命,这个专家——如艾略特的叙述者,这位语言专家——全心全意地为她将要完成的任务服务。而在韦伯看来,这不仅是一种**外在的**职责,现代科学家——及艺术家——的使命同专业化的过程交织得如此"紧密",以至于他确信:"他的灵魂的命运就取决于他所作的这个推断,这唯一的推断,是否正确……"[2] 他的灵魂的命运!人们不可避免地会注意到这个**适当的用词** (*mot juste*),想到蒂博代 (Thibaudet) 对福楼拜文体的冷静的评价:"不是自由的、惊人的天赋,而是到相当晚的时候才完成的训练的产物。"[3] [福楼拜也知道这一点:1856年10月5日,看到《包法利夫人》已出版,他在给路易·布耶 (Louis Bouilhet) 的信中说:"这本书展示出的耐心远胜过天分——工作 (work),重于才华。"]

工作重于才华。这就是19世纪的小说。且不独小说如此。"让我们以你们所说的理念为例,"托马斯·曼《浮士德博士》(*Doktor Faustus*) 中的魔鬼说:

1　Friedrich Schlegel, *Lucinde and the Fragments*, Minneapolis, MN, 1971, p.231. [译注] 中文译文见弗里德里希·施勒格尔著,李伯杰译:《雅典娜神殿断片集》,生活·读书·新知三联书店,2003年,第137页。
2　Max Weber, "Science as a Vocation", pp.135, 137. [译注] 马克斯·韦伯著,闫克文译:《以学术为业》,载于《马克斯·韦伯社会学文集》,第132页。
3　Albert Thibaudet, *Gustave Flaubert*, Paris, 1935(1922), p.204.

就是一个三小节或四小节的事,仅此而已,不是吗?其他的一切都是精细加工,是对理念的坚持不懈的实施。抑或不是?好了。我们现在可都是专家,都是批评家:我们注意到,理念并不是什么新事物,它让我们想起太多在里姆斯基-科萨科夫(Rimsky-Korsakov)或勃拉姆斯(Brahms)出现过的东西。那么,怎么办呢?你们已经让它做了点改变。但是,一个改变了的理念,还是那一个理念吗?就拿贝多芬的笔记本来说吧!那里没有一个主题概念是来自上帝的赋予。他重塑了他的主题,并加注说:"更好"(Meilleur)。对上帝的指示缺乏信任,也缺乏尊重,这一点就表达在这个"更好"之中——这个词本身就不是那么热情。[1]

更好(*Meilleur*)。艾略特一定经常对自己低语这个词语。重读前文从她伟大的小说中摘出的那个段落,人们会好奇:这样写真的值得吗?"……后来它们又用大量的阻遏着情感洪流的混乱的观念所带来的这种疼痛来向她强调自身":谁能够真正明了——谁能够**理解**(*understand*)——这些句子而不迷失在因追求精确而形成的迷宫?请回忆一下笛福:在那里,散文的"准确性与确定性"的问题是,随着"局部的"精确性的增强,行

---

[1] Thomas Mann, *Doktor Faustus*, New York, 1971(1947), p.237. [译注] 托马斯·曼著,罗炜译:《浮士德博士》,上海译文出版社,2012年,第272—273页。

文的总体意义变得隐晦不明了——诸多明晰的细节,合为一个朦胧的整体。而在艾略特这里,这一问题更为激进:艾略特分析的使命感如此强烈,以至于**细节自身**开始抗拒理解。然而她一直在增加副词、分词、从句、修饰语。为什么?是什么让精确的重要性远高于意义?

"复式簿记给予商人以何等利益啊!"这引出了《威廉·麦斯特》第一册的一个著名的段落:

> 这是人类精神最美好的发明之一,每一个严肃的管家都应当在家务中采用它。……秩序和清明增加人对储蓄和取利的欲望。一个不会料理家计的人,在糊里糊涂中过得很舒服;他不愿把他亏欠的项目合计起来。相反,对一个能干的老板来说,没有什么比他天天计算幸福增长的数目更惬意的事了。就是发生使他厌烦的意外事故,也吓不倒他;因为他立即知道,已经获得的利益,远胜天平的另一端的亏损。[1]

最美好的发明之一……仅从经济理由上说,复式簿记明显足以担起这样的评价,而且在伦理理由的层面,或许更是如此:因为复式簿记的精确性迫使人们面对事实,所有的事实,包

---

[1] Johann Wolfgang Goethe, *Wilhelm Meister's Apprenticeship*, Princeton, NJ, 1995(1796), p.18. [译注] 歌德著,董问樵译:《威廉·麦斯特》,第43页。

括——事实上，**尤其是**——令人不快的事实。[1] 其所产生的后果被许多人视为科学的道德训诫：查尔斯·泰勒 (Charles Taylor) 认为，这是"更成熟、更有勇气、更能面对未经粉饰的现实"；[2] 洛林·达斯顿 (Lorraine Daston) 补充说，成熟就是"果毅的自我否定，猜想被粉碎，迷人的幻觉被肆意地摧毁"。[3] 现实原则。

大卫杜夫 (Davidoff) 与霍尔 (Hall) 写到，随着中产阶级在各个生活方面上都越来越依赖于市场，他们不得不学习监控他们的收入，于是就求助于出版工业提供的"会计账簿"，而这最终让他们在其他生活活动方面也留下了印记：如玛丽·杨 (Mary

---

[1] 恰恰，这就是包法利夫人——这个19世纪布尔乔亚的镜像永远学不会的东西：就在她最后毁灭之前，"有时候她也想把账目算一算，可是她发现数额大得惊人，叫她简直没法相信。她又从头算起，不一会儿有点弄得头昏脑涨，于是干脆撇在一边，不再想它了"。[Gustave Flaubert, *Madame Bovary*, Harmondsworth, 2003(1857), p.234.] 在为他辩护时，人们应该记得，在成为19世纪的金融神话之前，罗斯柴尔德兄弟正就账目的混乱发疯般地通信——"看在上帝的分上，这样重要的交易应该非常精确地进行"，正为自己是百万富翁还是破产者而困惑；"我们就像酒鬼一样在生活"，迈耶·阿姆谢尔 (Mayer Amschel) 这样忧郁地总结。(Niall Ferguson, *The House of Rothschild: Money's Prophets 1798–1848*, Harmondsworth, 1999, pp.102–103.) [译注] 两段中文译文分别见福楼拜著，周克希译：《包法利夫人》，上海译文出版社，2007年，第261页；尼尔·弗格森著，顾锦生译：《金钱的先知（罗斯柴尔德家族系列1）》，中信出版社，2009年，第124—125页。

[2] Charles Taylor, *A Secular Age*, Cambridge, MA, 2007, p.365. [译注] 中文译文见查尔斯·泰勒著，张容南、崇明等译：《世俗时代》，上海三联书店，2016年，第417页。

[3] 洛林·达斯顿 (Lorraine Daston)：《科学的道德经济学》("The Moral Economy of Science")，*Osiris*（《奥西里斯》），1995, p.21. 达斯顿所说的"自我否定"确实在复式簿记的历史发展之中留下了痕迹，复式簿记最初的标记法非常类似于流水分录 (journal entry) ——在那里从事交易的个人仍然是有血有肉的在场者，后来就逐渐抹除了一切具体性的标记，最终把一切事物都折合为抽象数量的系列。

Young）就用这种账簿，于1818年至1844年间，在家庭账目的另外一侧，开列了"一种家庭及社会生活损益分类账"——"孩子的生病与接种……收送的礼物与信件，在家里度过的夜晚……去访与来访……"[1]

严肃性的第三张面孔：**认真的生活方式**（ernste Lebensführung），对于托马斯·曼来说，这是布尔乔亚生存的基石。除了伦理的庄重性，除了专家对职业的专一性，在这里，严肃性是作为一种升华了的商业诚信出现的——是布登勃洛克家庭记事簿里的那种"对事实的几近宗教般的尊重"，它被扩展至整个生活：可靠性、条理性、准确性、"秩序和清明"，**现实主义**。的确，这就是从现实原则的意义上来说的：同现实妥协，一直都是一种必要，现在变成了一种"原则"，一种价值。克制人的直接欲望，这不仅是压抑：这是**文化**。《鲁滨孙漂流记》的这一个场景，带着它一贯的在欲求（加点）、困难（划线）与解决（黑体）[2]之间交替的特征，将使我们对此有一个大致的了解：

在第一次外出时，我一下子就发现这岛上有山羊，这使我十分满意。但倒霉的是它们是那样胆怯，那样狡猾，又跑得那样快，想要接近它们是世上最困难的事。但**我对**

1　Leonore Davidoff and Catherine Hall, *Family Fortunes: Men and Women of the English Middle Class, 1780–1850*, London, 1987, p.384.
2　[译注] 原文分别为粗体、下划线、斜体。

此并没有泄气,毫不怀疑但凡有一天我总会猎到一只。果然如此,因为当我发现它们的栖息之地以后,我就用下列的方式等着猎取它们:我观察到,如果它们见到我在山谷里,这时哪怕它们是在高高的岩石上,它们也会好像十分恐惧似的跑开;但要是它们在山谷里吃草,而我在岩石上,它们却不理睬我。我从这种情况推断出,由于它们的眼睛所长的位置只善于朝下看,而不大容易看见在它们上面的物体。……我第一次向这些山羊开枪时,打死的是一只母山羊,它旁边还有一只小山羊,当时它正在给它喂奶,这使我从心里感到悲伤;但当母羊倒下去之后,那小羊还呆呆地站在它身旁,直到我走上前去将母羊捡起来,不但如此,而且当我把母羊放在肩头上带走,那小家伙还是跟着我,一直跟到我的围篱外面。见它这样,我便放下母羊,抱起小羊,将它抱进围篱,希望将它驯服养大,但它总不肯吃东西,我只得被迫将它杀掉来吃。[1]

十几行文字里有7个"但"(but)。[2]1958年,《两个世界杂志》(*Revue des deux mondes*) 在一篇显豁地题为"英国人与美国人

---

1 Defoe, *Robinson Crusoe*, p.79. [译注] 丹尼尔·笛福著,唐荫荪译:《鲁滨孙漂流记》,第53页。
2 [译注] 这7个"but"中有的but没有实义或不表示转折关系,所以在译文中没有全部展现出来,为体现原文译文略作改动。

生活中的严肃与浪漫"("Du sérieux et du romanesque dans la vie anglaise et américaine")的短文中写道,"意志;坚强的、顽固的、不屈的意志是至高无上的英国品质";笛福的这段充斥着状语从句的文字——然而这并没有阻止鲁滨孙实现其目的——就是对这一观点的充分证明。一切事物,用塔西佗(Tacitus)的格言来说,都受到了"无好无恶"(*sine ira et studio*)的审查——韦伯喜欢用这句格言来概括合理化的进程;每一个难题,都被再分成了分立的元素(山羊的眼光的方向,鲁滨孙在景观中的位置),并通过对手段与目的的系统化的协调而得到了解决。分析性散文揭示了自身的实用主义起源,它位于培根的自然(只有通过服从它才能掌控它)与韦伯的官僚制的中间,"排除了不可计算的爱、憎和一切纯人格的非理性情感要素"。福楼拜:对这位作家而言,韦伯所说的官僚的"'客观的'非人格性"——"越是完美,他就越是'去人化'(dehumanized)"[1]——是终身的目标。

越是完美,他就越是"去人化"。在对这一见解的追逐中,存在着一种禁欲主义的英雄主义——就像分析的立体主

---

[1] Max Weber, *Economy and Society*, New York, 1968(1922), vol. Ⅲ, p.975. [译注]中文译文见马克斯·韦伯著,阎克文译:《经济与社会》(第二卷上册),上海人民出版社,2010年,第1114页。韦伯这段话的原英译文是:Bureaucracy develops the more perfectly, the more it is "dehumanized". 所以阎克文译为:"官僚制发展得越完备,它就越是'非人化'。"但莫莱蒂在这里有意地把对bureaucracy的讨论当作是对bureaucrat的讨论,把引文改成了the more perfect, the more he is "dehumanized"。

义、序列音乐或包豪斯将在20世纪初所做的那样。但是,在精英主义的先锋派实验室里倾力于去人化的非人格性是一回事,它有其专属的浮士德式回报;但是像[福楼拜]这种文学所做的那样,把它呈现为普遍的社会命运就是另一回事了;在后者这种状况中,"猜想被粉碎"的现实原则有可能引起痛苦的损失,而没有任何可见的补偿。这正是布尔乔亚"现实主义"的悖论:它的美学成就越是激进与透彻,它所描画的世界就越是不适于栖居。这真的会成为广泛的社会霸权的基础吗?

五、描写、保守主义、现实政治

"客观的"非人格性:在这里它完美地综合了19世纪小说的分析性文体。说它客观,当然并不是由于再现的滤光器已魔法般地变成了透明之物,而是因为作家的主观性已经被贬谪到背景之中。客观性增多,**因为主观性减少**。达斯顿和加里森(Galison)在《客观性》(*Objectivity*)一书中写道:"客观性就是对自我的某个层面的抑制";[1] 而汉斯·罗伯特·姚斯(Hans Robert Jauss)说:

1　Lorraine Daston and Peter Galison, *Objectivity*, New York, 2007, p.36.

19世纪盛极一时的历史编撰……遵循这一原则：历史学家必须抹去自身，而让历史讲述它自己的故事。这种方法的诗学与同时代文学的顶峰——历史小说并无二致……梯叶里（A. Thierry）、巴朗特（Barante）及其他20世纪的历史学家对司各特的小说印象最深的……是历史小说的叙事者完全处于背景之中。[1]

背景中的叙事者。以《拉克伦特堡》(Castel Rackrent)为例，这是出版于1800年的一部（准）历史小说，作者为玛利亚·埃奇沃思(Maria Edgeworth)，司各特在1829年的《总序》(General Preface)中承认，该作者的作品是他自己的一系列小说的样板。《拉克伦特堡》的叙述者是年老的爱尔兰家仆萨迪·夸克，这个角色使埃奇沃思能够创立一座桥梁，连接起过去与现在，连接起她的广大英国读者的"此处"与她的爱尔兰故事的"彼处"。半是卑鄙，半是奸诈，但一直都敏锐而活跃的萨迪，给这部小说增添了许多特有的风味；但无疑他的方式并不是让小说"讲述它自己的故事"。下文有两段描写，一段就引自埃奇沃思的这部小说，其后的一段引自[司各特的]《肯纳尔沃

---

[1] Hans Robert Jauss, "History of Art and Pragmatic History", in *Toward an Aesthetic of Reception*, Minneapolis, MN, 1982, p.55. [译注] 中文译文见汉斯·罗伯特·姚斯、R. C. 霍拉勃著，周宁、金元浦译：《接受美学与接受理论》，辽宁人民出版社，1987年，第68—69页。

思堡》(*Kenilworth*, 1821)，在这里，同一种核心对象的出现（一个犹太式的恶棍，带着这个形象必然会引发的一切不假思索的陈词滥调）取消了文体差异在主题上的起源：

> 我一眼就看到了新娘；因为当马车门打开，她的脚刚刚踏上台阶，我举着火把靠近她的脸照着她，这时她闭上了眼睛，而我也看遍了她的全身，我感到极大的震惊，因为借着火光看去她比黑人漂亮一点，似乎腿是跛的……[1]

> 这位星象家是个小矮个子，年纪似乎已经很大了，因为他的胡须又长又白，从他那件黑色的紧身衣一直垂到他那条丝腰带上。他的头发也是同样令人肃然起敬的颜色。可是他那双锐利的黑眼睛上面的眉毛也和眼睛一样黑，这种特点便使得这个老头子的相貌有几分粗犷和古怪的神色。他的脸腮还是红润的，刚才说过的那双眼睛很像老鼠眼那样锐利，甚至表情也像那么凶悍。[2]

在《拉克伦特堡》中，萨迪不只是身体闯进了现场（我一眼

---

[1] Maria Edgeworth, *Castle Rackrent* (1800), in *Tales and Novels*, New York, 1967(1893), vol. IV, p.13.
[2] Walter Scott, *Kenilworth*, Harmondsworth, 1999(1821), p.185. ［译注］中文译文见沃尔特·司各特著，王培德译：《肯纳尔沃思堡》，人民文学出版社，1982年，第304页。

就看到……我举着火把……我看遍了），而且对事件投注了情感（**比黑人漂亮一点**……我感到**极大的震惊**）；该段的意图就在于传达他的主观反应而不是用这种方式引入新的角色。在司各特那里则相反，现场借助于身体的细节而被大大客观化：他用情感上中性的形容词来刻画胡子，以平常的衣服为参照来估量胡子的长度，并告诉了我们衣服的颜色与质地。零零散散，情感的火花仍然在闪烁（粗犷的神色……眼睛像老鼠眼）；但是，在《肯纳尔沃思堡》中——虽然司各特的星象家远要比埃奇沃思的新娘凶险——关键是对角色作**分析性的表现**，而不是情感性的评价。是精确，而不是浓烈。因此，姚斯是正确的，在司各特那里，历史学家抹去了自身，历史（看上去）在讲述它自己的故事。但"故事"这个词在这里不是很恰当，这种分析性的——非人格性的文体更多的是司各特的**描写**的特征，而不是他的叙事。这一事实提出了另一个问题：对于19世纪的受众来说，是什么使得描写如此有趣？填充物已经在减缓叙事的节奏，真的有必要再加**另一种**减速方式吗？

答案可能在巴尔扎克那里，而不是司各特。奥尔巴赫写道，在 [《高老头》里的] 伏盖夫人这个角色身上，"身体和衣服、生理特征和道德含义之间没有界限"；更普遍地说，巴尔扎克不仅

> 以严肃的态度讲述了人物（human beings）的命运，把人物放在他们的具体确定的历史和社会环境（setting）中，

而且认为人物和环境的这种关联是一种必然的关联：在他那里，一切环境(milieu)都成了道德与自然的氛围，它充塞于风景、居所、家具、器物、服饰、身体、品格、境遇、观念、活动及人的命运……[1]

人(persons)与物的关联被认为是"一种必然的关联"：巴尔扎克的描写的逻辑同当时最强大的政治意识形态——保守主义——的逻辑是一致的。亚当·米勒(Adam Müller)"把物看作是人的肢体的扩展"，曼海姆(Mannheim)用一种奥尔巴赫论《高老头》(Père Goriot)式的语调说，这是"人与物的融合"，是"所有者和所有物之间的一种明确的、至关重要的互惠的关系"。[2]这一"融合"关系发端于保守主义的另一块基石，即现在之于过去的完全从属的关系："保守派却仅仅将其[现在]认作过去所达到的最后阶段"[3]，曼海姆这样写道；而奥尔巴赫，使用了几乎相同的言词："巴尔扎克把现在构想……为**产生自历史**的事情，人物(people)与氛围，尽管也许它们是当代的，但总是

---

1 Auerbach, *Mimesis*, pp.471, 473. ［译注］奥尔巴赫著，吴麟绶等译：《摹仿论》，第558、560页。

2 Karl Mannheim, *Conservatism: A Contribution to the Sociology of Knowledge*, New York, 1986(1925), pp.89–90. ［译注］中文译文见卡尔·曼海姆著，李朝晖等译：《保守主义》，译林出版社，2002年，第81、82页。

3 Mannheim, Conservatism, p.97. ［译注］卡尔·曼海姆著，李朝晖等译：《保守主义》，第94页。

被再现为**源出于历史事件和历史力量**的现象。"[1]在政治哲学及与其相似的文学再现中,现在成了历史的沉淀物;而过去,不再只是消逝,而变成了某种可见的、坚实的——再引用一个保守主义思想及"现实主义"修辞的关键词来说——**具体的**东西。

19世纪的描写变成了分析性的、非人格的,或许甚至如司各特所说,是"无偏见的"。但是它同保守主义的平行关系表明——虽然这一处或那一处的个别的描写也许确实是相对中性的——描写**作为形式**一点也不中性。它的功效是把现在如此深入地刻进过去,以致根本无法想象会有替代的选择。一个新的词语道出了这一观念:**现实政治**(Realpolitik)。这是路德维希·奥古斯都·冯·罗豪(Ludwig August von Rochau)在1848年革命失败的几年之后杜撰的术语〔几乎是在同一时间,艺术上的**现实主义**(réalisme)在法国登场〕,它意味着这样的一种政治:"不去操弄尚未确定的未来,直接相对如其所是的现在。"一位匿名的自由主义观察家带着愤恨补充说:这是"稳定性的现实主义"(Realismus der Stabilität),即关于稳定性和**既成事实**(fait

---

[1] Auerbach, *Mimesis*, p.480. 下面这段来自《幻灭》的肖像描写,正是一个"产生自历史"的角色的例子:"**三十年来**尼古拉·赛夏老戴着民兵的三角帽;那种帽子当初出过风头,如今在某些外省城市的鼓手头上**还看得见**。他穿着似绿非绿的丝绒背心和丝绒长裤,棕色的旧大氅,一双花色纱袜,一双银搭扣的鞋子。由于这套服装,他的**工人出身在布尔乔亚角色后显现了出来**,而这套服装……完全表现出他的生活,仿佛那家伙是全身装扮好了出世的。"(p.7;着重标记为后加)〔译注〕奥尔巴赫著,吴麟绶等译:《摹仿论》,第570页;巴尔扎克著,傅雷译:《幻灭》,人民文学出版社,1989年,第7页。

accompli) 的现实主义。[1]当然，这并不是巴尔扎克的全部；他还有抑制不住的叙事之流，让人想起《共产党宣言》(*Communist Manifesto*) 那个论述"布尔乔亚时代 [的] 永远的不安定和变动"的段落。[2]但是，在马克思的巴尔扎克的旁边，还有奥尔巴赫的巴尔扎克，资本主义的动荡和保守主义的坚持之间的这种奇怪的混合，指出了与19世纪小说有关 (也与整个文学有关) 的一件重要事情：它们最重大的使命在于推进**不同意识形态体系之间的妥协**。[3]在我们所举的例子中，这份妥协体现在，将19世纪欧洲的两大意识形态"附属"在同一文学文本的不同部分：资本主义的合理化用填充物的惯常性节奏重组了小说的情节，而政治保守主义则规定了它的描写性的停顿，在这些停顿中，

---

1 关于冯·罗豪 (von Rochau) 及其《现实政治的原则》(*Grundsätze der Realpolitik*)，见奥托·布伦纳 (Otto Brunner)、维尔纳·孔策 (Werner Conze) 和莱因哈特·柯塞勒克 (Reinhart Koselleck) 编：*Geschichtliche Grundbegriffe*, Stuttgart, 1982, vol.IV, pp.359ff。另一引语 (作者匿名) 参见格哈德·普林佩 (Gerhard Plumpe) 编：《布尔乔亚现实主义理论》(*Theorie des bürgerlichen Realismus*)，Stuttgart, 1985, p.45。

2 关于《人间喜剧》(*Comédie Humaine*) 的这一方面，我在《世界之路：欧洲文学中的成长小说》(*The Way of the World: The Bildungsroman in European Literature*, London, 1987) 中已作了详细讨论。[译注]《共产党宣言》的这句话英译文为：…everlasting uncertainty and agitation distinguish the bourgeois epoch from all earlier ones；中央编译局的中译文为：……永远的不安定和变动，这就是资产阶级时代不同于过去一切时代的地方。莫莱蒂引用时把这句话改动成了"everlasting uncertainty and agitation (of) the bourgeois epoch"，译者在翻译时也据此调整了中央编译局译文的语序，并从概念统一性的原则出发，将"资产阶级时代"置换为"布尔乔亚时代"。

3 关于作为妥协形式的文学，其经典研究是弗朗西斯科·奥兰多 (Francesco Orlando) 的《走向一种弗洛伊德式的文学理论》(*Toward a Freudian Theory of Literature*)，Baltimore, 1978(1973)。

读者（与批评家）日益寻求整个故事的"意义"。

布尔乔亚的生存，保守主义信念：这就是现实主义小说的基础，从歌德到奥斯丁、司各特、巴尔扎克、福楼拜、托马斯·曼［萨克雷（Thackeray）、龚古尔兄弟、冯塔纳、詹姆斯……］，莫不如此。这二者的均衡是一个小小的奇迹，自由间接文体为它贡献了点睛之笔。

六、散文四："客观向主观的转变"

《罗曼语语文学杂志》（*Zeitschrift für romanische Philologie*），1887。在写作论法语语法的一篇长文时，阿道夫·托布勒（Adolf Tobler）顺带注意到，疑问句中的未完成过去时（*imparfait*）常常关联着一个"独特的间接话语与直接话语的混合物，它从前者那里接受了**动词时态与代词**，从后者那里提取了**语气和句序**"。[1] 这个**混合物**（*Mischung*）还没有名称，但决定性的直觉已经出现：自由间接文体是两种话语形式的汇聚之地。这里有一个段落摘自系统使用这种文体的第一部小说：

---

1 Adolf Tobler, "Vermischte Beiträge zur französischen Grammatik", *Zeitschrift für romanische Philologie*, 1887, p.437.

头发卷好了,女佣给打发走了,爱玛便坐下来思前想后而很不好受。这是一件让人伤心的事,真的!她一直在期盼的事,就这样告吹了!她最讨厌的事,却出现了这样的结果!对哈丽特是多大的打击啊!这是最糟糕的。[1]

95 爱玛坐下来思前想后**而很不好受**。这是**一件让人伤心的事,真的**!这里黑体字[2]显露出的语气和句序让人想起这是爱玛的直接话语。爱玛**坐下来**思前想后而很不好受。这**是** (was) 一件让人伤心的事,真的!这里黑体字显露出的时态是间接话语的时态。而这是很奇怪的,人们既感到自己在靠近爱玛 [因为叙事者的声音 (voice) 的过滤器不见了],同时也感到自己在远离爱玛,因为叙事的时态把她**客观化**,由此以某种方式使她疏离了她自身。这里有另一个例子,来自《傲慢与偏见》的这样一个时刻,当时达西和伊丽莎白结婚的可能性看起来不可挽回地消逝了:

她现在开始领悟到,达西无论是性情还是才能方面,都是一个最适合她的男人。他的见解和脾气虽然与她不同,

---

1 Jane Austen, *Emma*, Harmondsworth, 1996(1815), p.112. [译注]中文译文见简·奥斯丁著,孙致礼译:《爱玛》(简·奥斯丁小说全集),译林出版社,2016年,第119页。
2 [译注]原文为斜体字。

但一定会让她称心如意。这个结合对双方都有好处：女方大方活泼，可以把男方陶冶得心性柔和，举止优雅；男方精明通达，见多识广，定会使女方得到更大裨益。[1]

罗伊·帕斯卡(Roy Pascal)用这段作为议论的话，解释了巴利(Bally)关于自由间接文体的著名论文："对于巴利来说，简单间接文体倾向于消除由被转述的说话人说出的性格化的个人用语；而自由间接文体保留了其中的一些元素——句式、疑问句、感叹句、语调、个人的词汇量及角色的主观视角。"[2] 保留主观视角而不是消除它：帕斯卡在这里讨论的是语言，但他的言词也可以用来描写现代社会化的进程——在那里，个人的能量确实得到了"保留"，并被允许表达自身，只要它不威胁社会关系的稳定性。歌德与奥斯丁，他们两位既是自由间接文体的伟大先驱，又是成长小说的伟大作家，而这并非无故：新的语言手段是完美的，这表现在，它既给他们的主角们授予了一定数量的情感自由，同时又用超人称惯用语的元素对他们进行了"规范化"。"他的见解和脾气虽然与她不同，但一定会让她称心如意"……这里，是谁在说话？伊丽莎白？奥

---

1 [译注] 中文译文见简·奥斯丁著，孙致礼译：《傲慢与偏见》（简·奥斯丁小说全集），译林出版社，2016年，第281页。

2 Roy Pascal, *The Dual Voice: Free Indirect Speech and Its Functioning in the Nineteenth-century European Novel*, Manchester, 1977, pp.9–10.

斯丁？[1] 或许，既非此又非彼，而是一个**第三者声音**，而在他们之间，这声音是居间并几近中性的：这是已定社会契约所发出的略略抽象的、完全社会化的声音。[2]

一个居间的、几近中性的声音。几近。因为，毕竟，这段话的关键是，伊丽莎白最后是在用叙述者的眼光来看待她自己的生活——"她现在**开始领悟**"（*began* now to *comprehend*）。她从外部观察她自己，就好像她是第一个第三者 (第三者：在这里，实际上，语法就是信息)，并与奥斯丁意见一致。自由间接文体，这是一项容错的技巧；但它是一项**社会化**的技巧，而不是一项个体性的技巧 (至少，不是1800年左右

---

[1] D. A. 米勒写道："这样说吧，在自由间接语体中，这两个对子式的术语（角色与叙述），在尽可能地贴近那把它们分离开来的横杠（斜线号，惩戒棒）。叙述尽可能地在靠近角色拥有的心录的、语言的现实，而没有在这一现实中陷落，角色也在同样尽可能地靠近叙述的工作，但并不夺取叙述的权威。"（*Jane Austen, or The Secret of Style*, Princeton, 2003, p.59）。

[2] 卢保米尔·多勒泽尔（Lubomír Dolezel）写道，"随着现代小说（fiction）的发展，（叙述者话语和角色话语）之间的关系经历了巨大的变化。从结构上看，这个变化可以描述为'中性化'过程"（*Narrative Modes in Czech Literature*, Toronto, 1973, pp.18-19）。沃尔德伦·纽曼（Waldron Neuman）补充说，在自由间接语体里的叙述者声音与角色声音的关系中，"'中性'一词可能比'共鸣'（sympathetic）一词更为准确"，因为"其含义并不包括叙事者的支持，而仅仅指的是两种声音没有冲突"["Characterization and Comment in *Pride and Prejudice*: Free Indirect Discourse and 'Double-Voiced' Verbs of Speaking, Thinking, and Feeling"（《〈傲慢与偏见〉中的角色刻画与议论：自由间接话语和言说、思考、感受的"双声化"》，*Style*, Fall 1986, p.390）]。关于作为"角色与叙述之间的**第三项**（*third term*）"的自间接语体及奥斯丁语体的"'中性'腔调"，见米勒著《简·奥斯丁：风格的秘密》一书 第59—60、100页。

的个体性技巧)。[1]伊丽莎白的主观性屈从于其世界的"客观的"(也就是说,被社会接受的)智性:就像巴利在一个世纪以前对它的解释,"这是真正的客观向主观的转变"。[2]

我们已看过了初期的自由间接文体;现在,有一个完全成熟的例子:包法利夫人,在发生了第一次通奸行为之后,站在镜子前:

> 可是,当她在镜子里瞥见自己的脸时,她不由得吃了一惊。她从未见过自己的眼睛那样大,那样黑,那样深邃。有一种微妙的东西在她身上弥散开来,使她变美了。
>
> 她反复在心里说:"我有情人了!我有情人了!"这个念头使她欣喜异常,就好比她又回到了情窦初开的年岁。爱情的欢乐,幸福的癫狂,她原以为已无法企盼,此刻却终于全都拥有了。她进了一个神奇的境界,这儿的一切都充满激情,都令人心醉神迷、如痴如狂;周围笼罩着浩瀚无边的蓝蒙蒙的氛围,情感的顶峰在脑海里闪闪发光,平庸的生活被推得远远的,压得低低的,只是偶尔在峰峦的间隔

---

[1] 在20世纪,事情发生了变化;对此我有一个概述,见 *Graphs, Maps, Trees: Abstract Models for Literary History*(《表图、地图与树图:文学史的诸抽象模式》),London, 2005, pp.81–91。

[2] "Le style indirecte libre en français moderne", *Germanisch-Romanische Monatschrift*, 1912, p.603.

中显现。[1]

1857年2月，公诉人恩斯特·毕纳德 (Ernst Pinard) 在他给鲁昂 (Rouen) 法院的信中，因为这个段落——"远要比堕落本身更危险、更不道德"——而保留了毫不妥协的言词。[2] 这样说有其道理，因为那些句子同"旧有的小说规约——所再现的角色有永远明确的道德判断——"[3] 直接相矛盾。毕纳德继续说道，在这部小说有哪一个人

> 可以谴责这个女人吗？没有，一个也没有。这就是结论。在这本书中没有任何一个角色可以谴责她。如果你能找到一个有德行的角色，甚或一个以其为基础对通奸予以指斥的抽象的原则——仅仅一个，那么，我就是错的。[4]

---

1 Flaubert, *Madame Bovary*, pp.150–151. [译注] 福楼拜著，周克希译：《包法利夫人》，第145页。

2 "因此，在第一次犯罪行之后，在第一次堕落之后，她赞美通奸，吟哦通奸的歌，通奸的诗，通奸的快感。先生们，在我看来，这远要比堕落本身更危险、更不道德。"(Gustav Flaubert, *Oeuvres*, A. Thibaudet and R. Dumesnil, Paris, 1951, vol.I, p.623.)

3 Hans Robert Jauss, "Literary History as Challenge to Literary Theory", in *Toward an Aesthetics of Reception*, pp.43, 632. [译注] 汉斯·罗伯特·姚斯、R. C. 霍拉勃著，周宁、金元浦译：《接受美学与接受理论》，第54页。

4 [译注] 中文译文参见福楼拜著，罗国林译：附录：审讯记录，《包法利夫人》，中央编译出版社，2010年，第268页。

错的？不，一个世纪的批评已经充分证明他是对的：存在着这样一个缓慢的进程，它已使欧洲文学摆脱了它的说教功能，用大量的自由间接文体来替换全知的叙述者，而《包法利夫人》，就是这样一个进程的逻辑终点。[1]但是，如果说历史轨迹是清楚的，那么，它的含义是不清楚的，解释已经被吸引至两个不可调和的立场。对于姚斯（及其他人）来说，自由间接文体把小说放在了同主流文化对立的位置上，因为它迫使读者"进入使人相互疏离的[道德]判断的不确定性之中……将预定的公共道德问题[对通奸的评价]重新变成了公开的难题"。[2]从这一观点看，在审判的风险问题上，毕纳德是对的：福楼拜对既有的秩序是一个威胁。幸运的是，毕纳德输了，福楼拜赢了。

另一个立场将这一图景翻转了过来。[对这一立场来说]自由间接文体没有产生不确定性，而是构成了一种文体的全景监狱（Panopticon），在那里，叙述者的"主人-声音"（master-

---

[1] "在司汤达和巴尔扎克作品中，我们时常听到或几乎不断听到作者对书中角色的看法"，奥尔巴赫在《摹仿论》中写道，"这些事情在福楼拜作品中几乎全部不见了。作者不表明对事或人的看法……我们虽然听到作者在说，但他并未发表个人观点，也不做任何评论"（p.486）。[译注] 奥尔巴赫著，吴麟绶等译：《摹仿论》，第576—577页。

[2] Jauss, "Literary History as Challenge to Literary Theory", p.44. 姚斯的观点，得到了多米尼克·拉卡普拉（Dominick La Capra）[他热烈地谈论了福楼拜的"意识形态罪行"：*Madame Bovary on Trial*（《法庭上的包法利夫人》），Ithaca, NY, 1982, p.18]，以及更为谨慎的多丽特·科恩（Dorrit Cohn）（*The Distinction of Fiction*, Baltimore, 1999, pp.170ff）的响应。

voice)"通过限定、取消、认可、涵摄它让它们得以言说的其他所有声音",[1] 播散自身的权威性。从这第二个观点看,毕纳德与福楼拜各自所代表的并不是压抑与批判,而是陈旧的、无趣的社会控制形式与更灵活的、更有效的社会控制形式。确实,审判将他们对立起来,但说心里话,他们彼此之间的相似之处远远多于他们可能会承认的;最终,他们是**同一事情的两个不同版本**。

总的来说,我倾向于赞同后一个立场,但有一点需要具体说明。《包法利夫人》里那些让毕纳德如此愤怒的句子……它们来自哪里?它们是通过爱玛的嘴说出的叙述者的言词吗?不;它们来自那些爱玛作为女孩读过而永远无法忘记的伤感的小说(前文引述的那个段落紧接着说:"于是她回忆起从前看过的书里的女主人公……")。它们是老生常谈,是集体神话:**社会的**事物已深植于她的内心,它们是这种事物的符号。前文我已经说过,在《傲慢与偏见》里,我们经常听到的那个声音或许就是已定社会契约的"第三者声音";伴随着福楼拜,我们可以剔除这个"或许",因为这一进程已经达至它的充分完成的阶段:角色与叙述者已经失去了区别,被纳入资产阶级的**共同意见** (doxa) 所合成的话语之中。情感基调、词汇、语句形态——依赖所有这些元素,我们将把自由间接文体的主观的一面从客

---

[1] D. A. Miller, *The Novel and the Police*, Berkeley, CA, 1988, p.25.

观的一面中解救出来，现在，它们在**既成观念** (*idée reçue*) 真正"客观的"非人格性中混合在了一起。

但如果真是这样，那么，对文本的"主人-声音"的担心就变成多余的了：爱玛的灵魂被掌控——"限定、取消、认可、涵摄"——在**共同意见**的手中，而不是叙述者的手中。在一个完全同质化的社会里，在法国所形成的这个福楼拜眼中的布尔乔亚社会里，自由间接文体所揭示的不是文学技巧的威力，而是它们的**无能**：自由间接文体的"'客观的'严肃"瘫痪了这种文体，酿成了无法想象的对立；一旦开始这种熵的漂移，一旦叙述者的声音同角色的声音（通过角色，同布尔乔亚**共同意见**的声音）融合，就没有了回头的路。社会化**太过**成功了：在社会世界的诸多声音中，只有"普通智性水平"的声音保留了下来，"布尔乔亚的个体的智性就围绕着它摆动"。[1] 这是《布瓦尔和佩库歇》(*Bouvard and Pécuchet*) 的噩梦：再也不知道如何区分关于愚蠢的小说与愚蠢的小说。

对于欧洲长篇小说的这个严肃的世纪来说，这是一个相当苦涩的尾声：一种文体，通过孜孜不倦的工作，在审美的客观性和一致性上，把布尔乔亚散文推进到一种史无前例的水平——才发现，关于它的对象，它再也不知道还能想些什么。完美的作品，但没有携带**存在的理由** (raison d'être)：在那里，就如《新

---

[1] René Descharmes, *Autour de "Bouvard et Pécuchet"*, Paris, 1921, p.65.

教伦理与资本主义精神》所说的,"唯工作是瞻的非理性意识"[1]是唯一切实——而又神秘——的结果。因此,一种更温和、更素朴、"太人性的"文体,从资本主义欧洲的中心地带,向布尔乔亚的严肃性发起了挑战。

---

[1] Weber, *Protestant Ethic*, pp.70–71. [译注] 马克斯·韦伯著,阎克文译:《新教伦理与资本主义精神》,第198页。

第三章 雾

一、赤裸的、无耻的、直接的

《共产党宣言》里有这样一段著名的颂词：现代布尔乔亚什"创造了完全不同于埃及金字塔、罗马水道和哥特式教堂的奇迹；它完成了……远征……使人口密集起来，使生产材料集中起来……用法术从地下呼唤出来（……）大量人口"。[1] 金字塔、水道、教堂、完成、密集、集中……显然，对于马克思和恩格斯来说，布尔乔亚什的"革命作用"就在于这个阶级已经**完成**（done）的东西。但是，他们的赞扬还有另一个更难以捉摸的理由：

---

[1] Karl Marx and Friedrich Engels, *Manifesto of the Communist Party*, in Robert C. Tucker ed., *The Marx-Engels Reader*, New York, 1978, pp.338-339. [译注] 中文译文见马克思、恩格斯著，中央编译局编译：《共产党宣言》，载于《马克思恩格斯选集》，第275—277页。

资产阶级在它已经取得了统治的地方把一切封建的、宗法的和田园诗般的关系都破坏了。它无情地斩断了把人们束缚于天然尊长的形形色色的封建羁绊,它使人和人之间除了赤裸裸的自私自利,除了冷酷无情的"现金交易",就再也没有任何别的联系了。它把宗教虔诚、骑士热忱、小市民伤感这些情感的神圣发作,淹没在利己主义计算的冰水之中。……它用赤裸的、无耻的、直接的、露骨的剥削代替了由宗教幻想和政治幻想遮盖着的剥削。

资产阶级抹去了一切向来受人尊重和令人敬畏的职业的神圣光环。……资产阶级撕下了罩在家庭关系上的温情脉脉的面纱,把这种关系简化成了纯粹的现金交易关系。……一切固定的僵化的关系以及与之相适应的素被尊崇的成见和见解都被消除了,一切新形成的关系等不到固定下来就陈旧了。一切等级的和固定的东西都烟消云散了,一切神圣的东西都被亵渎了。人们终于不得不用冷静的理智来面对他们真实的生活境况、他们的相互关系。[1]

在这些滚烫的段落中,交织着三个彼此不同的语义场。第一个语义场唤起的是布尔乔亚什降临之前的时期,那时,社会

---

[1] Marx and Engels, *Manifesto of the Communist Party*, pp.337–338. [译注] 中文译文见马克思、恩格斯著,中央编译局编译:《共产党宣言》,载于《马克思恩格斯选集》,第274—275页。

关系的性质为各种各样的骗术所遮蔽：一个由"田园诗""面纱""发作""热忱""神圣""虔诚""伤感"与"成见"组成的世界。不过——在第二个作为过渡的语义场里——一旦大权在握，这个新的统治阶级就无情地击碎了所有这些阴影：它"破坏""斩断""淹没""抹去""简化"与"消除"了"田园诗般的关系"。于是，最后，形成了布尔乔亚时代所特有的新的认识型(episteme)："赤裸裸的自私自利""计算的冰水""冷静的理智""面对他们真实的境况""赤裸的、无耻的、直接的剥削"。布尔乔亚什并没有把它的统治隐藏于众多的象征性妄想，而是迫使整个社会来直面它自身的真相。布尔乔亚是人类历史上第一个**现实主义**的阶级。

赤裸裸的自私自利。[马奈(Manet)的《奥林匹亚》(*Olympia*)]这幅布尔乔亚世纪的杰作(图8，见下页)，"以这样一种方式看着观看者，"克拉克(T. J. Clark)写道，"这种方式迫使他去想象整个组织结构……一个由出价、场所、支付及特殊的权力与地位构成的组织结构，它仍有着商谈的可能。"[1] 商谈(Negotiation)：完美的词语。奥林匹亚正躺着，一副慵懒的样子，似乎无事可做，但实际上她**正在工作**：她抬起头，转过身，

---

[1] T. J. Clark, *The Painting of Modern Life: Paris in the Art of Manet and His Followers*, London, 1984, p.133. [译注] 中文译文见T. J. 克拉克著，沈语冰、诸葛沂译：《现代生活的画像：马奈及其追随者艺术中的巴黎》，江苏美术出版社，2013年，第182页。

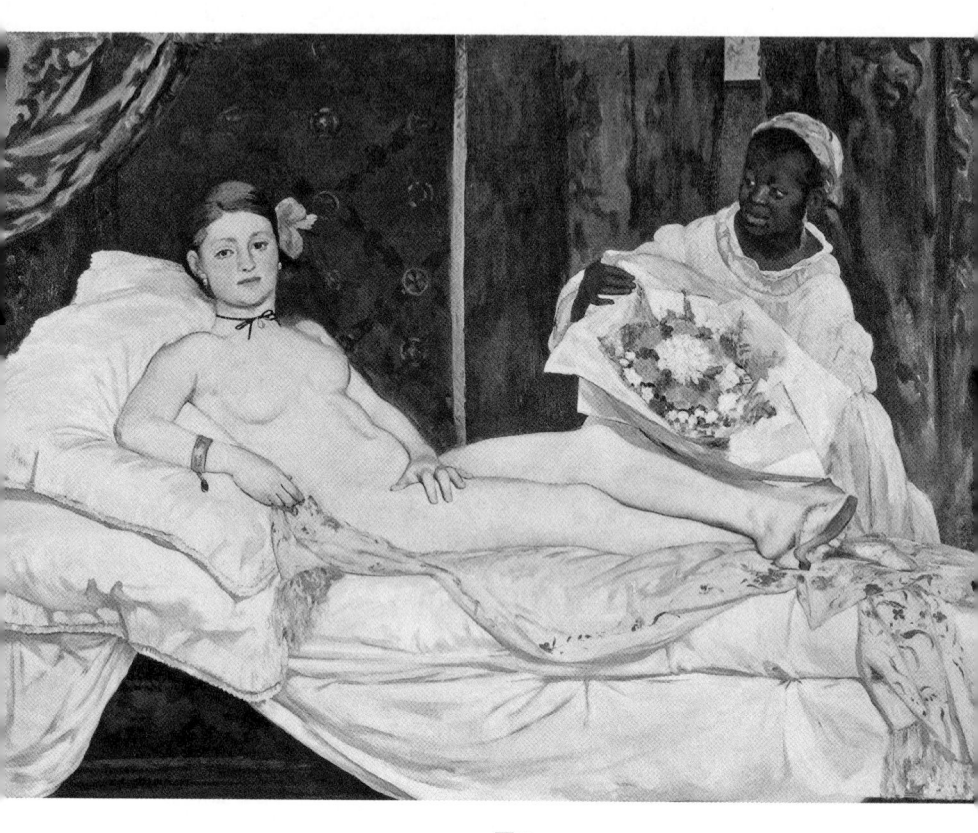

图8

估量着每一位潜在的消费者——这幅画像的观看者——用那种令人难以自持的专注的凝视。赤裸的、无耻的、直接的(凝视)。再看看安格尔(Ingres)的《从海中诞生的维纳斯》(*Vénus Anadyomène*, 1848, 图9, 见下页), 则与之相反, 她带着那种(再次用克拉克的话来说)"似看非看的看", [1] 含蓄地表明:"裸体画不隐藏任何东西, 因为没有任何东西需要隐藏。"[2] 这恰恰就是这些画所包含的"小市民的伤感",《奥林匹亚》所着手揭露的就是这一点: 显然, 马奈所画的人物正用手遮挡她的生殖器官。现实主义, 的确。

马奈绘制《奥林匹亚》, 是在1863年的巴黎; 7年以后在伦敦, 米莱斯(Millais)展出了自己版本的现代裸体画:《游侠骑士》(*The Knight Errant*, 图10, 见第151页)。一个全副盔甲的骑士, 站在一个裸体女人的旁边, 把巨大的剑扭转向地面; 这需要一些想象, 才能走近这个画面。骑士的面甲向上推起, 但他的

---

1 [译注] 中文译文见T. J. 克拉克著, 沈语冰、诸葛沂译:《现代生活的画像: 马奈及其追随者艺术中的巴黎》, 江苏美术出版社, 2013年, 第182页。
2 这是克拉克引用的卡米耶·勒莫尼埃(Camille Lemonnier)的话, 见《现代生活的画像: 马奈及其追随者艺术中的巴黎》, 第129页。关于《希腊奴隶》(*The Greek Slaves*)——该世纪最著名的色情雕塑——的一则匿名的评论表达了相同的观念:"法国艺术和希腊艺术的区别对我来说似乎就在于此——法国人描画的女人, 就好像她是为了被观看才脱掉的衣服; 希腊人再现的女人, 似乎根本不知道什么是衣服, 虽周身赤裸但并不觉得羞耻。"见艾莉森·史密斯(Alison Smith),《维多利亚时代的裸体画: 性、道德与艺术》(*The Victorian Nude: Sexuality, Morality and Art*), Manchester 1996, P.84. [译注] 勒莫尼埃的话, 中文译文见T. J. 克拉克著, 沈语冰、诸葛沂译:《现代生活的画像: 马奈及其追随者艺术中的巴黎》, 第175页。

图9

图10

眼睛却从女人身上游离开去，仿佛陷入了沉思；他用一种古怪的方式去斩断那些绳索，自己几乎就要躲在那棵大树之后。而那个女人，则同样非常奇怪：如果说安格尔的维纳斯特地不看向任何地方，米莱斯的人物则干脆扭头斜视别处；或更准确地说，她被**制作**（*made*）出来就是为了斜视别处：因为非常明显，在原初的版本里，她被转过来朝向骑士本人 [图11《索尔韦的殉道者》(The Martyr of Solway) 的 X 光图，见下页]。但是，评论界对这原初的版本很冷淡，有人私下里说它不道德，这幅画也没有卖出去……于是米莱斯删去她的躯干，为她绘制了一个新的（然后，对这个初版本的女人，他梳理了她的头发，拉低了她的眼睛，给她罩上了衬衫，把她作为一个新教的殉道者卖了出去：图12《索尔韦的殉道者》，见第154页）。

出鞘的剑——和盔甲的铁笼；女人无所不在的头发[1]——和背转过去的脸。对反（Ambivalence）[2]。米莱斯想要画一个赤裸的女人；但当真要这样做时他又有些畏惧。因此，他**叙述**（*narrativizes*）她的裸露（nudity）：如果问这女人为何没有穿衣服，这是因为她不幸经历了一个侵犯、抵抗、被俘的故事——若不是骑士及时赶到，她被俘之后很快就会遭遇强奸与死亡。剑

---

1 裸体画中的头发通常情况下都出奇地长，仿佛是要补偿生殖器附近毛发的缺失。
2 [译注] Ambivalence，在心理学上指相互矛盾的两种感情的并存，在语言学上指相互矛盾的两个词语的共用，前者一般被译为"矛盾""矛盾情绪"，后者则有"双值性""二重性""语用模糊""语义双关"等多种译法。莫莱蒂试图将两个维度糅合起来，因此在本译文中统一翻译为"对反"。

第三章 雾

图11

图 12

上的血，画右侧的死者，背景中奔跑的人影，它们全都是这个故事的组成部分。(正如米莱斯煽情的绘画说明所说："设立游侠骑士团，就是为了保护寡妇与孤儿，救助身处困境的少女。")他不是唯一一个用这种方式看待事情的人；维多利亚时代另外几部著名的裸体作品——从威廉·埃蒂 (William Etty) 典型的《布里托玛特拯救美丽的阿莫莱特》(*Britomart Redeems Faire Amoret*, 1833) 到鲍尔斯 (Powers) 的《希腊奴隶》(*Greek Slave*, 1844)、兰德希尔 (Landseer) 的《戈黛娃夫人的祈祷》(*Lady Godiva's Prayer*, 1865) 与波因特 (Poynter) 的《安德洛墨达》(*Andromeda*, 1869) ——传达了相同的信息：裸露是强迫的结果；是野人、强盗、僭主施加给女人的事情。在《奥林匹亚》中，性是白昼间的、事务性的事情。在维多利亚时代的裸体画中，性是厄运，黑暗，神话，死亡。马奈用散文的方式脱去的东西，被再一次蒙上了传奇 (legend) 的面纱。

这是维多利亚时代的谜：与《共产党宣言》中的那些段落**相反**，这个时代最工业化的、最城市化的、最"先进的"资本主义**恢复**了"虔诚"与"伤感"，而不是把它们"消除"。

为什么？

二、"面纱之后"

为什么**是** (was) 维多利亚主义？不过，对于这样一个庞大

的问题,英国裸体画是一项微不足道的业绩。因此:

109
难道他,

人,——她最后完美的作品,
　他眼中闪耀着目标的光芒,
　他建造起徒然祈祷的庙堂,
他把颂歌送上冰冷的天庭,

他相信上帝与仁爱一体,
　相信爱是造物的最终法则,
　尽管自然的爪牙染满了血,
叫喊着反对他的教义,

他曾为真理和正义而斗争,
　他爱过,也受过无穷苦难,——
　难道他也将随风沙吹散?
或被封存在铁山底层?

——丁尼生(Tennyson):
《悼念集》(*In Memoriam*),第五十六章[1]

---

[1] [译注]丁尼生等著,飞白译:《英国维多利亚时代诗选》,湖南人民出版社,1985年,第43—44页。

自然 (Nature)，爪牙染满了血：这样一个惊人的意象，常被看作是达尔文影响英国诗歌的标志，而当然，《悼念集》(1850) 早于《物种起源》好几年出版。与这一意象本身一样令人着迷的，是丁尼生为了削弱这一意象的影响所创造的语法的奇迹：他把它作为一个让步句与插入语（"尽管自然……"），嵌入于一个横跨四个诗节（难道他……吹散）、分为六个不同的关系从句（他眼中……他建造……他把颂歌）的疑问句。这个米诺陶 (Minotaur)[1]，身陷在为它建造的迷园 (labyrinth) 之中。诗的智性看到了人类的灭绝——就把它埋葬在高深莫测的语言的迷宫 (maze)。这远远要比米莱斯的骑士好得多：句法的复杂之物，代替了铠装的拘礼之徒。但是潜藏在下面的欲望是相同的：**否认** (*disavowal*)。丁尼生带着已经以某种方式出现的真理，把它放在了括号之中：

或被封存在铁山底层？

从此消灭？这是一场噩梦，
　　一个不和谐音。原始的巨龙
　　在泥沼之中互相撕裂，
与此相比也是柔美的隐约！

---

[1] [译注] 米诺陶，或译为弥诺陶洛斯，古希腊神话中牛头人身的怪物。

生命是多么徒劳而脆弱！
啊,但愿你的声音能安慰我！
哪儿能找到回答或补救？
面纱之后,面纱之后。

面纱之后。在阅读一本关于自然史的书时,夏洛特·勃朗特说:"如果这是真理,那么她完全可以用神秘守卫自身,用面纱遮蔽自身。"查尔斯·金斯利(Charles Kingsley)在给妻子的信中写道:"不要思辨,如果必须,也不要思辨太多。谨防把论证强行推向它们的逻辑结论。"[1]过了一代人以后,发生了一点变化:《玩偶之家》(Dollhouse)的一位匿名的评论者写道,"易卜生讨论了多种罪恶,关于这些罪恶,我们不幸知道它们会存在,可若是将它们大白于天下,并不能起到什么好的作用"。[2]在这里,"不幸"的是什么——是某些罪恶**存在**,还是我们被迫**知道**它们存在？几乎可以肯定是后者。否认。而我们再一次看到,表达这一勉强之意的,不只有神经脆弱的报人。在《黑暗

---

[1] 勃朗特与金斯利的这两句话,被霍顿引用在《维多利亚时代的心智框架》一书中,这本书很多地方都在谈论维多利亚人的策略:"故意忽略一切不快乐的东西,假装它们都不存在。"见沃尔特·E.霍顿(Walter E. Houghton),《维多利亚时代的心智结构》(*The Victorian Frame of Mind 1830–1870*), New Haven, CT, 1963, pp.424, 128–129, 413。

[2] 对《玩偶之家》的评论,未署名,发表于《幕间》(*Between the Acts*),1989年6月15日——现收录于迈克尔·伊根编:《易卜生:批判的遗产》(*Ibsen: The Critical Heritage*), London, 1972, p.106。

的心》中马洛大声说道:"内在的真实(truth)永远是隐而不露的——谢天谢地,谢天谢地。"[1]隐而不露?在《全世界受苦的人》(*The Wretched of the Earth*)的序言里,萨特(Sartre)写道,殖民地是宗主国的真理(truth),[2]而的确——当马洛在刚果的旅行更为深入——关于库尔兹(Kurtz)和殖民地企业的真相(truth)就(几近)大白于天下:"就仿佛面纱被撕去,在那张象牙似的脸上,我看到了阴沉的骄傲、无情的力量、怯懦的恐惧……的表情。"[3]仿佛面纱被撕去:康拉德在《黑暗的心》中屡屡强调观看的困难,那么此刻,这就应该是期待已久的被观看者的显现。[4]然而,相

---

1 [译注]中文译文见康拉德著,赵启光等编选:《康拉德小说选》,第530页。

2 [译注]《全世界受苦的人》是法农(Frantz Fanon)的著作,1961年出版时由萨特为之作序。关于真实/理,萨特在序言中说:"In the colonies the truth stood naked, but the citizens of the mother country preferred it with cloths on ..."中译本译作:"在殖民地,真相暴露无遗;宗主国则喜欢掩盖真相……"(见法农著,万冰译:《全世界受苦的人》,译林出版社,2005年,第12页)但其实,莫莱蒂这里所使用的句式来自萨特的《存在与虚无》,在那里萨特将黑格尔《精神现象学》中的主人-奴隶的辩证法概括为"奴隶是主人的真理"(见让-保罗·萨特著,陈宣良等译:《存在与虚无》,生活·读书·新知三联书店,1987年,第310页),莫莱蒂因之称"殖民地是宗主国的真理"。

3 Conrad, *Heart of Darkness*, p.111. [译注]中文译文见康拉德著,赵启光等编选:《康拉德小说选》,第584页。

4 这个情态动词短语"could see"(会/能看见)——显然包含着看不见的可能性,尤其在一个黑暗的场所——在《黑暗的心》中出现超过30次;《米德尔马契》整个文本,都不如它出现得频繁,后者有着相同长度但只出现10次。康拉德煞费苦心、无所不在的明喻——像透明闪光的薄纱……像诸种暗示中的一场令人厌倦的旅行……像一只蠢蠢蠕动的小甲虫……像一具浅黑色的磨光的石棺——愈发增强了这部中篇小说从根本上就有的晦涩难解的特征。[译注]中文译文见康拉德著,赵启光等编选:《康拉德小说选》,第484,500,532,591页。

反:"我吹熄了蜡烛,离开船舱。"[1]这是令人惊奇的,向黑暗的回返。马洛最后断定,那被揭起的面纱,是"我以前从没有看见过,希望今后也不要再看见"[2]的东西。[3]

当然,否认并不是英国独有的活动:在《悲翡达夫人》(*Doña Perfecta*) 中,佩雷兹·加尔多斯 (Pérez Galdós) 用狡黠的挖苦的口吻谈到过,"这个以甜蜜的宽容为特征的温顺的世

1　[译注] 中文译文见康拉德著,赵启光等编选:《康拉德小说选》,第584页。
2　[译注] 同上。
3　《黑暗的心》虽然短,却堪称对反这种修辞手法的大全。例如,库尔兹的"无法形容的仪式"([译注]《康拉德小说选》,第555页)的说法(在那里,形容词既充满启示又有所保留),就完全被容纳在一句题外话——"不由自主地推测"出的话,被两个减轻语气的"可是"括在一起——中,暂时偏离了马洛对他人报告的详细描绘。同丁尼生将"爪牙"一节置于插入语非常相像,马洛的题外话的确(几近)包含着真实,但它将真实降低到了立场的层次,从而削弱了真实的意义:当某件事情在一个故事的侧枝里被提及,这就是在暗示它不是故事的要点。在康拉德的一些伟大的语句里发生了相同的情形:马洛说,当他走近库尔兹河边的房子,"然后我仔仔细细用我的望远镜一根柱子、一根柱子地看过,我才发现我的错误。这些圆球状的东西不是装饰性的,而是象征性的;它们耐人寻味又使人困惑,引人注目又令人心神不安——它们既是思索的食粮,也是苍鹰的食粮——如果有一种目光从天空望下来的话,但无论如何它们是那些足够勤勉以致能一直爬到杆顶上的蚂蚁的食粮。它们,这些木杆顶上的人头,应该能够给人更深的印象,如果它们的面孔不是对着房子的话"。(p.96)(《康拉德小说选》,第566页) 装饰性的……象征性的……耐人寻味……使人困惑……引人注目……令人心神不安……思索的食粮……七个冥思苦想出来的具体陈述,其唯一的目的在于延缓对真实的发现;当苍鹰出现,它们立即就被一个否定性的假设从句去现实化了("如果有");对于蚂蚁来说同样如此,它们为"足够勤勉"一语所限定。围绕着那些木杆顶上的人头,有一大堆冗词赘句——从始至终,直到最后的一笔——"如果它们的面孔不是对着房子的话":就好像重要的不是存在着被刺穿的人头,而是它们面朝的方向。总之:我们被告知头骨就在那里,但是我们的注意力也不断地从它们身上被**转移**出去。

纪,已发明出语言和行为的奇异面纱,来掩盖公众的眼睛可能觉得不愉快的事情";[1]而威尔第(Verti)[歌剧中]伟大的合唱时刻之一,是曾让[舞台上的]全部演员对于被揭示出来的卖淫——不妨说这是一个《奥林匹亚》时刻——做出这样的反应:强烈要求把它重新隐瞒起来。[2]然而,不同于意大利歌剧的非时间性的舞台,或也不同于加尔多斯的"比亚奥伦达"(Villahorrenda)这样一个次序颠倒的省份,这个世纪中叶的英国资本主义,**已经**(*had*)为《共产党宣言》所展望的布尔乔亚现实主义准备好了条件;事实上,丁尼生**已经**看见自然的染满了血的爪牙,而康拉德已经看见帝国主义的缩拢的头骨。他们看见了,随后他们吹熄了蜡烛。这种自我招致的盲视,正是维多利亚主义的基础。

---

[1] Benito Pérez Galdós, *Doña Perfecta*, New York, 1960(1876), p.23. [译注] 中文译文见加尔多斯著,王永达译:《悲翡达夫人》,花山文艺出版社,2005年,第20—21页。值得注意的是,加尔多斯原文中的vulgares ojos(庸众的眼睛)在莫莱蒂的引文中被翻译为the public eye(公众的眼睛)。

[2] 在《茶花女》(*Traviata*)第二幕,阿尔弗莱德在对薇奥列塔的身份表示怀疑("你们认得这个女人?")之后,把一袋钱扔到她脚下("今天我当着大家/把所有的钱都归还!"),从而揭示,这位"交际花"的实质是卖淫女。但他的行为激起了如此普遍的愤慨——"你(已经忘记荣誉,)玷污了你的双亲","(谁要是野蛮地侮辱了妇女,)谁就永远为大家看不起","亲爱的阿尔弗莱德,阿尔弗莱德"——以至于这一场的结局是对真相更深的掩饰。[译注] 音乐出版社编辑部编:《威尔第·茶花女》,音乐出版社,1959年,第61—62页。

三、哥特式,既有之物

19世纪中叶,有一种小说文类为英国文学所特有(由于显而易见的原因),这就是所谓的"工业"小说或"英国状况"(condition-of-England)小说,它们致力于展现"主与仆"(masters and men)的冲突。不过,这些小说中有许多还为另一种冲突类型留出了空间:这就是同一家庭不同世代之间的冲突。在《艰难时世》(*Hard Times*, 1854)中,当功利的葛擂硬发现他的子女喜欢去马戏团,他觉得受到了背叛("说不定我还会接着发现我的孩子们偷着念诗呢");[1]在《南方与北方》(*North and South*, 1855)中,当老桑顿太太猛烈攻击古典文学("古典文学对于在乡下或者在大学里把一生闲混过去的人可能很有好处"),[2]她的儿子,一个小工厂主,正开始研究它们,并且还和他老师的女儿结了婚;而在克雷克(Craik)的《绅士约翰·哈里法克斯》(*John Halifax, Gentleman*, 1856)中,青年工业家哈里法克斯同他的导师弗莱彻发生了激烈的冲突,因为在大范围饥荒的时候,弗莱彻仍念念不忘他的收益。细节各有不同,但模式始终一致:当两代人彼此争斗的时候,**结果年老的一代比年轻的一代更为布尔乔亚**;他们更严苛,更

---

[1] [译注] 中文译文见狄更斯著,全增嘏、胡文淑译:《艰难时世》,第23页。
[2] [译注] 中文译文见伊丽莎白·盖斯凯尔著,主万译:《南方与北方》,第178页。

狭隘，受利益的驱动；但同时也独立、坚定，无法容忍前工业的价值；如同人们评论科布登(Cobden)时所说的，"太傲慢而做不了绅士"。只是在这里，独立(independence)都被改写成了孤寂(loneliness)：桑顿太太是寡妇，而弗莱彻、葛擂硬、[《董贝父子》(*Dombey and Son*, 1848)中的]董贝、[迪斯雷利《康宁斯比》(*Disraeli's Coningsby*, 1844)中的]米尔班克也都独居；所有这些人，都被打上了伤害的标记，永远无法治愈的伤害，以某种方式，困扰着他们的孩子的生活：在《董贝父子》中，小保罗死于"生命力的缺乏"；[1] 弗莱彻的儿子是一个残疾者，他憎恨他父亲的皮革厂，他唯一的幸运是他受到哈里法克斯"绅士"的监护；米尔班克的儿子是由小勋爵康宁斯比将他从注定的死亡中拯救出来的，而葛擂硬的女儿只是勉强躲过了私通，他的儿子则变成了小偷，并且在实际上变成了杀人犯。除了古代的悲剧，我想不起还有什么文类，让如此痛苦的诅咒把两个相连的世代捆绑在一起。这样的情节传递的信息显而易见：只有**一个**布尔乔亚世代——现在它消失了，被它自己的孩子败坏或背叛。它的时刻结束了。

布尔乔亚消逝在资本主义大获全胜的时刻。这不只是小说式的**剧情突变**(*coup de théâtre*)。"这是文化史的悖论之一，"伊戈·韦布(Igor Webb)在他关于布拉福德羊毛交易所

---

[1] [译注] 中文译文见狄更斯著，祝庆英译：《董贝父子》，上海译文出版社，1994年，第241页。

(Bradford Wool Exchange)的研究中写道,"在从19世纪50年代到19世纪70年代早期之间,当英国建筑果断转向为工业资本主义服务,哥特式就成为占主导地位的建筑风格"。[1] 工业建筑模仿中世纪:确实是悖论。但实际上,这一阐释有些简单了:布拉德福德的工业家体会到的是"社会的自卑感与政治的不法感",他们的哥特式交易所设法把这种感觉装扮成了"贵族式的对过去的怀旧"。马丁·威纳(Martin Wiener)补充说:"中产阶级在19世纪50年代对哥特式风格的接受,是一道分水岭,它标志着工业革命新文化的鼎盛与中产阶级新人屈服于旧贵族文化霸权的开始。"[2] 阿诺·迈耶(Arno Mayer)断定:虽然中产阶级新人致力于"经济领域的创造性毁灭",但当他们进入文化领域,他们就成为"传统的建筑、雕塑、绘画的热烈拥护者……用历史的画屏包覆他们的功绩及他们自身"。[3]

一个正在现代化的世界,被包覆在历史的画屏之中。《改革法案》(Reform Act)通过两年之后,在一阵焦躁不安之中,时代精神(the Zeitgeist)将国会大厦焚为平地,它貌似在寻求同过去

---

[1] Igor Webb, "The Bradford Wool Exchange: Industrial Capitalism and the Popularity of the Gothic", *Victorian Studies*, Autumn, 1976, p.45.

[2] Martin J. Wiener, *English Culture and the Decline of the Industrial Spirit, 1850–1980*, Cambridge, 1981, p.64.

[3] Arno Mayer, *The Persistence of the Old Regime: Europe to the Great War*, New York, 1981, pp.4, 191–192.

一刀两断,但实际上开始了对哥特式的复兴:这个世界上唯一的工业国家的"最重要的公共建筑",被构想为教堂与城堡的混合物。[1]至于该世纪的其他建筑,依此类推:在国会大厦800英尺长的正面(更不用说内景)[建成]之后,出现的是媚俗的奇幻乐园,悬停在圣潘克拉斯(St Pancras)的上空("一座日耳曼教堂的西端区结合着几个佛兰德人的市政厅"——再次引用克拉克的话),还出现了50米长的华盖,矗立在阿尔伯特纪念碑的碑顶,在那里,制造与工程的寓言式组合,同四位红衣主教、三种神学德性分享同一个篷顶。荒谬。

荒谬。是的,这个小塔楼和礼拜堂的时代,同时也是维多利亚时代最为稳定的阶段;这就是所谓的均衡时代(the Age of Equipoise)[2],当时**内部的安宁**(*tranquillità interna*)——葛兰西视之为大国霸权(Great Power hegemony)的典型特征——到达了顶点。[3]"安德森、威纳等人将布尔乔亚文化与道德瓦解的时刻设置在19世纪中期,"约翰·锡德(John Seed)和珍妮特·伍尔夫(Janet Wolff)在《资本的文化》(*The Culture of Capital*)中写道;他们反对这样的说法,因为这也是"宪章运动(Chartism)消亡、工人阶级联合"的时刻,"这些不同时刻的重合表明,19

---

[1] Kenneth Clark, *The Gothic Revival: An Essay in the History of Taste*, Harmondsworth, 1962(1928), p.93.

[2] W. L. Burn, *The Age of Equipoise: A Study of the Mid-Victorian Generation*, New York, 1964.

[3] Gramsci, *Quaderni del carcere*, vol. III, p.1577.

世纪中叶所涉及的不是中产阶级'勇气'(nerve)的丧失,而是阶级关系的重构"。[1]他们是对的——但安德森与威纳同样是对的:在19世纪中叶,发生**过**(was)布尔乔亚价值的后退;但**也**发生过阶级关系的霸权重构。这二者截然不同,但又完全兼容。吕克·博尔坦斯基(Luc Boltanski)和夏娃·希亚佩洛(Eve Chiappello)拓展了路易·杜蒙(Louis Dumont)的洞见,他们写道:"在面对正当化要求时,资本主义动员起其合法性有保证的'既有'之物,使它们转而结合进资本积累的需要。"[2]在这里,他们没有谈论维多利亚主义,但照样对它做出了描写:在19世纪中叶,资本主义已变得太过强大,不能再像过去一样只关注它直接涉及的那些人;它必须**对每个人来说**都是有意义的,在这一方面,它的确"面对证成的要求"。但是,布尔乔亚阶级在文化上的分量微不足道,无法满足这一要求,于是就转而"动员"封建-基督教的**既有之物**(délà-jà),建立起上层阶级共享的象征主义,从而使得它们的权力更难被挑战。这就是维多利亚时代霸权的秘密:虚弱的布尔乔亚认同——有力的社会控制。

1　John Seed and Janet Wolff, "Introduction", in Janet Wolff and John Seed, eds, *The Culture of Capital: Art, Power, and the Nineteenth-Century Middle Class*, Manchester, 1988, p.5.
2　Luc Boltanski and Eve Chiappello, *The New Spirit of Capitalism*, London, 2005(1999), p.20. [译注] 吕克·博尔坦斯基、夏娃·希亚佩洛著、高铦译:《资本主义的新精神》,译林出版社,2012年,第19—20页。

四、绅士

哥特式作为既有之物，把现代资本主义包裹在了"历史画屏"之中。在建筑学上，这一做法的意味非常清楚：你建了一座火车站，给它加了一个教堂的十字形屋顶。那么，在文学中呢？最接近最相似的可能是《过去与现在》(Past and Present) 中论"工业领袖"的这页文字：

> 同战斗世界一样，工作世界如果没有高贵的工作骑士，就不能得到引领。……同过去的人们的做法一样，对你手下的英勇争斗的主人和工作的主人，需要迫使他们忠实于你；他们必须也将会接受管理，在你的领导下系统地获取他们对征服状态的适当份额；——以真正的兄弟的身份、儿子的身份，用完全不同但更深层的纽带而不是暂时的日工资的关系，来同你结合![1]

成为一个工业家，并不足以获取英国工人的合意 (consent)，不足以"使他们忠诚于你"。还必须加入"争斗的主人""征服状态的份额""骑士"……[布尔乔亚] 新人为了确立他们的霸权，

1　Thomas Carlyle, *Past and Present*, Oxford, 1960(1843), pp.278–280.

必须在战斗的贵族制度中寻找正当化(legitimation)的**既有之物**。但是,是同什么战斗呢?

工业首领是真正的战士,今后可以把他们认作是唯一真正的战士:抗击混乱、必然性及邪恶与巨灵的战士。……上帝知道,这个任务将是艰难的:但是高贵的任务从来都不是容易的。……困难?是的,它将是困难的。汝等已经把山脉击打成了碎片,已经把硬铁变成了顺从于你们的软泥:森林巨人、沼泽巨灵背负着成捆的金色谷物;海妖埃吉尔伸展脊背开出了一条通向你们的顺畅的大路,而你们正骑在火与风的骏马上疾速前行。你们是最强者。红胡子的雷神托尔,有着蓝色的太阳的眼睛,有着欢快的心灵与强有力的激起雷声的锤子,他和你们都已取得了胜利。汝等是最强者,汝等——冰冷的北方的儿子,遥远的东方的儿子,——从你们崎岖的东方的荒野,长途进击,从灰色的时间的黎明,奔向这里![1]

海妖埃吉尔?背负着成捆谷物的沼泽巨灵?这和那个马克思从他那里获取了"现金交易关系"这一冰冷的隐喻的作家,是同一个人吗?面对向过去索取太多可能发生的事情,当

---

[1] Thomas Carlyle, *Past and Present*, Oxford, 1960(1843), pp.278, 282–283.

他用符号来表示，卡莱尔(Carlyle)行文中最当代的部分——他向新的统治阶级发表的演说——就显得陈旧而又迷乱，在那里，有着欢快心灵的红胡子托尔，没有使工业领袖获得正当性，反倒使他们变得**无法辨认**。不过，不管怎样，在维多利亚时代的主流文学中，没有复兴哥特式，在那里，19世纪的布尔乔亚经历了一场更适度的改化：不是首领——更毋庸说骑士——而是绅士。

1856年，工业小说流行的高峰时刻，戴娜·克雷克出版了她最畅销的小说《绅士约翰·哈里法克斯》，这部书从这样一个场景开始：贵格会制革师、工厂主弗莱彻给14岁的哈里法克斯提供了一份工作，使他免于饥饿。哈里法克斯对自己的恩人一直深怀感激，在1800年大饥荒的时候因代表他的利益而和镇上的工人们发生了冲突：这些工人得知弗莱彻有大量小麦，正在将他的房子包围起来。弗莱彻是一个贵格会教徒，他不愿招来士兵，于是哈里法克斯走进来，直接指着人群说"烧毁绅士的房子就是——绞刑"；[1] 然后，他让他们"听到了他的手枪咔嗒咔嗒的响声"[2]（在后来的一个场景里他向空中鸣了枪[3]）。在这个时间点上，他仍然不过是一个会计，但他说话已经像一个真正的资本家："这是**他的**麦子，不是你们的。一个人对自己的东西难道

---

1 Dinah Mulock Craik, *John Halifax, Gentleman*, Buffalo, NY, 2005(1843), p.116.
2 Ibid., p.121.
3 Ibid., p.395.

不能喜欢怎样就怎样？"[1] 就是这样。

让我们倒回到几十年前。看看"18世纪的群众 (crowd) 行动", E. P. 汤普森写道，很显然，"在饥荒年代，价格应当加以管控"，这不仅是"群众中男女(的)心中的信念"，也"得到团体广泛一致的意见支持"。[2] 这个世纪最后发生的这些起义，包括《绅士哈里法克斯》中提到的这一场——

> 把我们引入与众不同的历史学领域。我们一直在考察的行动形式依赖于一种特别的社会关系集合，在家长制的当局和群众之间的一种特殊的均势。第一，乡绅激烈的反雅各宾主义导致了对于任何形式的民众自我行动的新恐惧……第二，由于政治经济学新意识形态的胜利，这种镇压在中央和众多地方当权者头脑中是正当的 (legitimized)。[3]

政治经济学的胜利：这是**他的**麦子，不是你们的。但哈里法克斯不止如此。在用武力威胁的方式支持了私有财产的绝

---

[1] Dinah Mulock Craik, *John Halifax, Gentleman*, Buffalo, NY, 2005(1843), p.118.
[2] E. P. Thompson, "The Moral Economy of the English Crowd in the Eighteenth Century", *Past and Present* 50 (February 1971), pp.78, 112. [译注] 中文译文见爱德华·汤普森著，沈汉、王加丰译：《18世纪英国民众的道德经济学》，载于《共有的习惯》，上海人民出版社，2002年，第198、230页。
[3] E. P. Thompson, "The Moral Economy of the English Crowd in the Eighteenth Century", *Past and Present* 50 (February 1971), p.129. [译注] 同上，第248页。

对权利后，他走向一个完全不同的界域；当起义平静下来，他给饥饿的工人们打开了弗莱彻的厨房（但拒绝给他们啤酒）；后来，他收容了被地主卢克斯莫尔勋爵驱逐的织布工，并且不顾经济的衰退，仍然付给他们全额的工资（但——又是"但"——"打倒机器"这"古老的生死攸关的口号"即刻就遇到"主人眼睛的瞥视"[1]）。若说面包暴动就该以落败的工人高呼"万岁，阿贝尔·弗莱彻！万岁，贵格会"作为结束，[2]这当然是荒谬可笑的；但它却是对下面这个合情合理的问题的回答——虽然回答得有些夸张：鉴于工业社会互相冲突的本性，工业家要怎么**做**才能取得他们的工人的同意呢？

哈里法克斯的答案很清楚，在面包暴动的时候他说："如果你到弗莱彻这里说，'主人，时世艰难，光靠我们的工资我们活不下去了'，他或许……已经把你们试图偷走的食物给你们了。"[3]后来，面对一群失业的工人："为什么不来我家里，诚实地要求一顿饭或半克朗？"[4]到弗莱彻这里，来我家里：多么说明问题的表达。作为乞丐的工人：敲深宅大院的门，寻求——甚至都不是工作，而是——食物与施舍。然而，这些却都是哈里法克斯更好地控制工人的时刻——可以说是更具"霸权

---

1 Craik, *John Halifax, Gentleman*, p.338.
2 Ibid., p.122.
3 Ibid., pp.120–121.
4 Ibid., p.395.

性"。在至关重要的时刻,他问:"如果我给你东西吃,你以后会听我的吗?"[1]然后,他"带着微笑四处看着":"'嗯,伙计,粮食够吃吗?''哦,唉!'他们都哭了。有人加了一句——'谢谢老爷!'"[2]

工业家怎么才能取得他们的工人的合意呢?这部小说的回答,与博尔坦斯基和希亚佩洛所说的"既有之物"一致,它说明了为何哈里法克斯采用前资本主义价值来对工人进行控制;尤其是,他采用了"父权制的主仆关系概念",19世纪的资本主义使这一概念获得了"新生,对于工资-劳动合同所建立的不平等关系来说,这是最容易取得也最容易适应的意识形态支撑"。[3] 主人和仆人:这样就开启了从偏于一方的布尔乔亚到具有霸权的绅士的变形。主人许诺将满足工人一生之所需——嗯,伙计,粮食够吃吗?——他用这种父爱主义(paternalism),换取工人的好意与顺从。但这种父爱主义,同汤普森的"道德经济"的父爱主义相比,存在着差异:后者为这个统治阶级的有意义的部分所分享,间或甚至幸存于官方文件之中;虽然它处于衰退形式,但它是**公共政策**的一种形式。相反,克雷克的父爱主义是一个纯粹的**伦理**选择(当代评论普遍提及"善良"一词就证明了这一点);哈里法克斯之所以像他做的那样表现自己,是因

---

[1] Craik, *John Halifax, Gentleman*, p.119.
[2] Ibid., p.120.
[3] Wood, *The Pristine Culture of Capitalism*, pp.138–139.

为他是一个绅-士 (gentle-man)，一个基督徒，一个福音派信徒。对克雷克来说，这是一个重要的选择，但同时也是一个成问题的选择。说重要是因为，在公然把基督教的伦理叠加在工业家的形象上时，《绅士哈里法克斯》为维多利亚时代的文化万花筒引入了一个关键成分——这个成分我们在本章展开的过程中会再一次遇到。然而，哈里法克斯表现得越令人敬佩，**他也就越成为统治阶级的非典型成员**；事实上，他和其他上层社会人物数不尽的交锋，已对此做出了充分的证明。如果社会霸权必须有伦理学的参与，那么就必须找到一种更灵活的解决方案，而不是这种无瑕疵的英雄。因此，与《绅士哈里法克斯》几乎同时的另一部工业小说，把问题的核心从个体角色的道德纯洁度转移到了角色关系的特殊性质上。

五、关键词五："影响" (Influences)

帕金森教士 (Canon Parkinson) 在《曼彻斯特劳动贫困的现状》(*On the Present Condition of the Labouring Poor in Manchester*) 中写道，世界上没有哪一座城镇

> 贫富之间的差距如此巨大，或者贫富之间的障碍如此难以跨越。在这个地方，不同阶级之间的分离，以及随之

而来的对彼此习性与境况的无知，比在欧洲任何一个更古老的民族所建立的国家或在我们王国的农业区域，都要彻底得多。在这个地方，纺纱工的雇主与他的工人之间的人际交流……比威灵顿公爵和他庄园里最卑微的劳工之间的人际交流，都要稀少得多。[1]

人际交流。"最独立不羁的人，"《南方与北方》的女主角玛格丽特·黑尔对工厂主桑顿说，"也依靠他周围的人们对他的性格所发生的不知不觉的影响"；[2] 凯瑟琳·加拉格尔 (Catherine Gallagher) 在其小说研究中，把"影响"作为这部书的象征支点 (symbolic fulcrum)[3] 来加以反思时，恰好就是挑选的这个段落。"影响"，有趣的词语：起源于占星术，在那里它常被用于表明星星对于人类事件的支配力 (power)，在18世纪晚期它获得了更为普遍的含义："不使用物质力 (force) 或官方权威，只借助不可感或不可见的手段产生效果的能力"（《牛津英语大词典》）。力量 (force) 与官方权威的缺席使影响与严格意义上的权力 (power) 相区别——在后者这里，力量与官方权威这两种特性

---

[1] Parkinson, *On the Present Condition of the Labouring Poor in Manchester; with Hints for Improving it*, pp.12–13.
[2] Gaskell, *North and South*, p.112. ［译注］中文译文见伊丽莎白·盖斯凯尔著，主万译：《南方与北方》，第192页。
[3] Catherine Gallagher（凯瑟琳·加拉格尔），*The Industrial Reformation of English Fiction: Social Discourse and Narrative Form 1832–1867*（《英国小说的工业变革：社会话语和叙事形式1832—1867》），Chicago, 1988, p.168.

都属于本质的方面——而和葛兰西所说的"霸权"相一致：这是一种宰制(dominion)形式，在这里，"不可感或不可见的手段"——《狱中札记》论"霸权与民主"这一条目所唤起的"分子转换"(molecular transition)[1]——确实发挥了决定性的作用。

影响作为霸权(的一个方面)。但是，在一个像曼彻斯特这样的地方，"不可感的手段"与"分子转换"，具体可能指什么呢？"在乡村或小市镇，"阿萨·布里格斯(Asa Briggs)写道，"影响"可能依赖于"人际接触"及根深蒂固的"宗教权力"；但当城市兴起，"中产阶级和工人阶级之间区域的分离越来越显著"，它的有效性就不可避免地被削弱了。[2]一个像曼彻斯特这样的城镇有报纸，能够"制造"("manufacture"，布里格斯的隐喻)各种各样的"意见"；但是，与人际接触的强度相比，"意见"一直又肤浅又不稳定。[3]因此，在尝试为"影响"重新创造一个空间时，《南方与北方》逆历史潮流而动：它的开端是一系列片段，在那里，不同的"意见"都被摆上了前台——工业与农业、古典文化与实用知识、主人与仆人——而它证明阻止社会危

---

1 Antonio Gramsci, *Prison Notebooks*, ed., Joseph A. Buttigieg, New York 2007, vol. Ⅲ, p.345.
2 Asa Briggs, *Victorian Cities*, Berkeley, CA, 1993(1968), pp.63–65.
3 在《报纸的自然史》("The Nature History of the Newspaper")中，罗伯特·帕克(Robert Park)在描写美国的转变——从"乡村居民的民族"到城市居民的民族——时，提出了同样的观点："乡村通过流言蜚语和人际接触的媒介自发地为自身所做的事情，报纸面对一个百万居民的共同体是做不到的。"Robert E. Park, Ernest W. Burgess and Roderick D. McKenzie, *The City*, Chicago, 1925, pp.83–84.

机的到来是不可能的；随后，一个原本平和的角色用牙齿把一张报纸扯成了碎屑，[1] 在这惊人的一幕过后，小说回到更古老的"人际接触"的策略，视之为解决工业"问题"的唯一方式。确切地说，就是三角形式的接触：在工业家桑顿与玛格丽特·黑尔（这位"文化的布尔乔亚"是小说的传递者）之间；在玛格丽特与（前）工会成员希金斯之间；最终——正处于恢复中的帕金森所谓"纺纱工的雇主与他的工人之间的人际交流"——桑顿与希金斯之间的人际交流。在小说即将结束的时候，桑顿宣称："没有一种体制，不管它多么周密……能够使两个阶级像应该的那样相互依存，除非这种体制的制定可以使不同阶级的人进行实际的个人间接触。这种交往是必不可少的。"[2] "你认为这样就可以使罢工不再发生吗？"他的对话者问，直指问题的要害。

---

1 "接下来，（你的父亲）把一份恶劣的报纸递给我看，报上管咱们的弗雷德里克说成是一个'穷凶极恶的卖国贼'，'是他那种职业中一个卑鄙无耻、忘恩负义的家伙'。唉！我可说不上来有什么坏字眼他们没有用。我看完报后，把它拿在手里——撕成了一小片一小片——我撕了它——嗳，玛格丽特，我大概是用牙齿咬着扯碎的。"（Gaskell, *North and South*, p.100.）[译注] 中文译文见伊丽莎白·盖斯凯尔著，主万译：《南方与北方》，第170页。

2 Gaskell, *North and South*, p.391. [译注] 同上，第699页。"交往"（intercourse）一词与"影响"（influence）语义相关，它是《南方与北方》的另一个关键词，鉴于它出现的场合有一半都集中在这本书的最后百分之五的部分，紧紧环绕得到改善的桑顿与工人之间的关系事实上是作为与终止有关的关键词的。至于帕金森，在他整个小册子中，他同时使用"影响"与"交往"，而这常常就为盖斯凯尔夫人小说中的表述程式埋下了伏笔："让它成为……一种规则，不要偏离，因为主人，或某个得到同等教育、受到主人本人影响的仆人，将亲身去结识他所雇佣的每一个工人。……令人惊讶的是，多少人正是通过个人间的结识而得到安抚，走向彼此。"（p.16）

"一个乐观的人可能会这样想象,"桑顿回答说,"我可不是一个乐观的人。……我最大的希望只是想达到这一点——使罢工不再像以前那样,成为刻骨怨恨的源泉。"[1] 不再成为刻骨怨恨的源泉……下面就看看叙述者怎样描写这种新事态:

> 接下来就发生了那段交往,虽然并不能产生完全防止以后必要时在意见与行动方面的冲突的效果,当状况发生,却会至少使厂主和工人都能够以较为宽容和同情的态度相互对待,使他们都能较为耐心和友好地相互忍让。[2]

虽然并不能……至少会……较为宽容……较为耐心……很不容易,它所陈述的就是"影响"与"交往"实际上所**做**的事情。"主仆"还是主仆,他们"未来的冲突"仍完全可能发生;唯一的区别,是那些状语从句——"至少""以较为宽容""较为耐心和友好"——将德行的光泽展布于严苛的现实社会关系之上。因此,当雷蒙·威廉斯 (Raymond Williams) 轻蔑地说,盖斯凯尔夫人的结尾是"我们现在所称的'工业中人的关系的改善'",[3] 他是正确的;但若果真如此,同样值得注意的是,

---

1　Gaskell, *North and South*, p.391. [译注] 同上,第700页。
2　Ibid., p.381. [译注] 同上,第682页。
3　Williams, *Culture & Society*, p.92. [译注] 中文译文见雷蒙·威廉斯著,高晓玲译:《文化与社会:1780—1950》,第101页。

这种意识形态的解决方案，其作用是多么**贫乏**。一个多么扭曲的动词序列：叙事上的过去式 [接下来就发生了 (and thence arose)]——否定性将来条件式 [虽然并不能完全产生效果 (though it may not have the effect)]——介于直陈语气与虚拟语气之间的过去式 [当状况发生 (when the occasion arose)]——及另一个，带着双重犹豫口吻的条件式 [会、**至少**、能够 (would, *at any rate*, enable)]。我们已经抵达了这部小说的意识形态"点"：这个句子无法在现实性的语气和纯粹可能性的语气之间做出决定。在另一页关于影响力的文字中我们读到："等他面对面、以一个人对一个人的那种态度和他周围的大众中的一个人接触，(请注意) 第一次不再讲什么厂主和工人的身份以后，他们每个人才开始认识到，'我们全部都有一颗人类的心'。"[1] 如果能这么看的话，这里的语言甚至更为扭曲：开始是第三人称单数 (**他**周围的大众)；转换到第二人称祈使语气 (请注意)，很明显——也很笨拙——这是说给读者听的；然后是第三人称复数 (他们每个人开始)；最后它把华兹华斯孤独的乡村乞丐转变成为工业英国的全体 (我们全部)。词语拒绝同盖斯凯尔夫人的政治学合作：如果说前面那个句子是无法在现实与可能之间做出选择，那么，这一个句子甚至都不能决定它的**主语**应该是什么——当它的语调在报告、命令与情绪之间无规则地

---

[1] Gaskell, *North and South*, p.380. [译注] 中文译文见伊丽莎白·盖斯凯尔著，主万译：《南方与北方》，第680页。

移换。

"对实在性矛盾的想象性解决"（Imaginary resolution of real contradictions），是阿尔都塞提出的著名意识形态公式；[1]而这些尴尬的、不和谐的完整句（periods）正是解决的对立面。不过，《南方与北方》大概是工业小说中最智性的一部，影响的的确确就是它的重心：由此，它未能赋予自身以明白易懂的意义的这份失败，就标志着在想象下述问题时的一个更大的困境："智

---

1 ［译注］实际上"对实在性矛盾的想象性解决"，不是阿尔都塞的，而是他的学生马舍雷（Pierre Macherey）的措辞。阿尔都塞1970年发表的《意识形态和意识形态国家机器》只是谈到"想象性表述（imaginary representation）"，在那里，意识形态被定义为"个人与其实在生存条件的想象关系的'表述'"，具体说来，"我们在意识形态中发现的、通过对世界的想象性表述（imaginary representation）所反映出来的东西，是人们的生存条件，即他们的实在世界"。（阿尔都塞著，陈越编：《哲学与政治：阿尔都塞读本》，吉林人民出版社，2004年，第352、354页）而在此之前，在马舍雷1966年出版的《文学生产理论》中已出现了"对矛盾的想象性解决"的说法（Pierre Macherey, *A Theory of Literary Production*, Routledge & Kegan Paul, 1978, p.153），马舍雷以之概括列维-斯特劳斯中《神话的结构研究》（"Structural Study of Myth"）一文中对神话功能的分析，在那里，列维-斯特劳斯在一个结论里提到，"神话的目的是为了提供一个能够克服某种矛盾的逻辑模型（如果这种矛盾碰巧是实在的，便不能达到目的）"。（列维-斯特劳斯著，谢维扬、俞宣孟译：《结构人类学》，上海译文出版社，1995年，第247页）1974年，马舍雷与阿尔杜塞的另一个学生巴里巴尔（Etienne Balibar）合作撰写《论作为意识形态形式的文学》，在分析文学效用时提到文学的"决定性因素是对矛盾中的矛盾的想象性解决"，而在注释里转述阿尔都塞的意识形态理论时说道："根据阿尔都塞的理论"，意识形态"包含着一切难题或矛盾，它只是用虚构性的或想象性的来解决它们"。（Etienne Balibar and Pierre Macherey, "On Literature as a Form of Ideology", in Terry Eagleton and Drew Milne eds, *Marxist Literary Theory: A Reader*, Blackwell, 1996, p.290, 294.）或许正是在马舍雷与巴里巴尔的这个注释的意义上，"对实在性矛盾的想象性解决"成为阿尔都塞的意识形态公式。

识 (intellectual) 和道德的霸权"——用葛兰西的另一种表达来说[1]——怎样才能在新的工业社会里具体地形成？在下一节中，我们将缩小分析的范围，在真正"分子的"水平上寻找霸权用以扩展自身的那些"不可见"的手段。

六、散文五：维多利亚形容词

对一本极度热衷于实际生活的书来说，塞缪尔·斯迈尔斯 (Samuel Smiles) 最畅销的《自助》(*Self-Help*, 1859) 对形容词有一种古怪的迷恋。在序言中我们读到，失败"是对**真正的**工作者的**最好的**规训，因为它会刺激他去做**重新的**努力，诱发出他的**最好的**能力 (power) ……"[2] 好像不马上加一个修饰词斯迈尔斯就想不出一个名词似的：耐心的打算，果断的工作，不渝的节操，良好的声誉，勤勉的手，雄健的劳动者，坚强的实干家，不倦的坚持，勇猛的英国人的训练，温柔的强制……

起初，我认为这不过就是斯迈尔斯的固念 (obsession)。后来我开始看到，我读过的任何一个维多利亚时代的文本，都有大堆大堆的形容词。难道我无意中发现了那个时代文体的秘

---

[1] Gramsci, *Quaderni*, 2010–2011.
[2] Samuel Smiles, *Self-Help*, Oxford, 2008(1859), p.4. ［译注］中文译文见斯迈尔斯，何伟光译：《自己拯救自己》，人民文学出版社，2004年，第2页。

密？一个语法分析程序盘查了斯坦福文学实验室的3 500部长篇小说，做出了裁断：没有。维多利亚人对形容词的使用同19世纪的其他作家相比不过是一样多；一百年间其频率一直在5.7%到6.3%这个狭窄的幅度内温和地循环 (尽管斯迈尔斯在7%以上，确实**是**更高一点)。但如果定量假说显然已经被证明为虚假的话，语义层面上还有其他的东西正在浮现出来。在斯迈尔斯的散文中则正在形成大量的语义簇，例如，"顽强的个人努力""雄健的劳动者""积极的努力"，它们召唤出一个重体力工作的场域：艰苦、雄健、积极。随后，在这个光谱的对立的一端，一个伦理领域被物化在这样的表达之中，诸如"**勇敢**的精神""**正直的品格**""**男子气概**的英国训练"和"**温柔**的强制"。但是，这个赋予《自助》以特殊风味的形容词类型，却又降临在了介于这前两个领域之间的某个地方："坚定的决定""耐心的打算""忠实的工作""刻苦的努力""不倦的坚持""勤勉的手""强壮的实干家"……这些形容词指涉的是什么：工作，还是品性 (ethos)？可能，两者兼有；仿佛身体与道德之间没有实际的差别。而事实上，在长久地凝视中间这组数量众多的词语之后，先前的类别也开始变得模糊："顽强的个人努力"，是一种实践的特性还是一种道德的特性？"男子气概的英国训练"，难道没有极为实践性的后果？

伴随着《自助》的这些形容词而正在发生的，到底是什么呢？让我们回退到一个世纪以前，想一想《鲁滨孙漂流记》

里的"strong"这个词。在这部小说中,虽有少量如"强烈的(strong)观念""强烈的(strong)倾向"这样的表达,但这个词几乎一直关联着完全具体的实物,如,"木筏""水流""木桩""篱笆""树枝""堤坝""栅栏""烟囱""篮筐""围墙"与"伙伴"。一个半世纪后,《南方与北方》——一部关于人和机器的小说,在那里体力显然至关重要——把这一模式颠倒了过来:一对"强壮(strong)、粗大的骨骼"与"强壮(strong)的臂膀",几打"坚强/强烈/强大的(strong)意志"、愿望、诱惑、自豪、努力、反对、感觉、喜爱、真理、词语或理智(intellectual)感。在《自助》中,"strong"(坚强/强烈/强大的)最常关联的是意志,其后是创造力、爱国情、本能、秉性、灵魂、决心、常识、脾气、包容心。[马修·阿诺德的]《文化与无政府状态》(*Culture and Anarchy*)又补充了"strong"(坚强/强烈/强大的)灵感、个人主义、信仰、贵族品质、睿智和品位。再看另一个形容词:"heavy"。在《鲁滨孙漂流记》中,除了几个如"沉重的(heavy)心灵"这样的例子,"heavy"(沉重/笨重的)东西包括:桶、木头、货物、事物、磨刀石、大树枝、杵、船、熊及类似的东西。我们在《哈里法克斯绅士》中,发现了"heavy"(沉重/严重的)一词修饰下的面容、照料、叹息、负荷、音符、消息、不幸——它们中有很多个,都是多次出现;在《南方与北方》中,找到了"heavy"(沉重/严重的)一词所限定的压力、痛苦、泪水、生命、入迷与痛楚的节拍;而在[狄更斯的]《我们共同的朋友》(*Our Mutual Friends*)中,则寻见了"heavy"(沉重/严重的)一词所牵出的不满、眼神、难解之物、叹息、指控、失望、恶意与反省。最后,让我们看看"dark"。在《鲁滨孙漂流记》中,它指的是光的缺乏,仅此而已。在《南方与北方》中,我们看到有黑暗(dark)、阴沉的(dark)外观,他内心中黑暗的(dark)所在,她内心中隐晦(dark)、神圣的壁龛,她脸上的阴(dark)云,阴郁的(dark)愤怒,黑暗的(dark)时光,当下命运的黑(dark)网。在《我们共同的朋友》中,有"dark"(黑暗/深沉/阴郁/隐秘/阴险的)一词所形容的幽深卑劣的密谋、睡眠、联合、不满、领主、现世的前厅、笑容、商业、外观、疑云、灵魂、表达、动机、面庞、贸易与一面之词。而在《米德尔马契》中,则有"dark"一词所引导的年代、时期、病理学领域、沉默、时代、不祥预兆的翅膀、言语记忆的密室。

其他的例子,可以很容易地补充进来 [hard(坚硬/艰难)、fresh(新鲜/新颖)、sharp(尖锐/敏锐)、weak(虚弱/软弱)、dry(干燥/枯燥)……],但是重点很清楚:在维多利亚时代,有一大堆原本经常表示身体特征的形容词,开始被广泛地用来描写情感的、伦理的、智识的、甚或是形而上学的状态。[1]在这一过程中,形容词有了隐喻的性质,并因此获得了这种转义(trope)特有的情感的光环:"strong"与"dark",如果用于"篱笆"与"洞穴",

---

[1] 只有对英语的形容词作大规模研究(这里是不可能这样做的)才能为这一语义演变确立准确的范围与年代;我能说的是,迄今为止,我还没有遇到有什么能在量上或质上与维多利亚时代的这一状况相提并论。

它们显示的是结实与光的缺乏，但如果用于"意志"与"不满"，表达的就是对它们所依附的名词的正面或负面的裁断——半是伦理的裁断，半是情绪的裁断。它们的意义已经改变；所以，更重要的是，它们有它们的**本然** (nature)：它们的重点不再是促成黑格尔所说的散文的"质言的准确性、鲜明的确定性、清晰的可理解性"，[1] 而是传达一种微型的价值判断。[2] 不是描写，而是评价。

好，价值判断；但这是一种非常特殊的价值判断。瑞恩·霍伊泽尔 (Ryan Heuser) 和朗·勒-卡克 (Long Le-Khac) 在

---

[1] Hegel, *Aesthetics*, p.1005. [译注] 中文译文见黑格尔著，朱光潜译：《美学》，第三卷下册，商务印书馆，第61页。

[2] 斯迈尔斯对形容词作定语而不是作表语的用法的偏爱，就是这一转变的一部分。如德怀特·鲍林格 (Dwight Bolinger) 所指出的，当两种选择具有同等的可能性的时候，定语的位置常常指示的是不变的、本质的特征（这是一条适于航行的河），而表语位置则往往描写的是暂时的状况（这条河今天适于航行）。基于这一区分，鲍林格做了进一步的观察：在和施事名词（歌手、工人、说谎者、失败者等）结合时，许多形容词在表语位置上拥有的是"字面"含义（这个战士是清白的；这个打字员是贫穷的），而在定语位置上拥有的是形而上学的评价的含义（清白的战士；贫穷的打字员）。这些发现，虽然与我的发现不尽相同，也未限定在维多利亚时代，但它们足够相似，从而显示了有趣的进一步研究的可能性。见 Dwight Bolinger, "Adjectives in English: Attribution and Prediction"（《英语中的形容词：定语和表语》），lingua（《语言》），1967, pp.3-4, 28-29. 里奥·斯皮策 (Leo Spitzer) 在其论文《拉辛〈费德尔〉中的"德拉曼尔叙事"》("The 'Récit de Théramène' in Racine's *Phèdre*") 中早已附带地提及过："前置的形容词不是描写物理事实，而是刻画流血事件的道德意蕴"；见 Leo Spitzer, *Essays on Seventeenth-Century French Literature*（《论17世纪法国文学》），ed. David Bellos, Cambridge, 2009, p.232. [译注] "德拉曼尔叙事"的情节，在拉辛《费德尔》第六场，见拉辛著，华辰译：《费德尔》，载于《拉辛戏剧选》，上海译文出版社，1985年，第265—269页。在古典学中，费德尔一般译为菲多，德拉曼尔往往译为特拉门尼或忒拉墨涅斯。

他们最近的研究中，详细描画了19世纪的英国小说中"抽象价值""社会抑制""道德评价"与"情绪"的语义场在频度上的下降。[1]当他们第一次展示他们的研究结果时，我颇为怀疑：维多利亚时代"情绪"和"道德评价"出现的频次越来越少？不可能。但他们的证明无懈可击。随后，他们的另一项调查结果说明了这个谜题：在那些频度上升的语义场中，有一组形容词在这个世纪里上升了将近3倍，而我一直描写的这组形容词——hard, rough, flat, round, clear, sharp——它们几乎无一例外地频度下降。[同时，就像一张尚未出版的关于"sharp"的词语搭配的图表所揭示的，它们有着相同的隐喻式的联想：sharp（尖锐的/敏锐的）目光、声音、瞥视、疼痛……]

霍伊泽尔与勒-卡克的研究表明，在19世纪的虚构作品（fiction）中，价值判断不只采取一种形式。第一种类型——价值完全可见，词语公开承载着价值（"羞耻""德性""原则""文雅的""道德的""不值得的"）——毫无疑问在19世纪的进程中已经衰落。但在此期间，随着"维多利亚形容词"的兴起，第二种判断类型就成为可能：它更为普遍（因为几乎存在于每一个地方），但同时也更为**间接**：因为形容词完全不作"评价"——它是显白的、散漫的言语行为——但它假设一个给定

---

[1] "Quantitative History of 2,598 Nineteenth-Century British Novels: The Semantic Cohort Method"（《对2 958部19世纪英国小说的计量史学研究：语义队列方法》）——文学实验室活页文选4。

的特征**属于对象**自身。而当判断采取了形而上学的形式——在那里,事实陈述与情感反应往往变得彼此无法分割——它们就当然地具有**双重**的间接性。

关于维多利亚形容词所表达的"判断"类型,让我尽力说得明白一些。当盖斯凯尔夫人在《南方与北方》中写到"她脸上的表情,一向严厉,(现在)**深陷**(*deepened*)于**阴郁的**(*dark*)愤怒之中",[1]或当斯迈尔斯在《自助》中谈到惠灵顿"**强烈的**(*strong*)共通感",其文本就表达了这样一种判断:**对它来说,实际的判断者无论如何都不能被发现**。这就好像世界在自行宣示自身的意义。而且,传达上述这种判断的词语——我们所举例子中的"deepened""dark"和"strong"——拥有的是一个**有限的**(*limited*)评价含义:它们各自标示的否定的和肯定的意见,都属于桑顿夫人的表达和惠灵顿的共通感,但它们一直保留价值强度低的措辞,低于"不值得的"与"道德的",更毋论"羞耻"与"德性"这样的术语。维多利亚形容词偕同细微的、含蓄的笔触——鉴于它们出现得如此频繁,这样的笔触它们才支撑得起——悄然累积,聚成这样一种"心性":对它来说,再也找不到任何显白的、奠基性的陈述。这种心性的一个典型特征就是,道德价值不能被放在**如此**(如它们在19世纪早期的判断中一样)突出的地位,而要一直和情感密不可分地混合在

---

[1] [译注] 中文译文见伊丽莎白·盖斯凯尔著,主万译:《南方与北方》,第257页。

一起。以《南方与北方》中描写桑顿夫人的"dark"(黑暗/阴郁/邪恶)一词为例：在这个词语中，有一种被违反了原则的感觉，一种个人很死板的感觉，也有一些丑陋，但还有会突然爆发的威胁；有"客观的"一面(描写桑顿夫人的情感状态)，也有"主观的"一面(报告叙述者的感觉)。但同主观和客观之间的界线一样，这各种因素的等级关系处于不明确的状态。正是这种情感-伦理的混合，构成了维多利亚形容词的真实"意味"。

维多利亚形容词：少一些伦理的明晰，但多一些情感的强烈；少一些精确，但多一些意味。在《论道德的谱系》(Genealogy of Morals)中尼采写道："现代灵魂和现代书籍最显著的特征"，就是"可耻的**道德化**的言说方式，这种方式使所有关于人和物的现代判断都失于虚伪"。[1] 虚伪(slimy)……这个词，或许，有些过火。但那种"道德化的言说方式"确然是维多利亚主义的真实情形。**道德化的**(Moralized)，而不仅是道德的：这一点与其说是伦理规章(基督教福音派、想象的旧制度同工作伦理之间不足为奇的混合)的**内含物**(content)，不如说是伦理规章前所未有的**无所不在者**(omnipresence)，即这一事实：在维多利亚世界中，所有的一切，都有**某种**道德的含义。或许，

---

[1] Friedrich Nietzsche, *The Genealogy of Morals*, ed. Walter Kaufmann, London, 1967(1887), p.137. [译注] 中文译文见尼采著，赵千帆译：《论道德的谱系》，载于《善恶的彼岸 论道德的谱系》，商务印书馆，2015年，第474页。

不多；但绝不会没有。正是价值判断在实际事实上的这种沉淀，使维多利亚形容词成为它所在的文化整体的典范。

同时也是现代散文历史中重大转折点的典范。迄今为止，布尔乔亚散文曾通过一系列大大小小的选择——不可逆性的语法，对寓言含义的拒绝，对准确度的"繁琐的"寻求，现实原则的"被粉碎的思辨"，对细节的分析式的重视，自由间接语体的严苛的客观性——沿着韦伯式祛魅的总方向前进：它在精确性、多样性与一致性上取得了惊人的进步——但却是一种不再能"教给我们任何与世界**意义**有关的事情"[1]的进步。不过：维多利亚形容词**全部都与意义有关**。在它们的世界里，所有的一切，都有某种道德的含义，我方才这样说过，而我当时更多地在想什么是"某种"与"道德"。但是，重音可以轻易地移位：由于维多利亚形容词，所有的一切，都有某种道德的**含义** (*significance*)。对于这一切"是"什么，我们可能有的只是模糊的观念——但当与它们相遇时，我们肯定知道**它们感觉上像什么**。世界的再赋魅 (re-enchantment) 已经开始：在极度"分子化的"水平上。

在《严肃的世纪》中我曾经追问：是什么使得精确比意义更重要？在这里，我们应该把这个问题翻转过来：是什么使得意义比精确更重要？而一旦这种状况发生，到底发生的是什么？

---

[1] Weber, "Science as a Profession", p.142. [译注] 中文译文见韦伯：《以学术为业》，载于《马克斯·韦伯社会学文集》，第140页。

七、关键词六:"认真"(Earnest)

形容词作为维多利亚时代价值的低调的载体,它们当中有一个却丝毫也不低调。1858年,《爱丁堡评论》(*Edinburgh Review*) 在评论拉各比 (Rugby) 小说《汤姆·布朗的求学时代》(*Tom Brown's Schooldays*) 时写道:"我们应该把'earnest'(认真) 一词对其前身'serious'(严肃) 的取代归功于阿诺德博士 (Dr Arnold) 及其崇拜者。"[1] 从实际发生的情况来看,取代一词有些语气过重了;但毫无疑问,在19世纪的中心时段,这两个用词之间的距离在急剧地缩小。[2] 显然,维多利亚人在"earnest"中发现了他们认为重要,而"serious"一词缺乏的东西。但那是什么呢?穆罕默德 (Mohammed) 是"那些不能**不** (cannot but) 认真 (earnest) 的人中的一个",卡莱尔 (Carlyle) 在《论历史上的英雄、英雄崇拜和英雄业绩》(*On Heroes, Hero-Worship*

---

[1] [译注] 拉各比公学是维多利亚时代最有影响力的公学之一,托马斯·阿诺德博士(《文化与无政府》作者马修·阿诺德的父亲) 于1828—1842年间任该校校长,推动了以培养"基督教绅士"为目标的改革。
[2] 在谷歌书库中,到1840年为止,"serious"的出现频率"earnest"的两倍,当两个用词出现的频率拉近时,每100 000个词语它们分别出现5次和4次;1870年以后,它们的道路再次分岔(最后,在20世纪,"serious"的出现频率是"earnest"的10倍)。在查德威克-黑利数据库 (Chadwyck-Healey database) 的250部长篇小说中,这两个词的差别在1820到1845年间几乎消失,从规模更大的文学实验室书库来看同样如此(虽然是在大约稍后一个世代,1840—1860年间)。

and the Heroic in History）中写道：是"自然本身指定他要**真诚**(sincere)……"的那些人中的一个。[1]真诚(Sincerity)，这是关键。当然，这并不是说"严肃"(serious)意味着不真诚；而是说，它聚焦于人们行动的**实际后果**(actual consequences)——施勒格尔所谓"不倦追求的明确目标"[2]——把真诚完全放在了关注点之外。另一方面，对"认真"来说，与行动所遵循的精神相比，行动的客观结果没那么重要；而"行动"也未必就是正确的，因为——如果严肃的确是行动导向的和暂时性的（人们为了**做**某件事情才变得严肃），那么——"认真"显示的是一种更恒久的品质：是人们**是**什么特性，而不是在人们特定偶然碰巧在做什么事情。卡莱尔的穆罕默德**一直**都很认真。

两个几乎同义的用词，一个拥有道德成分，另一个则没有。由于被迫分享同一个狭窄的语义空间，"earnest"与"serious"扩大了彼此之间的差异，形成了据我所知只在英语中存在的一个对子，[3]结果，"serious"失去了中立性而变成了

---

[1] Thomas Carlyle, *On Heroes, Hero-Worship and the Heroic in History*, ed. Michael K. Goldberg, Berkeley, CA, 1993(1841), p.47. [译注] 中文译文见托马斯·卡莱尔著，周祖达译：《论历史上的英雄、英雄崇拜和英雄业绩》，商务印书馆，2009年，第65页；何欣译：《英雄与崇拜》，辽宁教育出版社，第59页。

[2] [译注] 中文译文见弗里德里希·施勒格尔著，李伯杰译：《雅典娜神殿断片集》，第137页。

[3] 在《绅士约翰·哈里法克斯》中，两个用词出现的频率大致相同，这部小说给它们之间的两极分化提供了良好的例证："earnest/ness/ly"（认真的/性/地）的语义簇连接着伦理、情感、真诚与激情["她的认真(earnest)体贴，她的积极善良，同时奔向事物真实与正确的部分，触动了这些妇人的心……"（转下页）

"坏的"。[1]但即便"serious"一词可以被放逐到某种语言的炼狱中,现代生活客观的"严肃性"(seriousness)——可靠、尊重事实、专业主义、清晰、准时——当然仍会一如既往地提出严苛的要求,而就是在这里,"earnest"实现了它小小的语义奇迹:主要借助于"in earnest"(认真地)这个状语从句,**维持**(*preserving*)着布尔乔亚生活的基本音调,而同时**赋予它一种情绪-伦理的含义**。与其他那些维多利亚形容词一样,它在语义上经历了相同的多元决定(overdetermination)的过程,只是它被运用到了现代社会的核心方面。难怪"earnest"成了维多利亚英国(Victorian Britain)的口令。

维多利亚英国……大体说来,这个概念经历了两个主要阶段,每个阶段大约持续了半个世纪。第一个阶段主要涉及——

(接上页)(p.307)"他同样渴望并且认真对待的,不是纯粹的商业,而是他人更高度的关怀……工厂的孩子……奴隶制的废除……(p.470)],而"serious/ness/ly"(严肃的/性/地)的语义簇则关联着痛苦、愤怒和危险:"我发现约翰和他妻子正在严肃甚至痛苦地交谈",当这对夫妇在考虑他们的客人中哪一个可能是个淫妇的时候,叙述者写道(p.281);后来,当哈里法克斯的儿子爱上一个前雅各宾党人的女儿,"哈里法克斯先生,语调低沉,声音透着严重的(serious)不满,手重重地放在小伙子的肩上……妈妈吓坏了,冲到两个人中间"(pp.401-402)。在《南方与北方》中同样如此:"earnest"(认真)代表着高度诚实的情感("清澈、深陷、认真的双眼""他认真而又柔弱的举止""温柔而认真的表情"),而"serious"则代表着一切不受欢迎、令人讨厌的心绪:焦虑、过错、烦恼、忧虑、(情感的)冲击、病态、诋毁、伤害……
1 直到今天,美式英语中还存留着对"serious"的消极联想:最近几年,"serious"在布什国情咨文的演说中出现时被连接向恐怖主义的威胁,以及美国对石油的依赖这一"严重的(serious)问题";而在奥巴马的国情咨文中,它则关联着这个"严峻(serious)时代"的威胁,以及"有严重(serious)问题的银行"。

再次引用尼采精彩的抨击——维多利亚人的"道德主义说谎癖"[1]；第二个阶段，涉及维多利亚社会的权力结构。史蒂文·马尔库斯 (Steven Marcus) 的两本书可以树立为这两个解释框架的指示牌：1966年的《另类维多利亚人》(*The Other Victorians*) 对维多利亚时代的伪善提供了确凿的、出色的控诉；1974年的《恩格斯、曼彻斯特与工人阶级》(*Engels, Manchester, and the Working Class*) 开创了新的范式，在这种范式中，维多利亚主义的范畴失去了自明性，"Victorian"（维多利亚时代/人/的）这个用词——在该世纪早期这个用词曾如此突出，从《维多利亚时代名人传》(*Eminent Victorians*) 到《维多利亚人的心智框架》(*The Victorian Frame of Mind*)、《维多利亚时代的城市》(*Victorian Cities*)、《维多利亚时代的人民》(*Victorian People*)，甚至《另类维多利亚人》——在一个接一个的标题中被"阶级""政务""政治体""工业改革""政治史"或"经济体"取代。维多利亚主义并没有消失，但显然它已失去了概念上的价值，它只能在更一般的说法里，作为19世纪中叶资本主义或政权的年代学标签而得以存在下去。

谈论维多利亚主义可能是一种**不**去谈论资本主义的方式，就此而言，这就是我这近40年的工作的意义。但显然，本章的要点是，这个概念仍能够为批判性的权力分析提供

---

[1] [译注] 中文译文见尼采著，赵千帆译：《论道德的谱系》，载于《善恶的彼岸 论道德的谱系》，第474页。

大量的东西。不过,首先,我们应该把维多利亚主义从英国历史的进程中"提取"出来,把它放进19世纪欧洲布尔乔亚的比较性语境中。这不涉及向其他国家"输出"这个概念,不会像彼得·盖伊在《布尔乔亚经验》(*The Bourgeois Experience*)中所做的那样,用布尔乔亚(半)欧洲这一可疑的结果作为结束。对我来说,维多利亚主义必定仍然是一种英国特性;不过是在这样一种意义上:它是**对欧洲共同问题的一个特殊的英国式回答**。民族特性得到了保护,但只是作为一种历史母体的一个可能的结果:维多利亚主义变成了比较文学学者的主题,就像它曾是维多利亚主义者的主题一样。

这种特质,当然正是英国在19世纪资本主义中的卓越之处,它使维多利亚主义成为现代历史中文化霸权的第一个例证。在黑贝尔(Hebbel)伟大的悲剧[《希律与玛丽安》(*Herodes und Mariamne*)]中,玛丽安说:"每个人的这一时刻都已经来临/指引着自己的星星的他允许/自身支配自身。唯一令人恐惧的/是人们不知道这一时刻……"对于布尔乔亚来说,这个关键时刻已在19世纪中叶的英国来临,他们当时做出的选择起到了非常独特的作用,削弱了对现代性的"现实主义式的"(马克思)或"袪魅化的"(韦伯)再现。想一想本章所讨论的文体手段:用性欲作为叙事的"动机";在句法上悬置难以忍受的真相;用古代的正当/公理(right)修饰现在的强权(might);

对社会关系作伦理的重写；用形容词为现实蒙上隐喻的面纱：用如此繁多的方式来使现代世界变成"有意义的"（或者不无意义的，这要根据情况而定）世界。意义，变得比精确重要得多——重要得**多**。如果笼统地讲，早期的布尔乔亚曾是一个有知识的人，那么，在维多利亚时代，否认与感伤主义的混合则把他改造成了一个恐惧知识、憎恨知识的存在。现在我们不得不面对的，就是这样一种造物。

八、"谁不爱知识？"

《汤姆·布朗的求学时代》：《爱丁堡评论》选择这部小说，因为它包含着对"认真"的反思。"我该告诉他……说送他去学校是为了让他做个好学者吗？"当他的儿子即将离家去拉各比求学，乡绅布朗在思量。"不过，送他上学并不是为这个"，他纠正自己，目的不是为了"学几个希腊语的虚词或字母"，相反，"如果他能成为一个勇敢、有用、讲真话的英国人，一个绅士，一个基督徒，那就是我全部的心愿"。[1] 勇敢，真诚，绅士，基督徒——这就是拉各比所追求的东西。拉各比的校长（现实中的，而不是小说中的）与此意见一致，他告诉那些他喜欢向其分

---

1 Thomas Hughes, *Tom Brown's Schooldays*, Oxford, 1997(1857), pp.73–74.

权的老生说:"我们在此地务必寻求的,首先,是宗教与道德原则;其次,是绅士的品行;再次,是智识方面的能力。"**再次**,是智识方面的能力。在一个不那么谨慎的时刻,他还补充说:"与其让物理学占据我儿子的心灵,我宁可让他以为太阳围着地球转。"[1]

太阳围着地球转。校园男孩汤姆·布朗都要有比这更多的常识。但是,在小说的结尾,当有人问他,他想从拉各比"带走"什么,他意识到自己对此没有什么想法;然后,他说:"我想在板球、足球及其他所有比赛都成为一等一的好手……我想让(阿诺德)博士开心;我想带走足够多的拉丁语和希腊语好让我将来体面地考入牛津。"[2]运动;然后是(阿诺德)博士的认可;最后也最不重要的是,为了另一个得过且过的教育周期学习"足够多的"东西。因此,至少在一件事情上,乡绅、博士和男孩完全一致:知识在教育的等级结构中**处于最底层**。这是维多利亚时代的第一波反智主义,根源于旧精英的军人-基督徒的世界观,在19世纪中叶借由最负盛名的学校(后来,又借由帝国里的职业)得到复活。这不是唯一一支在这个方向上给人施加压

---

[1] 利顿·斯特拉齐(Lytton Strachey)的《维多利亚时代名人传》[*Eminent Victorians*, Oxford 2003(1918), pp.149, 153]里引用了阿诺德的这些段落。阿萨·布里格斯引用了另一段令人难忘的格言:"在很多情况下,单纯的智识的敏锐性,剥夺了整全、宏大、善好的一切,因此,它比最无能的愚笨还要令人讨厌,在我看来它就像是靡菲斯特的精神。"*Victorian People: A Reassessment of Persons and Themes*, rev. edn, Chicago, 1975(1955), p.144.

[2] Hughes, *Tom Brown's Schooldays*, p.313.

力的力量。"人们怎样去看……这个觍颜厚脸、神色不明——或许是愠怒,几近愚钝(stupid)的实践的人,"卡莱尔在《过去与现在》中写道,"他对抗着某个轻捷、机敏的理论的人";[1]果然,没有花多长的时间,几近愚钝的实践的人就使他的机敏的对手自愧不如。[2]斯迈尔斯在题为《勤奋与毅力》("Application and Perseverance")的一章中补充说,"天赋或许是不必要的";[3]至于"学校、学会和学院",它们的作用也被高估了;最好的教育是"我们在家庭里、街道上、柜台后、作坊中、织机和犁铧边、账房和工厂内所接受的生活教育"。[4]

是作坊和织机,而不是学校和学会。霍顿评论说,"工业革命,科学理论的贡献微乎其微",因此,"早期技术的成功,取代了鼓舞人心的科学研究,它确证了从商业心智中生长出来的反智主义"。[5]反智主义就是"商人的反犹主义",霍夫施塔特(Hofstadter)响应了霍顿的观点,他所勾勒的反智主义的轨迹从维多利亚时代的英国一直延伸到二战之后的美国。[6]然后,这

---

[1] Carlyle, *Past and Present*, p.164.
[2] 在另一处文字里卡莱尔(Carlyle)补充说:"英国人是世界上言语最为愚钝而行动最为智慧的民族……如果说迟缓——我们失去耐心时所谓的'愚钝'(stupidity)是为超越不稳定,以达至稳定均衡必须付出的代价,我们还会嫌恶些许的迟缓吗?"(pp.165–168)
[3] Smiles, *Self-Help*, p.90. [译注] 萨缪尔·斯迈尔斯:《自己拯救自己》,第87页。
[4] Ibid., pp.20–21. [译注] 萨缪尔·斯迈尔斯:《自己拯救自己》,第5页。
[5] Houghton, *Victorian Frame of Minds*, pp.113–114.
[6] Richard Hofstadter, *Anti-Intellectualism in American Life*, New York, 1963, p.4.

不再是念叨着希腊语虚词和字母的乡绅布朗所追求的那种欢欣的野蛮状态；工业社会**需要**知识；但是它唯一真正需要的，是**对它来说实用的**知识。实用，又是这个词：这声维多利亚主义的呐喊，从实用知识推广协会 (Society for the Diffusion of the Useful Knowledge)，喊到《南方与北方》中的工业主义者的言词（"凡是能读能写的人，在我当时所获得真正实用的知识方面，都跟我是不相上下的"）[1]，纽曼 (Newman) 的《大学的理念》(*Idea of a University*) ["心智培养 (mental culture) 是特别实用的"][2]，白芝浩谈论司各特时的深婉的笔触——"没有人有过一种更实用的智识"[3]——及其他无数的人。由于知识像一道阴影，因此，"实用"就把它变成了一种工具：知识不再以自身为目的，而被这个形容词导向了一种预先确定的功能，一个业已划界的视域。实用的知识，或者：没有自由的知识。

这种知识，居于维多利亚时代光谱的"散文性的"与流俗性的一端。现在，丁尼生：

谁不爱知识？谁会责备

---

1 Gaskell, *North and South*, p.79. ［译注］中文译文见伊丽莎白·盖斯凯尔著，主万译：《南方与北方》，第132—133页。
2 Newman, *Idea of a University*, p.166. ［译注］中文译文见约翰·亨利·纽曼著，高师宁等译：《大学的理念》，第153页。
3 Walter Bagehot, "The Waverly Novels", in *Literary Studies*, London, 1891, vol.II, p.172.

于她的美？她可以同众人

结合，繁盛。谁将加固

她舞台的柱子？让她的工作获胜。[1]

138　谁不爱知识。当然。但——

但在她的前额有一团火：

她摆出她的早熟的面孔，

跃入未来的机运，

向欲望交付一切的事情。

还是一个未发育的孩子，徒劳——

她无力抵御对死亡的恐惧。

她是怎样，被切离了爱与信，

只作为一个野性的帕拉斯，从恶魔的头脑

诞生？火一般热，烧去

一切障碍，在她为了权力

向前的路。让她知道她的位置；

她是第二，不是第一。[2]

1　Tennyson, *In Memoriam*, CXⅣ.
2　Tennyson, *In Memoriam*, CXⅣ. [译注] 诗中的帕拉斯（Pallas），即智慧女神雅典娜。

知识 (Knowledge)，首字母K大写。但是如果她被"切"离了"爱与信"——如果她像校长阿诺德博士所说，被"剥夺"了"宏大、善好"的东西——那么，她就成了"未发育的"与"野性的"，而"头脑"["恶魔的头脑"(brain of Demons)：阿诺德所说的"靡菲斯特的精神"] 同"徒劳"(vain) 有着相同的韵脚。在一首很少使用跨行连续的诗中，三个连续出现的事件因此[1]妨碍了我们对句法的把握：上流阶级的嘲笑"让她知道她的位置"引起了一声在诗法上舒缓的叹息。当然，随后就是："她是第二 (the second)，不是第一 (the first)。"(这句诗同下面这句话只有) 一点微小的差异？"我们将真理置于首要还是次要位置，这决定了世间的一切差异"，这句格言在约翰·莫雷 (John Morley) 的《论妥协》(*On Compromise*, 1874) 中被放在题词的位置。[2]首要位置意味着自主 (autonomy)，次要，意味着从属 (subordination)：[3]

……她是第二，不是第一。

---

1 "从恶魔的头脑/诞生"；"烧去/一切障碍"；"为了权力/向前的路"。诗法-句法的不稳定的状况前面已经出现过了，在"谁不爱知识"这句话后，紧跟着就是一次三行之多的跨行连续："责备/于""同众人/结合""加固/她舞台的柱子"。
2 ［译注］中文译文见约翰·莫雷著，启蒙编译所译：《论妥协》，上海社会科学院出版社，2014年。
3 ［译注］在"次要/次级"这个义项上，"the second"与"subordination"有同义关系。

必须有一只更高的手使她

温和，如果一切不是徒劳无功；

必须引导她的脚步，同智慧

并肩前行，像年少的孩童。

因为她是尘世的心智，

而智慧是天国的魂灵。[1]

  一只更高的手。可怜的知识。当它不再被迫充当"实用的"(useful)知识了，它不得不去做善好的(good)知识。它唯一的安慰是：美(beauty)使它变得更坏(worse)。在《悼念集》的20 000个词语中，"美"出现了——两次。一次是在我们刚刚看过的这一篇，它作为知识的属性（"谁会责备/于她的美？"），自身受天国智慧的约束；一次是在这里：

此生虽暗淡，也应给教诲，

  生命啊，就该是生生不息，

  要不，世界就黑到芯子里——

一切，不过是骨殖和残灰；

---

1 Tennyson, *In Memoriam*, CX Ⅲ.

> 这一团火焰,这一圈绿地,
>   奇异的美,就像是深埋在
>   某癫狂诗人心中的奇才——
> 创作时,他没有意识和目的。[1]

奇异的美(Fantastic beauty)。但对丁尼生来说,这个形容词,不是我们今天表示欣快的修饰语;而是像《天路历程》里因无知而形成的"奇异的信仰":它的意思是:妄想的、短暂的、危险的:"没有意识"地"潜伏"——潜伏!——在"一个野性的诗人"(就像第一一四篇里的"一个野性的帕拉斯")的写作中。这个诗人必定是下一个诗节的主角,根据他儿子的说法,丁尼生的写作曾从"'为艺术而艺术'的口号"中得到过启示:

> 为艺术而艺术!万岁,真正的地狱之主!
> 万岁,天才,道德意志的大师!
> "一切画得好的画中最污秽的画
> 是比纯粹画坏了的画更有力量的!"[2]

---

1 Tennyson, *In Memoriam*, XXXIV. [译注] 中文译文见丁尼生著,黄杲炘译:《悼念集·三四》,《丁尼生诗选》,上海译文出版社,1995年,第118页。
2 Hallam Tennyson, *Alfred Lord Tennyson: A Memoir by his Son*, New York, 1897, p.92.

19世纪50年代,当时,《恶之花》与《包法利夫人》宣告了自律的文学领域的出现,在这个领域里,一个文本"可能是美的,不仅是尽管存在着不善的方面,它仍是美的,更准确地说,是**恰恰因为这个方面**,它才是美的";[1] 所以,是的,一切画得好的画中最污秽的画**是**比纯粹画坏了的画更有力量的。《奥林匹亚》和《游侠骑士》,我们要回到了那里。韦伯接下来说,对于艺术为真的东西,对于科学同样为真:在那里,"有些事情虽然不美、不圣、不善,却可以为真"。[2] 真,虽然**既不美也不圣也不善**:与其说是任何具体的内容,不如说正是这种彻底的**智识领域的分离**界定了布尔乔亚文化的新奇性,使《以学术为业》成为它伟大的宣言。科学与艺术,肯定既不是"实用的"也不是"智慧的";它们肯定只遵循它们内在的逻辑。自律性(Autonomy)。但自律性,恰恰就是维多利亚时代的宣言所反对的东西。

九、散文六:雾

"到现在为止,我一直主要强调的是美",马修·阿诺

---

1 Max Weber, "Science as a Profession", p.147. [译注] 马克斯·韦伯著,闫克文译:《以学术为业》,《马克斯·韦伯社会学文集》,第144—145页。
2 Ibid., p.148. [译注] 马克斯·韦伯著,闫克文译:《以学术为业》,《马克斯·韦伯社会学文集》,第145页。

德 (Matthew Arnold) 在《文化与无政府状态》(*Culture and Anarchy*, 1869) 第二章的开头写道。[1] 他一直？确实，在不过12页的文字里，美已经出现了17次；但话说回来，"完善"(perfection) 已经出现了105次，而"文化"(culture)，152次。更重要的是，阿诺德的"美"从来都不允许只有一个美；它每一次被提及，总是伴随着伦理的补足物："**神圣的美**"，"**智慧与美**"，"人类本性的美与**价值**"，"美与**人类本性的全方位完善的理念**"(2次)，"美、和谐及人的全面完善的理念"(也是2次)，再加上美与甘美 (sweetness) 的 7 个轻度的变体。

美——被道德化。《悼念集》。但不止于此。阿诺德继续写道，"到现在为止，我一直主要强调的是美，或者美好"：[那么,]美，亦即美好。美好？"……主要强调的是美，或者美好，即完善的一种品格……"美，或者美好；美好，或者完善。中国套盒。在套盒——"在使美好与光明成为完善之品格方面，文化与诗歌有着相似的精神"[2]——和套盒——"如同宗教一样，宗教是另一种追求完善的努力……"中，[3] 直到我们抵达这个装着所有套盒的盒子——"因为，如同宗教一样——宗教是另一种

---

1 Matthew Arnold, *Culture and Anarchy*, Cambridge, 2002(1869), p.81. [译注] 中文译文见马修·阿诺德著，韩敏中译：《文化与无政府状态》，生活·读书·新知三联书店，2012年，第36页。

2 Ibid., p.67. [译注] 中文译文见马修·阿诺德著，韩敏中译：《文化与无政府状态》，生活·读书·新知三联书店，2012年，第18页。

3 Ibid., p.78. [译注] 同上，第33页。

追求完善的努力——它证明……那为着美好与光明而奋斗的人，他做的事就是让理性和神的意志通行天下"。[1]

雾。

"朦胧（Mistiness）是智慧之母"，在《论妥协》(1874)中莫雷用挖苦的笔调写道；[2]他当时可能没有回忆起阿诺德，但可能曾经想到过：美、美好、光明、完善、诗、宗教、理性、神的意志……这是什么？阿诺德的概念是如此的新，以至于它们只有用间接相似的形式才能够出现？不，它们根本不是新的，它们也不是像"孩子""堆"或"红"这样一种类型的概念——在这种概念里，一定数量的模糊是意义的条件。[3]不是，相反，它们语义的疏松是一种维护根本的、不变的文化**统一性**的方式。美的东西必须**也**是善的**与**神圣的**与**真的。肯尼斯·克拉克写道：哥特式复兴开始于英国新国会大厦的讨论，当时决定"排除技术术语"，而"代之以单纯的人类价值"。[4]单纯的人类价值：阿诺德写道，文化人"努力将一切粗糙、难懂、抽象、专业的和生僻的内容从知识中剥离出来，使知识变得富有人情，即

1　Matthew Arnold, *Culture and Anarchy*, Cambridge, 2002(1869), [译注] 同上。
2　John Morley, *On Compromise*, Hesperides 2006, p.39. [译注] 约翰·莫雷著，启蒙编译所：《论妥协》，第22页。
3　迈克尔·达米特（Michael Dummett）写道："某些概念根深蒂固就是模糊的"，这不是说"如果我们想的话，我们不能锐化（sharpen）它们；而是说，如果锐化它们，我们将把它们的全部意义都毁掉"。Michael Dummett, "Wang's Paradox", in Rosanna Keefe and Peter Smith, eds, *Vagueness: A Reader*, Cambridge, MA, 1966, p.109.
4　Clark, *Gothic Revival*, p.102.

使在受过良好文化教育、有学问的小团体之外也行之有效"。[1]这是纽曼《大学的理念》所说的"自由教育"带来的"轻松、优雅、灵活",[2]是拉斯金对于"机械"精确性的讨伐;或再次,是阿诺德"对谈话现场的参与",他以此作为他"最与众不同的品质"。[3]而这一切的结果……

结果就是,文化**不**可成为一种职业。这正是《文化与无政府状态》每一页都弥漫着的那层雾的来源:业余爱好者的轻松与优雅,在巨大的人类价值之间漂流,不会沦落于专业人士必然会提出的那些机械的定义。这并不是说,阿诺德的模糊因此就是不可征服的。例如,要了解他所说的"文化"的意思,我们只需忘掉他因之成名的那些乏味的套话——"曾被思考与了解过的最好的东西":雾——而通过词汇索引来看看这个术语:从文化与无政府状态的对立关系的内部,形成了次一级的对立关系,在那里,文化拱卫在国家理念的周围,无政府状态则受到工人阶级的重力吸引。[4]因此,确实,人

---

[1] Arnold, *Culture and Anarchy*, p.79. [译注] 马修·阿诺德著,韩敏中译:《文化与无政府状态》,第34—35页。
[2] Newman, *Idea of a University*, p.166. [译注] 约翰·亨利·纽曼著,高师宁等译:《大学的理念》,第153页。
[3] Stefan Collini, "Introduction" to *Culture and Anarchy*, Cambridge, 2002, p.xi.
[4] 在第二章临近结尾的地方,阿诺德写道:"文化提出了国家的理念","我们发现,平常的我们不能构成强有力的国家政权的基础;文化则启迪我们说,这一基础就在我们最好的自我"。(*Culture and Anarchy*, p.99.) [译注]《文化与无政府状态》,第62页。而在"结论"中:"在我们看来,无论由谁治理国家,国家的基础架构本身及其外部的秩序都是神圣不可侵犯的。文化因教育我们对(转下页)

们能够驱散这层雾，解译出隐藏在下面的信息。但是，假若雾自身就是信息呢？德洛尔·沃尔曼（Dror Wahrman）说：

> 在（激进的）完整的包容性与强烈的（保守的）排外性这两极之间，存在着"中产阶级习语"。它的拥护者之所以能够走这两极之间的钢索……基础在于这一事实：就社会含义来说，"**中产阶级**"的语言本来就是内在地模糊的。在它的拥护者中，很少有人选择把它确定下来，或列举出它的指涉对象。[1]

是内在地模糊的。在另一处文字中，他补充说：中产阶级这一范畴"相对于社会结构有一种内在的模糊性，而的确，通常就是这种模糊性满足了它的用户的要求"。[2] 完美，这二者之间的亲和力（elective affinity）——一边是关于模糊性的修辞，一边是把"布尔乔亚"从英语中驱逐了出去的"中产阶级"这

（接上页）国家抱着希望，为国家规划未来的蓝图，而成为无政府主义的死敌。"（p.181. [译注]《文化与无政府状态》，第173页）至于无政府状态，在这个术语关联着可辨认的社会指涉对象的那些例子中，它就伴随着那群抽去了工人阶级的"海德公园暴民"(p.89)；阿诺德承认，在一个特别无耻的时刻，"随心所欲""方便使用，如果只有野蛮人和非利士人在随心所欲地行事；但现在群氓也来随心所欲了，那就有点麻烦了，会导致无政府状态"(p.120. [译注]《文化与无政府状态》，第90页）。

1　Wahrman, *Imagining the Middle Class*, pp.55-56.
2　Ibid., pp.8, 16.

个用词。我在《导论》中说过，这种语义学选择曾是一个象征性的伪装行为；但话说回来，维多利亚主义是一个漫长的关于伪装的故事，从哥特式塔楼到基督教绅士，从丁尼生的形合法(hypotaxis)到康拉德的题外话、卡莱尔的首领、一切人的道德化的形容词及他们热切推进的认真态度。模糊性，是让这些幽灵在白昼降临之后仍能存在的物，是对散文的"无可置疑的确定性"不再过问的雾，随之又是布尔乔亚文学巨大的智识赌注。[1]

---

[1] 在《资本主义、文化与英国的衰落（1750—1990）》(*Capitalism, Culture, and Decline in Britain 1750-1990*) 中，鲁宾斯坦（W. D. Rubinstein）——他早期的《有财产的人》(*Men of Property*)仍是关于维多利亚时代上等阶级的基础研究——做出的恰恰是相反的论断，他写道："在19世纪的进程中，显然，有教养的英语散文及话语在沿着追求更高程度的明晰、中肯与简洁的方向演化，赋予了它典雅与精确的特征，现在人们常把这些特征与最好的英语散文联系在一起，我们也可以把那些精确的、界限清楚、轮廓分明的模式加入合理性与现代性之中。"(*Capitalism, Culture, and Decline in Britain 1750-1990*, London/New York, 1993, p.87)乔治·奥威尔用作例证的两段选文———段来自奥威尔的《政治与英语》("Politics and English Language")，另一段有些奇怪，来自诺克（Nock）的《历史上的铁路灾难》(*Historic Railway Disasters*)，它们确实都是明晰而令人信服的。但是，它们能充当两个世纪的英语散文的代表吗？这两人中的奥威尔就不会同意。鲁宾斯坦明确引用的这篇随笔选择把"模糊和纯粹无能的混合"作为"现代英语散文最显著的特征"。See "Politics and the English Language" (1946), in George Orwell, *Collected Essays, Journalism, and Letters*, ed. Sonia Orwelland, Ian Angus, Harmondsworth, 1972, vol.Ⅳ, pp.158-159. [译注] 乔治·奥威尔著，董乐山译：《我为什么要写作》，上海译文出版社，2007年，第161页。

第四章　"民族的畸变"：半边缘地带的变形记

一、巴尔扎克、马查多与金钱

刚刚抵达巴黎不久,《幻灭》的主人公吕西安·德·吕邦泼雷就把他第一部长篇小说的手稿交给了书商道格罗,希望他会喜欢并予以出版。震惊于这个年轻作家的才华,道格罗决定为这部小说出价1 000法郎;然而,到了吕西安的住处后,他改变了主意,他告诉自己:"住这个地方的青年欲望不大……给他800法郎就行了。"[1]他从女房东那里了解到,吕西安住在5楼,紧挨着房顶:600法郎。他敲了敲门,眼前出现了一个"空无所有的"房间,房间里能看到的全部东西就只是一碗牛奶和一片面包。道格罗大声说:"先生,让-雅克便是过的这样的生活。

---

[1] Balzac, *Lost Illusions*, p.205. [译注] 中文译文见巴尔扎克著,傅雷译:《幻灭》,《人间喜剧》第九卷,人民文学出版社,1994年,第211页。

天才在这等地方爆出火花,写出好作品来。"而后他付了400法郎。

半个世纪以后,一件颇为相似的事情发生在马查多(Machado)的《布拉斯·库巴斯死后的回忆》(*Posthumous Memoirs of Brás Cubas*, 1881) 中。在从科英布拉到里斯本的路上,布拉斯骑的驴子把他从鞍子上摔了下来;他的脚挂在镫子上,驴子开始奔跑,如果不是一个赶骡人"用了不少气力,也并非不担风险"地设法挡住了驴子,事情本来会有一个糟糕的结局——"脑颅破裂、出血、某种内伤"。布拉斯一时冲动,决定把身上携带的五枚金币给他三枚;然而,当他停下来恢复了镇静,他开始认为"也许酬金给太多了,可能两枚金币就够了"。过了几分钟,"实际上,一枚金币就足以使他高兴得发狂"。最终,布拉斯给了赶骡人一枚银币;而当他要骑驴离开,他仍感到"有点烦恼";他"付给他的很多,或许太多了。我把手指插进背心……触到了几枚铜子……我应该给他铜子而不是银币"。说到底,他的出现难道不是标志着他是"天意的工具",他的行为中没带着"个人的功绩"?布拉斯最后说,这种想法"让我痛苦,我认为自己这叫浪费……我感到(为什么不都说出来),我感到懊悔"。[1]

---

[1] *The Posthumous Memoirs of Brás Cubas*, Oxford, 1997(1881), pp.47–48. [译注] 中文译文见马查多·德·阿西斯著,翁怡兰等译:《布拉斯·库巴斯死后的回忆》,《幻灭三部曲》,漓江出版社,1992年,第48—49页。

两个片段，讲的都是，如何给别人的劳动支付尽可能少的报酬。但他们的逻辑不可能有什么太大的差别。在道格罗——他像诸多文学角色一样，接近于"人格化的资本"——那里，个人感受从来都不是影响因素；他观察了街道、建筑与房间，又对吕西安的市场价值进行了客观评估：如果有人住在阁楼上以面包与牛奶为食，他的价格必然下降。相反，在布拉斯接连几次的冲动中，没有什么是客观的，除了"布尔乔亚现实之于个人任意性的从属关系"，[1]罗伯托·施瓦茨选择这一关系作为马查多作品的核心：一种"属于任性（Caprice）的胜利"，[2]"丝毫都未带有目的的连续性"。[3]Caprice, *capricho*（任性）：[4]来自意大利语的 *capra*——山羊，它的运动变化莫测——也正是由于这个幼稚的内涵，这个义项从未彻底消失过。在马查多那些永远都长不大的主角身上，小事变成了大事，要事化作了无事：《金卡斯·博尔巴》（*Quincas Borba*, 1891）的一个角色一时冲动去上吊，只是为了消磨一下时间；而《唐·卡斯穆罗》（*Dom Casmurro*）的主角本托恼火于自己的一个朋友，因为这位朋友的——死亡毁掉了他的做白日梦的下午。"如果曼杜卡能等几

---

1 Roberto Schwarz, "The Poor Old Woman and Her Portraitist", in *Misplaced Ideas*, London, 1992, p.94.

2 Roberto Schwarz, *A Master on the Periphery of Capitalism*, Durham, NC, 2001(1990), p.33.

3 Roberto Schwarz, "Complex, Modern, National, and Negative", in *Misplaced Ideas*, p.89.

4 ［译注］两词均为任性、反复无常的意思，这来自马查多的母语葡萄牙语。

个小时再死,那就不会有悲伤的音符打断我心灵的旋律。为什么他非要在半小时前死去?反正对死来说,不管什么时候都合适。"[1]

在一切事情都不再有正确尺度的地方,"不成比例的"[倪迢雁语(Sianne Ngai)]的**恼怒**的感觉[2]就会涌现出来。在《布拉斯·库巴斯死后的回忆》第31章,一只黑色的蝴蝶飞进布拉斯的房间,落在一幅画上,"它忽闪着翅膀,轻柔移动……有一种嘲弄的样子,让我非常气恼"。[3]过了几分钟,布拉斯感到自己受到了名副其实的"精神打击",抓起一条毛巾抽向蝴蝶。杀死了它?实际上并没有——虽然如果有人拿毛巾击打蝴蝶的话,很可能会发生这种状况。但布拉斯没有想到是什么后果。于是,出现了很有特色的一幕,蝴蝶没有死,布拉斯有时间为他所做的事情"后悔"——马查多的小说角色**总是**感到"后悔"——沉溺于自我赦免的温暖感觉之中。但是,不,蝴蝶死了。第二波恼怒开始涌动,随后是第二次赦免:"我有些烦恼,难受:'为什么这个邪灵不是蓝色的?'我自语道。这个想法——自蝴蝶被创造出来以后最深刻的想法之一——安慰了我的恶行,让我

1　J. M. Machado de Assis, *Dom Casmurro*, Oxford, 1977, p.152. [译注] 中文译文见马查多·德·阿西斯著,翁怡兰等译:《唐·卡斯穆罗》,《幻灭三部曲》,第574页。

2　Sianne Ngai, *Ugly Feelings*, Cambridge, MA, 2005, p.175.

3　J. M. Machado de Assis, *The Posthumous Memoirs of Brás Cubas*, p.61 [译注] 中文译文见马查多·德·阿西斯著,翁怡兰等译:《布拉斯·库巴斯死后的回忆》,《幻灭三部曲》,第62页。

与自身达成了和解。"[1]

148　　[《布拉斯·库巴斯死后的回忆》第31章]《黑蝴蝶》长800字;有赶骡人的一章,900字;《唐·卡斯穆罗》的马杜卡之死,700字。这体现的是任性对叙事节奏的影响:再用施瓦茨的话来说,"未带有目的的连续性";情节,散落在一堆迷你型章节之中——《布拉斯·库巴斯死后的回忆》第160章,《唐·卡斯穆罗》第148章,《金卡斯·博尔巴》第201章——在那里,只是一页或两页文字,一个主题被引出、发展、扩大、终止。在这个片段的末尾,任性回看刚刚发生的一切,耸了耸肩:它本来可能是另一种样子。它本来**应该**是另一种样子。为什么它不是蓝色的?为什么半小时以前死?这是对布尔乔亚现实原则的正面进攻,在本托关于复式簿记的绝妙看法中达到了顶峰:它是一张完全准确的资产负债表,在那里债权人就是——上帝:

> 从小我就祷告上天赐福,许了新愿,旧的就推迟了,于是便越积越多,最后一忘了事。数字从二十、三十、五十、上百直到现在的上千。……我负载了太多未实现的诺言。最近我曾许诺,若去圣特莱萨散步的那个下午不下雨,我

---

[1] J. M. Machado de Assis, *The Posthumous Memoirs of Brás Cubas*, p.62. [译注]中文译文见马查多·德·阿西斯著,翁怡兰等译:《布拉斯·库巴斯死后的回忆》,《幻灭三部曲》,第62—63页。

要默诵二百遍天主经和二百遍圣母经。雨是没下,但我也没履行诺言。[1]

负载了未实现的诺言。当她的长子死去,本托的妈妈发誓——如果她下一个儿子得以存活——他长大将去做神父。这个男孩出生了,活下来了;现在他必须"还债"。[2]但她不想再还了。经过多次钻研以后,一位家中好友找到了完美的解决方式:由于她"曾许诺上帝给他一个神父",她**将**给他一个;只是不是本托。"她完全可以找一个孤儿,替你上神学院",他解释道,"从经济上看,这是一个小事情……一个孤儿不需要多大开销"。[3]佩雷斯·加尔多斯笔下无情的高利贷者托克马达,面对儿子身上正在迫近的死亡,更为阴沉,也更为怪诞,他从书桌上抓起一卷硬币,冲进夜里,绝望地寻找乞丐。后来,在他自己的死亡即将到来之际,他尖刻地问他的家庭牧师:"我要怎么做才能得救?快解释给我听,用生意上必须用的那种简单明白的话。"[4]接着就出现了高利贷者与忏悔者之间的漫长斗争,与中世

1　Machado de Assis, *Dom Casmurro*, p.41.[译注] 中文译文见马查多·德·阿西斯著,翁怡兰等译:《唐·卡斯穆罗》,《幻灭三部曲》,第483页。
2　Ibid., p.82.[译注] 中文译文见马查多·德·阿西斯著,翁怡兰等译:《唐·卡斯穆罗》,《幻灭三部曲》,第517页。
3　Ibid., p.171.[译注] 中文译文见马查多·德·阿西斯著,翁怡兰等译:《唐·卡斯穆罗》,《幻灭三部曲》,第590页。
4　Benito Pérez Galdós, *Torquemada*, New York, 1986(1889–1896), p.534.

纪基督教的临终场景如出一辙,[1]直到最后,托克马达喘息着说的话——"改宗!"——让每个人都困惑不已:他在思考自己的灵魂,还是在盘算从民族债务中获取的收益?

宗教的戒规,掺杂着金钱的策略。我们正在走向现代世界体系的边缘,旧的形而上学和新的现金交易关系之间这种奇怪的相互接纳,标志着——再一次引用施瓦茨的话说——"怪诞的、灾难性的资本远征"所产生的那些"民族的畸变"。[2]当然,从新德里与西西里小镇,从波兰或俄罗斯产生的故事,彼此之间将会存在着差异;但资本主义与旧制度之间困难重重的共存与后者的——至少暂时性的——胜利,是它们所共同拥有的,这二者在它们之间创造了高度的家族相似性。本章就是布尔乔亚挫败的编年史。

二、关键词七:"财物"(Roba)

在《马拉沃利亚一家》(*I Malavoglia*, 1881) 的序言中,维尔加 (Verga) 写道,我下一部长篇小说的主角,将是一个"布

1　见 Jacques LeGoff, *Your Money or Your Life: Economy and Religion in the Middle Ages* (《你们的金钱或你们的生活:中世纪的金钱与宗教》), New York, 1990(1986), 这一场景在全书中比比皆是。
2　Roberto Schwarz, "Who Can Tell Me That This Character Is Not Brazil?" (《谁能告诉我这种品格不是巴西的?》), in *Misplaced Ideas,* p.103.

尔乔亚人"(tipo borghese);在此时的西西里岛,这是一个新的社会范畴。而事实上,当《杰苏阿多工匠老爷》(*Mastro-Don Gesualdo*, 1889) 的主人公,在小说开始不久的聚会上第一次与镇上的旧精英交际周旋时,他看起来确实属于新的人类物种:当地的贵族虽胸怀嫉妒,心生恶意,但仍围绕着他,带着虚伪的关爱,打探他第一笔贷来的巨款;他"平静地"(tranquillamente)[1]——"轻声地""心平气和地"——回答道:"那些晚上,我睡不着觉,眼都没合一下。"[2] 睡不着觉:情感浓烈。但这就是杰苏阿多的清醒之处。其他人东奔西走,深受对微利的贪婪、见不得人的性欲或纯粹生理饥饿之害;杰苏阿多一直"态度严肃,用手摸着下巴,一句话也不说"。[3] 过了几章以后,同样的一幕又发生了,在每年一次的城镇公地拍卖会上:"'一基尼十五先令!……一次!……两次!……''两基尼!'杰苏阿多回答,泰然自若。"[4] 贵族们施以叫嚷、行动、威胁、诅咒;杰苏阿多仍旧坐着,沉默,优雅,"不慌不忙地在他那本摊开在膝头上的小簿子上计算着。然后抬起头,用平静的声音回驳

---

1 [译注] 此为意大利语单词。
2 关于《杰苏阿多工匠老爷》,我用的是劳伦斯(D. H. Lawrence)1923 年的译本(Westport, 1976, p.54),我尽可能少地做了点修饰。[译注] 中文译文见乔万尼·维尔加著,孙葆华译:《杰苏阿多工匠老爷》,新文艺出版社,1958 年,第 53 页。
3 Ibid., p.63. [译注] 中文译文见乔万尼·维尔加著,孙葆华译:《杰苏阿多工匠老爷》,第 61—62 页。
4 Ibid,. p.165. [译注] 中文译文见乔万尼·维尔加著,孙葆华译:《杰苏阿多工匠老爷》,第 154 页。

说……"[1]

一个西西里的布尔乔亚。在"后发国家"中，于尔根·科卡写道，"缺少从前工业时期到工业时期的发展的连续性"，其初期的企业家"与早期工业化国家的企业家相比"，往往是"更高程度的**新人** (homines novi)"。[2] 确实：杰苏阿多就是一个在英国文学里无法想象的那种程度上的新人；比如说，狄更斯的庞得贝宣称是个新人，但其实不是，或者克雷克的哈里法克斯，虽然贫穷，却是"绅士之子"。但麻烦的是，没有任何一个新人纯粹是"新的"：旧世界抵制他，用各种各样的方式扭曲他的规划，以杰苏阿多为例，这种压力被直接铭写在了书名之中：Mastro-Don Gesualdo（《杰苏阿多工匠老爷》）。"Mastro"，一个小手工业者——甚或一个体力劳动者，泥瓦匠杰苏阿多最初就是这样一种身份——在19世纪的西西里会被这样称呼。但，mastro-don：[don] 这个敬语（某种程度上相当于"先生"）通常用于旧的统治阶级。维尔加在给他的法语译者的

---

1 Verga, *Mastro-Don Gesualdo*, p.165. 为了给他的布尔乔亚英雄找到正确的语调，维尔加持续修改，直到最后一稿。例如，在倒数第二版，当杰苏阿多被问到他未来的投资时，他流露出"他那黄金加身的乡下人的暴躁，回答时带着得意的笑，露出尖尖的闪亮的牙齿"（*Mastro-Don Gesualdo*, 1888 version, Turin 1993, p.503）；一年以后，在定稿中，这些都不见了，杰苏阿多简单地回答："我们能做的，我们全做……"［译注］中文译文见乔万尼·维尔加著，孙葆华译：《杰苏阿多工匠老爷》，第154页。

2 Jürgen Kocka, "Entrepreneurship in a Latecomer Country", in *Industrial Culture and Bourgeois Society*, p.71.

信中写道:"你要给主角保留这个工匠老爷 (mastro-don) 的头衔,因为它浓缩成的这个挖苦性的绰号,附属有公众对于富裕起来的工人的怨恨。"[1] **富裕起来的工人** (*Operaio arricchito*):维尔加本人将工人设定为杰苏阿多的实质,把他的财富设定为一个偶然的谓词;而事实上,虽然杰苏阿多把自己远远提升到了他最初的身份"工人"(operaio) 之上,但那个半人半马式的绰号一直笼罩着他直到小说的结尾。有一些时刻事情仿佛即将变化,[2] 但从"工匠"到"老爷"的转换从未确定下来,每当有人格外憎恨杰苏阿多的财富,或说得残酷一些,当他即将死亡的时候,这个转换即刻就被取消。就好像他从来都没有离开过最初那场聚会,在那里,当镇上的贵族直接与他说话时,他们谨慎地使用"杰苏阿多老爷"的敬语,一旦他在听力所及范围之外,他们就轻蔑地回到"工匠老爷"的称谓。[3]

工匠与老爷:两种**旧制度** (*ancien régime*) 的名称。而布尔

---

[1] Giovanni Verga, *Lettere al suo traduttore*, ed. F. Chiappelli, Firenze, 1954, p.139.
[2] 例如,在最初的聚会上,一个仆人称他"杰苏阿多工匠老爷",女主人立刻打断——"畜生!你应该说杰苏阿多·谟太老爷(Don Gesualdo Motta),你个蠢货!"(p.36. [译注]乔万尼·维尔加著,孙葆华译:《杰苏阿多工匠老爷》,新文艺出版社,1958年,第36—37页。)前一个名字常用于称呼工人、农民或仆人,这使得从"杰苏阿多工匠老爷"到"杰苏阿多·谟太老爷"的转换意义更为重大。
[3] 整部小说,叙述者也使用"工匠老爷"(mastro-don) 这一称谓,虽然维尔加不断诉诸自由间接语体的行为使得"叙述者"这一观念——它完全不同于故事中的角色的声音——相当可疑。

乔亚呢？早在小说之中，杰苏阿多去检查榨油机的运行时；天在下雨，工人躲在避雨的地方玩丢便士的赌博游戏。在一连串的辱骂之后——"好极了！……我就爱看你们这副样子！……你们开开心心地玩下去吧……玩下去，你们的工钱是照发的！"[1]——杰苏阿多置身于其他人中间，置身于最危险的位置上，置身于需要升高的磨石下面：

> 把那根棍棒给我！这吓不住我！……当我们站着说废话的时候，时间就飞掉了！但工钱还是一样付，是吧？……这就像是我偷我自己的钱给你们！……举起来！那边！别管我，我皮糙肉厚！准备好！……起……！耶稣与我们同在！……赞美玛利亚！……再来一点儿！……啊！玛丽安诺！神呀鬼呀你们都要了我的命了！起！……赞美玛利亚！……当心！当心！……起！……蠢货，你们在那边干吗？……起！……快得了！……干成了！……再来！……那边！……别怕教皇会死掉！……穷……干吧！干！……穷就得饿……再来！……起！……饿肚皮！[2]

---

[1] Verga, *Mastro-Don Gesualdo*, p.69. [译注] 中文译文见乔万尼·维尔加著，孙葆华译：《杰苏阿多工匠老爷》，第67页。

[2] Ibid., p.71. [译注] 中文译文见乔万尼·维尔加著，孙葆华译：《杰苏阿多工匠老爷》，第69页。

这阵不住声的叫骂有令人惊奇的纹理,在这中间,杰苏阿多时而作为工人中的一个讲话(快得了!……干成了!),或诉诸共有的宗教性底层语言(耶稣与我们同在!……赞美玛利亚!),或诉诸共有的谚语式底层语言(穷就得饿肚皮),时而又替换以无可置疑的、口出恶言的主人口吻(玛丽安诺!神呀鬼呀你们都要了我的命了!……蠢货,你们在那边干吗?)。"布尔乔亚人"——严肃、沉默、泰然、平静——这个**第三项**(*tertium*)已分解为两个更为古老的范畴;他的安静的空想,被非理性的冲动粉碎。"你有那么多的钱,但你却把灵魂投给了魔鬼!"[1]他的伙伴、教士-牧师刘匹这样喊道,这位伙伴是对的;当杰苏阿多冒着生命危险站在魔石下面(后来还有一次,是站在河里,他刚刚毁掉他的桥),在他身上有某种无法解释的东西。但在这方面他并不孤独;还有一位来自半边缘地带的工人-企业家,高尔基笔下的伊利亚·阿尔塔莫诺夫,他刚和工人欢度了节日,看到一个大锅炉陷进了沙地,与杰苏阿多一样,他跑上前亲手去抬锅炉;但没有杰苏阿多那么幸运,他因血管爆裂而死。[2]人们好奇的是:为什么这些几近神话般的残忍场景,总是伴随着西西弗斯式的反抗重力的斗争?甚至鲁滨孙,他一个人在岛

---

1 Verga, *Mastro-Don Gesualdo*, p.74. [译注] 中文译文见乔万尼·维尔加著,孙葆华译:《杰苏阿多工匠老爷》,第71页。
2 Maxim Gorky, *Decadence*, Lincoln, NE, 1984 (*The Artamanov's Business*, 1925), p.80. [译注] 中文译文见高尔基著,汝龙译:《阿尔塔莫诺夫家的事业》,《高尔基文集》第十六卷,人民文学出版社,1985年,第252页。

上，也没有做任何这一类的事情。为什么杰苏阿多冒那样一种生命的危险？

他之所以冒险，是因为他恐惧他的财富可能会消失：这种恐惧一直伴随着他，甚至在整部小说里的唯一安宁的时刻——所谓坎齐里阿的"田园诗"里也同样如此。在这个远离城镇的小庄园里，杰苏阿多"感到他的心舒展了开来，种种愉快的记忆都回到了他的心头"。[1] 愉快？这不是小说讲述的内容。"在他还没造起那座谷仓以前，他曾经背过多少石头！"叙事继续展开；多少"没有饭吃的日子"：

> 老是活动，老是劳累，老是奔波，这儿，那儿，日晒，风吹，雨淋；他的脑袋给愁苦重压着，他的心坎儿给焦虑塞满了，他的骨头给疲劳折断了；他抓到机会就睡它两个钟头，无论在什么时候，在什么地方，在马厩的角落也好，在篱笆的后面也好，在院子里面也好，在硬石上面也好；他只要拿得到就吃它一块硬面包，不管是在骡子的驮鞍上也好，在橄榄树的阴影下也好，在壕沟的旁边也好，在疟疾繁殖蚊虫的地方也好。——没有放假的日子，没有礼拜天，从来也没有欢笑，大家都要向他要一些东西，要他的时间，要他的劳力，要他的钱……在村庄里没有一个不是他的敌人，

---

[1] Verga, *Mastro-Don Gesualdo,* p.85. ［译注］中文译文见乔万尼·维尔加著，孙葆华译：《杰苏阿多工匠老爷》，第82页。

不是他的危险而令人恐惧的盟友。——在人面前，得常常掩藏着自己想赚钱的狂热，或掩饰着一个坏消息的打击，或压抑着成功时的得意；老是要摆出一副不动声色的脸，老是要张着一对警惕的眼，老是要闭着一个严肃的嘴！[1]

劳累，奔波，风，雨，重压，折断，焦虑，疲劳，恐惧，硬面包，疟疾，蚊子，敌人……为什么？为了**财物**（*la roba*）。劳伦斯通常把它翻译为"财产"（Property），[2] 在英语中人们不可能有比这更好的译法。[3] 但财物（*roba*）——这个词萦绕在维尔加的小说之中，出现超过百次——拥有"财产"（property）将绝不会有的情感含义。当杰苏阿多接近生命终点的时候，他沉思着："他死了之后，谁会到那儿去守护他的财产呢？——啊呀，可怜的财产！"[4] 啊呀，可怜的财产（poor property）？这个听起来有些怪诞；但**可怜的财物**（*povera roba*）不会，因为**财物**（*roba*）不是一个抽象的用词；它意味着土地、建筑、动物、田野、树木；在穷人当中，它意味着日常生活的物品（objects）。**财物**能看到，能摸到，能闻到；它是物理性的，通常是仍然存世的。这是一

1　Verga, *Mastro-Don Gesualdo*, pp.87–88. ［译注］中文译文见乔万尼·维尔加著，孙葆华译：《杰苏阿多工匠老爷》，第84页。
2　［译注］孙葆华的中文译本在多数情况下也是将 *roba* 翻译为"财产"。
3　乔万尼·塞切蒂（Giovanni Cecchetti）的最近的译本（Berkeley, CA, 1979）也把 Property 作为默认选项。
4　Verga, *Mastro-Don Gesualdo,* p.436. ［译注］中文译文见乔万尼·维尔加著，孙葆华译：《杰苏阿多工匠老爷》，第389—390页。

个古老的概念,在杰苏阿多这位新人和骄傲的贵族妇女卢比伊拉之间实现了联姻;[1] [从词形上说]"roba"甚至比西西里的大庄园制还要古老,它的字根是德语中的"Raub":缴获物、捕获物(prey)、掠夺物(意大利语中的"rubare"——偷盗——也是来自这个词)。虽然由此联想起德语中的"Raubtiere"(掠食者、食肉兽)——尼采《论道德的谱系》中的金发"猛兽"(beasts of prey),可能对这个词来说有些过度;但是马克思在谈到"原始积累"时所说的"滴着血和肮脏的东西"的"资本",其踪迹却肯定在那里就呈现出了。一种掠夺性的活力将"roba"拖曳过整部小说,从卢比伊拉"像牡蛎一样紧紧护着她的**财物**(roba)",[2]到杰苏阿多"把舌头在嘴唇上一路抹过去,好像他已经尝到了好味道似的,十足显出是一个贪图占有**财物**(roba)的人"。[3]这不只是奥尔巴赫因巴尔扎克的伟大描写而唤起的"人与物的融合":**财物**不是像伏盖夫人的衣服那样的第二皮肤;

---

1 在**财物**(roba)的主题上,卢比伊拉与杰苏阿多实际上是可以互换的:"我已经用工作耗尽了自己的精力……我在积聚这些**财物**(roba)的时候已经耗尽我自己了"(p.188),他的这句话回到了她的这句话之中:"(我的祖先)耗尽精力去工作,不是为了让他们的**财物**(roba)随随便便落在任何人手里"(p.32)。这种言辞上的对应关系随处可见。[译注] 中文译文见乔万尼·维尔加著,孙葆华译:《杰苏阿多工匠老爷》,第175、33页。

2 Verga, *Mastro-Don Gesualdo*, p.279. [译注] 中文译文见乔万尼·维尔加著,孙葆华译:《杰苏阿多工匠老爷》,第255页。

3 Ibid., p.282. [译注] 中文译文见乔万尼·维尔加著,孙葆华译:《杰苏阿多工匠老爷》,第257页。

而是杰苏阿多眼中那随着桥的倒塌而"被水给冲掉"的"血"[1]。**财物**是生命；它是边缘国家的资本主义腾飞所需要的某种形式的过剩能量。**财物**是生命；因此，命中注定，它也是死亡：正是从这里产生了巨大的、非理性的恐惧——恐惧于它的失去。"刽子手！"卢比伊拉瘫坐在床上，高声骂着她的放荡的儿子，"不！我不会让他吞没我的**财物**！"[2] 垂死的杰苏阿多"像他过去一样绝望，**像他过去一样绝望** (*disperata come lui*)，想要让"他的财物跟他一同去"。[3] 而短篇小说《财物》(*La roba*) 的主角马扎罗，当有人告诉他"是时候离开他的财物，想想他的灵魂"，他挂着手杖走进院子，摇摇晃晃，就像一个疯子，"四处去扑杀他的鸭子，他的火鸡，叫喊着，'**我的财物** (*roba mia*)，**我的财物**，跟我一起离开吧！'"

财物 (*Roba*) 不是抽象的财产 (property)；杰苏阿多也不是使有趣的布尔乔亚英雄变得如此难以想象的"人格化的资本"。它们既具体又生动；这是它们如此令人难忘，又如此脆弱的原因。当杰苏阿多死去，他的**财物**被他"体贴的"(gentilissimo) 女婿雷拉公爵收入囊中，旧制度的水似乎永远地淹没了维尔加的**布尔乔亚人**。

---

1 ［译注］中文译文见乔万尼·维尔加著，孙葆华译：《杰苏阿多工匠老爷》，第93页。
2 ［译注］中文译文见乔万尼·维尔加著，孙葆华译：《杰苏阿多工匠老爷》，第242页。
3 Verga, *Mastro-Don Gesualdo*, pp.429–430. ［译注］中文译文见乔万尼·维尔加著，孙葆华译：《杰苏阿多工匠老爷》，第384页。

三、旧制度的持存（一）：《玩偶》

普鲁斯（Prus）的《玩偶》(*The Doll*, 1890) 的主角斯坦尼斯拉夫·沃库尔斯基，是在小说的开章，由一群无名的华沙餐馆常客介绍给读者的——他们类似于维尔加笔下的聚会上的贵族，其作用是一起不可靠地合唱——他们高声探讨着这个人身上那种前所未有的新奇性——"虽然他有可靠的生计"，但他把他所有的钱都留在了波兰而"去到战场上发财"——"那是他所渴望的几百万的收益。"[1] 他向伊格纳齐·热茨基——一个胆怯的职员，偶尔担任《玩偶》的叙述者——讲述说，"在子弹、匕首和伤寒中间"，[2] 他挣了几百万。但沃库尔斯基不只是一个资本主义的冒险家：在青年时代做侍者的工作时，他设法去读了大学，研究波兰和欧洲文学；后来他去了巴黎，对现代技术产生了强烈的兴趣。[他是] 资产的布尔乔亚与文化的布尔乔亚；并且再一次地不止如此：1863年，沃库尔斯基参加了反对俄罗斯占领波兰的暴动，后被驱逐到西伯利亚。总而言之，他或许是19世纪虚构作品中最完整的布尔乔亚形象：财务上敏锐，智识上好奇，政治上勇敢。但有一个致命的缺陷：他对年轻的女

---

1 Boleslaw Prus, *The Doll*, New York, 1972(1890), pp.1–4. ［译注］中文译文见波·普鲁斯著，张振辉译：《玩偶》，上海译文出版社，2005年，第3—8页。
2 Ibid., p.29. ［译注］中文译文见波·普鲁斯著，张振辉译：《玩偶》，第37页。

伯爵伊莎贝拉·列茨基的迷恋。当沃库尔斯基开始把各种各样任意的事件都看作是伊莎贝拉对他的感觉的征兆，叙述者评论说，"某种近乎迷信的东西正开始在他现实主义的心智里成形"；[1]"在我身上有两人，"沃库尔斯基自我反思道，"一个很明智，另一个是个疯子。"[2]而就像《玩偶》所展露的，疯子取得了胜利。

疯子取得了胜利，因为疯癫是世纪之交欧洲半边缘地带的地方病。从《财物》里马扎罗对他的禽畜的屠宰，到加尔多斯《布林加斯夫人》(*La de Bringas*, 1884) 里罗莎莉亚·布林加斯的"购物狂热"，或《福尔图娜塔和哈辛塔》(1887) 里吉列米娜·帕切科的"战斗性慈善"。托克马达在其传奇故事 (saga) 的开头与结尾两次迷失心智；马查多的金卡斯·博尔巴留下一个要求他人视他的狗"如一个人"的愿望；马蒂尔德·塞拉奥 (Matilde Serao) 的那不勒斯壁画似的小说《安乐乡》(*Il paese di cuccagna*, 1890) 万花筒般地展现了以彩票为中心内容的迷信；而陀思妥耶夫斯基笔下精神错乱的角色更是有着不及备载的浩繁。在半边缘地带，疯癫是地方病，因为起源于资本主义中心地带的经济浪潮以无边的、夸张的暴力侵袭着那里，在这些被困在中间位置的社会中，非理性的行为变成一种反射的

---

1 Boleslaw Prus, *The Doll*, New York, 1972(1890), p.195. [译注] 中文译文见波·普鲁斯著，张振辉译：《玩偶》，第240页。

2 Ibid., p.235. [译注] 中文译文见波·普鲁斯著，张振辉译：《玩偶》，第286页。

方式，它在个人生活的层面上重现了世界的进程。但即便如此，沃库尔斯基这个事例仍然是独一无二的。"一个恋爱中的商人！"弗里德里克·杰姆逊 (Fredric Jameson) 写道 (这个感叹号浓缩了他的怀疑)；[1] 而这个商人与之恋爱的人不过是一个被宠坏的孩子。"她已经变成了一个集中了他所有的回忆、渴求和希望的神秘的焦点，变成了一团火，没有它，他的生活就没有风格，也没有意义"，[2] 在题为"沉思"(Mediation) 的重要一章里沃库尔斯基这样反思；而《玩偶》的读者看待这些言词则充满了怀疑。伊莎贝拉，一个神秘的焦点？这是疯狂。

欧洲语境再一次做出了回答。科卡写道，在《玩偶》发表的那些年里，"中产阶级的上层，[通过] 联姻及其他形式的交往，已和贵族十分相近"。[3] 通过婚姻成为旧贵族家庭的成员恰恰就是杰苏阿多和托克马达所做的事情——他们两人的婚姻是两笔绝佳的生意，都有一个第三角色担任其中的中介 (在《杰苏阿多工匠老爷》中是刘匹，在《托克马达》里是多诺索)，似乎是要强调他们的婚姻选择在根本上具有"社会"性质。但是如果维尔加与加尔多斯用高攀婚姻来显示旧精英对布尔乔亚财富的 (表面上的) 渗透，那么，在普鲁斯这里，这个片段则与

---

[1] Fredric Jameson, "A Businessman in Love"(《恋爱中的商人》), in Franco Moretti ed., *The Novel*, vol. Ⅱ : *Forms and Themes*, Princeton, NJ, 2006.
[2] Prus, *The Doll*, p.75. [译注] 中文译文见波·普鲁斯著，张振辉译：《玩偶》，第92页。
[3] Kocka, *Industrial Culture and Bourgeois Society*, p.247.

之相反，强调的是阶级隔阂的牢固。沃库尔斯基反思道，在巴黎，"如果他拥有一笔财产，爱上了一位贵族小姐，他不会遇到那么多的阻碍"；[1]但在华沙，虽然他竭力贴近西欧来**想象**他的贵族罗曼司，但是他离真正**实现**它还有太遥远的距离。他就像一个被他自己的生态系统拒绝的变种，一个不再在不可能的斗争中"浪费力量和生命"的怪物：这场斗争针对的是"'我不习惯的环境'……在这个时刻，他第一次清晰地出现了不回波兰的想法"。[2]

不回波兰。塞尔吉奥·布瓦尔克 (Sérgio Buarque) 曾就另一种边缘现代性写道，"由于我们的生活形式、我们的制度、我们的世界观都取自遥远的国度，我们是我们自己的土地上的流亡者"。[3]这得到了沃库尔斯基的响应："我知道的一切……都不是从这里来的。"[4]在这本书刚开始不久的地方我们读到，他"仅仅在到达西伯利亚的时候才得以自由地呼吸"；[5]他处于事实上

---

[1] Kocka, *Industrial Culture and Bourgeois Society*, p.385. ［译注］中文译文见波·普鲁斯著，张振辉译：《玩偶》，第479页。

[2] Ibid., p.386. ［译注］中文译文见波·普鲁斯著，张振辉译：《玩偶》，第482页。

[3] 罗伯托·施瓦茨在《错位的观念：19世纪晚期巴黎的文学与社会》（"Misplaced Ideas: Literature and Society in Late Nineteenth-Century Brazil", 1973）中引用了塞尔吉奥·布瓦尔克的《巴西之根》（*Raízes do Brasil*），见其《错位的观念》，第20页。［译注］中文译文见塞尔吉奥·布瓦尔克·德·奥兰达著，喻慧娟、蔚玲译：《巴西之根》，巴西驻中国大使馆，1995年，第3页。

[4] Prus, *The Doll*, p.411. ［译注］中文译文见波·普鲁斯著，张振辉译：《玩偶》，第515页。

[5] Ibid., p.74. ［译注］中文译文见波·普鲁斯著，张振辉译：《玩偶》，第91页。

的流亡之中。当他回到波兰,他即刻就以战争为由再度离开波兰。从巴黎回来,他马上又启程前往巴黎;于是,在华沙度过一段短暂的时光之后,他完全从那里消失(传说他去了莫斯科、敖德萨、印度、中国、日本、美国……),在他自己的土地上流亡。他最后一次回来,是秘密地回来的,在伊莎贝拉的乡村宅第下,他炸死了自己。一位朋友简洁地评论道:"他死在封建主义的废墟之下。"[1]

作为流亡者的布尔乔亚。实际上,当沃库尔斯基决定把他的生意"一股脑儿"全部卖掉,这是在走向流亡者的原型:犹太人;如他的身为犹太人的朋友舒曼所解释的,只有犹太人"跟你一样被歧视与凌辱"。[2]沃库尔斯基知道:"整个国家没有别的人可以发展他的理念;没有人,除了犹太人。"[3]在某种程度上,鉴于犹太人在东欧的金融上所发挥的作用,这个片段标志着普鲁斯的历史准确性。[4]但不止于此。没有人,除了犹太人,是的;不过,继续引下去:"……除了犹太人——他们充分地表现出了

---

[1] Prus, *The Doll*, p.696. [译注] 中文译文见波·普鲁斯著,张振辉译:《玩偶》,第862页。
[2] Ibid., p.629. [译注] 中文译文见波·普鲁斯著,张振辉译:《玩偶》,第779页。
[3] Ibid., p.635. [译注] 中文译文见波·普鲁斯著,张振辉译:《玩偶》,第790页。
[4] 科卡写道,临近世纪末时,"在波兰,在捷克和斯洛伐克地区,在匈牙利和俄罗斯,资本所有者、企业家和经理人,通常都是外国的侨民:其中尤以日耳曼人和未归化的犹太人居多"。Jürgen Kocka, "The European Pattern and German Case", in Kocka and Mitchell eds, *Bourgeois Society in Nineteenth-Century Europe*, p.21.

他们的种族性的傲慢、狡猾和无情……"[1]"有鉴于此,"最后,沃库尔斯基,"他觉得商务、贸易公司和一切形式的盈利是如此的恐怖,以致他自己都被自己惊到了。"[2] 商务、贸易和收益曾经是沃库尔斯基的生命;但现在它们是令人恐怖的事物,因为什兰格巴乌姆和其他犹太人——就像《绅士约翰·哈里法克斯》里的贵格派工厂主弗莱彻,或英国小说里别的第一代工业家——展现了它们本来的面目,毫无讳饰;换句话说,因为他们呈示了**布尔乔亚的真相**。或更准确一些,呈示了**伊莎贝拉·列茨基所说**的那种真相。在一个明确的服从旧制度的行为中,沃库尔斯基看待什兰格巴乌姆的方式正如伊莎贝拉看待沃库尔斯基的方式。他的反犹主义,就是布尔乔亚对他自身的反对。

在本节的开头,我将沃库尔斯基看作伟大的布尔乔亚人物,为他绘制了一幅肖像;在本节行将结束时,我又提供了一种自相矛盾的研究,把他视为破坏性形象,就像维尔加笔下**工匠**(mastro)与**老爷**(don)之间的不可能的接合。旧世界给这些新人的生活带来了不谐和的声音,给他们的死亡带来了残忍的形态:杰苏阿多,由于嘲笑公爵的党羽被关押在公爵的府邸之中;沃库尔斯基,被埋葬"在封建主义的废墟之下"。在下一节,我们将与这同一个主题的另一重变奏相遇。

---

[1] Prus, *The Doll*, p.635. [译注] 中文译文见波·普鲁斯著,张振辉译:《玩偶》,第790页。
[2] [译注] 中文译文见波·普鲁斯著,张振辉译:《玩偶》,第790页。

四、旧制度的持存（二）：《托克马达》

在佩雷斯·加尔多斯为19世纪的西班牙所绘制的人物浩繁的壁画中，《托克马达》（1889—1896）四部曲最引人注目，因为它始终将焦点集中在它的中心角色——高利贷放贷者、贫民区地主托克马达上。我们注意到，托克马达先是从事马德里下层社会的"黑暗交易"，后来完成对金融业的征服及与贵族的结盟，正是后者把他带向"与国家自身的互相勾结"。但他的崛起与一种自我疏离感的增长同步发生：阿吉拉姐妹来自一个贫困的贵族家庭，托克马达答应他弥留之际的朋友卢佩夫人，要和这姐妹中的一个结婚，结果就被他的妻姐克鲁丝所左右，她最后强制他买了一个侯爵身份连同一处宅邸和画廊。旧制度的持存：一个精力充沛、白手起家的人，他在"不断靠拢旧的统治阶级，而不是同他们的特权竞争"。[1] 这一"不断靠拢"也并非詹姆斯、施尼兹勒（Schnitzler）或普鲁斯特的那种现代风格的共生；就像杰苏阿多手上的裂纹揭示了"老爷"这一称谓下的泥瓦匠身份，一种古代平民的饥饿感促使托克马达——在他的婚礼之前的几个小时——狼吞虎咽地吃了一盘生洋葱，这与贵族社交场合的"华丽辞藻格格不入"。[2] 该书结尾的另一餐饭，是他为回到他的根所做的最后

---

1 Mayer, *The Persistence of the Old Regime*（《旧制度的持存》），p.208.
2 Pérez Galdós, *Torquemada*, p.352.

一次努力——"给我一盘炖豆子,啊呀,可以这么说,到时候了,到了一个家伙去做人民一员的时候,到了一个家伙回到人民,回到自然的时候!"[1]——这给他带来极为严重的腹泻和无休无止的苦恼。

但托克马达远远不仅是一个粗俗的生理性存在者。当克鲁丝为托克马达的侯爵身份而到处活动时,他告诉她:"你是**大吹大擂的典型**,我是中庸之道的**化身**,而既然我这样**夸下海口**,所以我把一切都放在了它应有的位置,而把你的观点当作当下历史时刻的观点来驳斥。"[2]托克马达之所以令人难忘,不是因为他的身体,而是由于他的语言。这有些奇怪,因为,通常,卷入不可见人的商业交易的人物——葛布塞、莫德尔、布尔斯特罗德、威利[3]……——都倾向于对保密性问题缄口不语。托克马达,却一点也不:

"我金盆洗手了:我**夸下海口**服从统治的人,而不要**违反法律**。我尊敬希腊人及与之相似的特洛伊人,而不要计较礼品中的**银币**。**由于**我是一个实干家,我不从事蓄意的对抗活动,我也不参与任何一种形式的**马基雅维利主义**。我**坚决反对**搞什么阴谋诡计……"[4]

---

1 Pérez Galdós, *Torquemada*, p.515.
2 Ibid., p.226. 本节引文的全部着重标记均为原作者(加尔多斯)所加。
3 [译注]这四人分别为巴尔扎克《葛布塞》、狄更斯《小杜丽》(*Little Dorrit*)、乔治·艾略特《米德尔马契》、易卜生《野鸭》(*The Wild Duck*)中的人物。
4 Pérez Galdós, *Torquemada*, p.385.

蹩脚的典故("希腊人与特洛伊人""马基雅维利主义");僵死的隐喻("我金盆洗手""我夸下海口");呆板的套话("当下历史时刻")。金钱曾给堂·弗朗西斯科一个在社会中被人听到的机会,他现在"用更响亮的声音"言说,[1]而就像其他的前辈[莫里哀《贵人迷》中的]茹尔丹先生,他想要"在体面的人中间高谈阔论"[2](raisonner des choses parmi les honnête gens)。因此,不可避免地,他成了被嘲讽的目标;这个武器"常被用于阶级冲突当中……它极为有效地将富有的布尔乔亚……固定在了其位置上"。[3]而在托克马达那里,嘲讽浓缩在一种非常特殊的语言痉挛之中:

> "注意!我的意图是给你一个指示……我是个细致的人,知道怎么去作出区分。真的,我有过一个非常糟糕的时刻,那是在离开之后,我开始觉察到我的失误,我的……**麻木**。"
>
> 堂·弗朗西斯科用结巴的、草率的句子回答,没有谈论任何具体的事情,说的只是:**他珍重信念**……他曾对被怜悯……不,被最高贵的情操打动(直到现在,我们都有难以

---

[1] Pérez Galdós, *Torquemada*, p.9.
[2] [译注] 莫里哀著,李玉民译:《贵人迷》,《伪君子:莫里哀戏剧经典》,华夏出版社,2008年,第112页。
[3] Francesco Fiorentino, *Il ridicolo nel teatro di Molière*, Turin, 1997, pp.67, 80–81.

用言词来形容的高贵)的多诺索先生做出过那些表现；他想要成为阿吉拉姐妹可接受之人的欲望是**一切思量的重中之重**……

"我必须表明，几处没有得到好好表达的……表现，虽然缺少风格，作为文学有些粗糙，却将是感恩的心的**诚挚**表达……让我们更多地关注行动而不是言词；让我们多做些工作而少说点话。永远**按照**我们的需求工作，**按照**与我们**相伴**的一切元素的**价值的伴奏**工作。而在做了这些表现之后——我认为这些表现是由于我现身在这个威严的场所才被要求的……在做了这些声明之后……"[1]

意图 (Intention)、指示 (indication)、区分 (distinction)、麻木 (stupefaction)、反对 (opposition)、信念 (conviction)、表现 (manifestation)、思量 (ponderation)、表达 (expression)、声明 (declaration) ……就像一只扑火的飞蛾，托克马达被**名词化结构**施了催眠术：名词化结构意味着有这样一类词语，它们把通常由动词表达的"动作与过程"，转化为指示着"抽象的对象 [与] 概括的过程"[2] 的名词。因为这种语义的特殊性，名词化结构经常用于科学散文——在那里，一般情况下重要的是抽象的

---

[1] Pérez Galdós, *Torquemada*, pp.96, 131–132, 380, 383–384.
[2] Douglas Biber, Susan Conrad and Randi Reppen, *Corpus Linguistics: Investigating Language Structure and Use*, Cambridge, 1998, pp.61ff.

对象与概括的过程——相反,在口头交流中则**不**常使用:口头交流往往关注的是具体和独特的东西。但若果真如此,为什么托克马达每次一次开口都使用名词化结构?

埃里希·奥尔巴赫想知道:"在17世纪一个布尔乔亚到底是做什么的?"根据他的社会地位,一个布尔乔亚当然可能做各种各样的事情——医生、商人、律师、店主、公务员,等等。但无论他做什么,这个时代的最高的象征价值——**体面**(honnêteté)——"一种普遍性的理想……布尔乔亚什的上流阶层开始追求的东西"——迫使他去"掩饰"他的经济生活,因为只有"一个涤荡了特殊品质的人"才会被认为名副其实。[1]两百年以后,托克马达的那些名词化结构回应了一个类似的社会律令:它们尝试着将一切事情都提升到空洞的抽象化的层面,从而努力从他的语言中清除掉老的"地狱里的操纵者"。[2]尝试,而后当然地失败。这就是杰姆逊最近在"托克马达"系列中发现的"主角性的退化"(deterioration of protagonicity):同一个人,在加尔多斯的其他小说中曾是隐秘的主角——尽管他是"技巧上的次要角色",在这些书中突然转变为"扁平的次要角色",虽然在名义上他还是主角。[3]确实,这样一种奇特的颠倒,相对于我们先前遇到的其他形式的

---

1 Erich Auerbach, "La cour et la ville" (1951), in *Scenes from the Drama of European Literature*, Minneapolis, MN, 1984, pp.152, 172, 168, 165.

2 Pérez Galdós, *Torquemada*, p.3.

3 Fredric Jameson, *The Antinomies of Realism* (forthcoming from Verso).

悖论，托克马达的"退化"，不仅是一个形式问题，而且还是**现代社会高利贷者的客观辩证法**的结果：只要能生活在阴影之中，他就充满能量与洞见，如果他在公共空间里露面，这个现代银行业的寄生性的、阴险的替身，这个地狱里的操纵者，就变成思路混乱的饶舌之人。加尔多斯似乎是要告诉西班牙的布尔乔亚什，过去，这是你们隐秘的英雄，现在，当他试图说出普遍性的语言，所显露出的就只是他的空虚。在托克马达的"思量"与"麻木"之中，整个阶级的霸权野心都被滑稽地葬送了。

五、"这就是你要学的算术！"

如果人们要寻求完美的布尔乔亚本性，在19世纪的一部伟大的俄罗斯小说中出现的年轻的管理者施托尔茨——在德语中是"骄傲"的意思——可能是一个绝佳的选择。有着完美效率的施托尔茨，虽然"四处奔波"，但从来不做"不必要的动作"，当他儿时的朋友困惑于他的活动，用这样一句温和的话来阻止他——"总有一天你也会停下工作……"他简单回应道："永远不会。我为什么要停下？"（然后用一种堪与浮士德媲美的言词补充说："要是我能活个两百年或三百年该有多好……想想我能完成多少事情……"）他父亲这一系是德国人——因此他的俄罗斯贵族的母亲担心他将"变成一个**德国市民**

(*Bürger*)"——施托尔茨是一个活生生的连接物,连接着充满活力的西欧,他的公司同西欧不断有贸易往来。在小说进行到一半的时候,他去巴黎旅行,叫他的朋友承诺即刻去巴黎同他汇合,一起开始一种新的生活。对于一个东欧的布尔乔亚来说,这是一种好的生活:施托尔茨积极、平静、聪明;他置办了美丽的庄园,迎娶了心爱的女人,他是快乐的……从小说作者那里,他得到了所有他希望得到的东西,除了这件最重要的事情:他不是《奥勃洛莫夫》(*Oblomov*) 的主角。[1]

他不是主角,因为冈察洛夫着迷于异常的、奇妙的奥勃洛莫夫。但是,施托尔茨标准的布尔乔亚本性显然**不是**这部小说的主题,而这一点标志着一个更大的问题。俄罗斯文学并非对于新的金钱势力漠不关心;同狄更斯的伦敦,或左拉的巴黎一样,在《罪与罚》(*Crime and Punishment*) 里的彼得堡,拥有金钱(至少) 具有决定性的意义。只是,在这里,拥有金钱靠的是一种非常特殊的方式:从老典当商阿廖娜·伊凡诺夫娜的贪婪到学生就谋杀她所做的无情的演说,到马尔梅拉多夫酒醉之下的行乞,索尼娅无言的卖淫,杜尼娅的婚约中的卖淫的回声("她会为了亲爱的人出卖她自己"),一直到伪造有奖债券"讲授世

---

1 Ivan Goncharov, *Oblomov*, New York, 2008(1859), pp.167, 174–175, 198, 345, 432. [译注] 中文译文见冈察洛夫著,时娜译:《奥勃洛莫夫》,中国致公出版社,2003年,第177、178、201、464、171页。

界史的大学讲师"[1]——透过所有这些及其他的一些事情来看，金钱所能做的一切就是为现代经济行为生产夸张扭曲的形式。在西方，金钱有助于使事情简化；在这里，金钱常常使事情变得复杂。在这里，人们拥有的钱太少了——东西又太昂贵了。不同于西欧稳定的低利率，陀思妥耶夫斯基的书页间回响的是阿廖娜在拉斯柯尔尼科夫耳边的低语："月息百分之十，亲爱的。提前付息。"[2]

月息百分之十。在这种难以忍受的压力之下，"民族的畸变"就变得不可避免。以功利主义 (utilitarianism) 为例。1825年，《威斯敏斯特评论》(*Westminster Review*) 的一篇文章的匿名作者宣布，"在冷静的、功利主义的悲哀中"，他"极为高兴地得知，对文学与诗、诗与文学的普遍追求，如何有益于棉布的纺织"。[3] 过了一代人以后，这个庸俗的结论在屠格涅夫的《父与子》(*Fathers and Sons*, 1862) 听到了几乎完全一致的回声，在那里，巴扎罗夫以他特有的傲慢，随便地宣布说："一个好的化学

---

[1] Fyodor Dostoevsky, *Crime and Punishment*, Harmondsworth, 1991(1866), pp.102, 76, 49, 43–60, 196. ［译注］中文译文见陀思妥耶夫斯基著，力冈、袁亚楠译：《罪与罚》（上），《费·陀思妥耶夫斯基全集》第七卷，河北教育出版社，2010年，第54、188页。

[2] Ibid., p.39. ［译注］中文译文见陀思妥耶夫斯基著，力冈、袁亚楠译：《罪与罚》（上），《费·陀思妥耶夫斯基全集》第七卷，河北教育出版社，2010年，第10页。

[3] "Present System of Education"，*Westminster Review*, July–October, 1825, p.166.

家要比二十个形形色色的诗人还更实用。"[1]实用。但是,对巴扎罗夫来说,这不再是《鲁滨孙漂流记》与维多利亚时代那个具体性的、实用主义的关键词:在这里,它是一股改变的力量——甚至,是一种毁灭的力量。"我们认为实用的东西,我们就依据它来行动",在后来的一幕中,为了解释虚无主义的逻辑,他补充说,"现在最实用的事情就是否定——那么我们就来否定"。[2]

实用性作为虚无主义的基础。《威斯敏斯特评论》可能会为之愕然。而巴扎罗夫恰恰以此作为开端:

> 看:一方面是那样一个恶毒、愚蠢、无价值、无意义、生着病的老女人,对任何人都没有用处,甚至实际上,对所有人都有害……另一方面是年轻的新鲜的能量,因为得不到资助而将白白地浪费——成千上万的人卷入其中,这种状况到处都在发生!……用一个生命,换取成百上千人的生命,使之免于腐化与堕落。一个人的死对一百个人的生——我的意思是,这就是你要学的算术![3]

---

1 Ivan Turgenev, *Fathers and Sons*, New York, 2008(1862), p.20. [译注] 中文译文见屠格涅夫著,磊然译:《父与子》,《屠格涅夫全集》第三卷,河北教育出版社,2000年,第210页。

2 Ibid., p.38. [译注] 屠格涅夫著,磊然译:《父与子》,第236页。

3 Dostoevsky, *Crime and Punishment*, pp.101-102. [译注] 中文译文见陀思妥耶夫斯基著,力冈、袁亚楠译:《罪与罚》(上),第83页。

这就是算术！这就是会导致谋杀的边沁的"幸福微积分学"(felicific calculus)。在迟钝的西化论者卢仁唱完了他对进步的赞歌——"可以说它有更多的批评精神，更高的效率"——之后，拉斯柯尔尼科夫评说，"如果把你的观点当作最后的结论"，那么"最终的结果就是，四处杀人也没什么大不了的"。[1] 从批评与效率，到四处杀人。错位的观念：施瓦茨为西方模式与巴西现实之间的不相配关系所设置的伟大隐喻，也许在陀思妥耶夫斯基的俄罗斯比在它的起源地还更为适用。在马查多那里，这二者之间的不协调在很大程度上一直都是无害的：大量滔滔不绝、不负责任的言谈，但几乎没有什么严重的后果。但在俄罗斯，激进的、无产阶级化的知识分子**太过严肃**地对待西方观念，甚至真诚地推动着它们"走向它们的最终结论"：

> 罗曼·雅各布森（Roman Jakobson）断言，俄语中表达"日常"之义的词语——*byt*——从文化上说是不能翻译为西方语言的；根据雅各布森的说法，在欧洲各民族中，只有俄罗斯人能够与"日常生活的堡垒"做斗争，能够将一种相对于日常生活来说的根本的他异性予以概念化。[2]

---

1 Dostoevsky, *Crime and Punishment*, pp.192-197. [译注] 中文译文见陀思妥耶夫斯基著，力冈、袁亚楠译：《罪与罚》（上），第184—190页。
2 Svetlana Boym, *Common Places: Mythologies of Everyday Life in Russia*, Cambridge, MA, 1994, p.3.

日常生活。对于奥尔巴赫来说，这是19世纪现实主义的坚固的、无可置疑的基础。在这里，这是一个要被荡除的堡垒。维克多·什克洛夫斯基（Viktor Shklovsky）写道："陀思妥耶夫斯基喜爱'突然'[*vdrug*]一词，这是一个描述生活的断裂性、生活步伐的不均匀性的词语。"[1] 巴赫金补充说：陀思妥耶夫斯基的诗学要求，"[当]所有的一切，根据普通的、'正常的'生活进程来判断，都出乎意料，不得其所，互不相容且不被允许"，"为激发与检验哲学的观念，要创造异乎寻常的状况"，"[创造]危机点、转折点与灾难"。[2] 这是陀思妥耶夫斯基的小说人物所特有的对折中的憎恨；[3] 这是洛特曼（Lotman）与乌斯宾斯基（Uspenskij）在二元文化模式研究中所发现的俄罗斯文化里"中立/性"（neutral）地带的缺乏；[4] 这是《摹仿论》（*Mimesis*）在论俄

---

[1] Viktor Shklovsky, *Energy of Delusion: A Book on Plot*, Champaign, IL, 2007(1981), p.339.

[2] Mikhail Bakhtin, *Problems of Dostoevsky's Poetics*, Minneapolis, MN, 1984(1929–1963), pp.146, 114, 149.［译注］中文译文见巴赫金著，白春仁、顾亚玲译：《陀思妥耶夫斯基诗学问题》，《巴赫金全集》第五卷，河北教育出版社，1998年，第190、143、195页。

[3] 在《群魔》里，圣愚（the holy fool）吉洪（Tikhon）背诵了一段引自约翰《启示录》的文字："我巴不得你或冷或热。你既如温水，也不冷也不热，所以我必从我口中把你吐出去。" Fyodor Dostoevsky, *Devils*, Oxford, 1992(1871), p.458.［译注］中文译文见陀思妥耶夫斯基著，力冈、袁亚楠译：《群魔》（下），《费·陀思妥耶夫斯基全集》第十二卷，河北教育出版社，2010年，第846页。

[4] 他们写道："在西方天主教的世界，死后的生活被划分为三个地带：天堂、炼狱和地狱。与此相似，人们认为尘世的生活展示着三个行为类型：定然有罪的，定然神圣的，以及一个中性类别……一种幅度宽广的中性行为及……各类中性的社会制度。……这块中性的领域变成了一个结构性的保护区，明天的（转下页）

罗斯小说的篇章里所描写的极端的振荡。[1]在前文我们所看到的所有这些"民族的畸变"中,这是最彻底的畸变:这是西方观念的一次神奇的激进化,释放了他们那毁灭性的潜能。这是巴扎罗夫的德国科学,这使他的虚无主义变得惊人的不可饶恕;这是英国的算术,它引发了现代文学最为神秘的重大罪行。它就像一次极端的实验,运行在我们的眼前:在安置布尔乔亚价值时**尽可能从它们的原初语境出发**,以达成它们在荣耀与灾难之间的独特的混合。在紧随其后的那些岁月里,易卜生的"现实主义"系列展现的是恰好相反的实验——不过最终抵达的是完全一致的结论。

(接上页)体系就将从这里发展出来。"但与西方天主教不同,洛特曼与乌斯宾斯基接下去说,俄罗斯基督教着重于"显著的二元论",没有"为中间地带"留下任何空间;因此,不可避免地,"这种生活里的行为就变成要么是有罪的,要么是神圣的"。Jurij M. Lotman and Boris A. Uspenskij, "The Role of Dual Models in the Dynamics of Russian Culture (Up to the End of Eighteenth Century)", in Ann Shukman, ed., *The Semiotics of Russian Culture*, Ann Arbor, MI, 1984, p.4.

[1] "实践上、伦理上或智识上的强烈震惊即刻就在他们的本能深处唤醒了他们,片刻之间,他们就在实际事务与精神事务上,从安宁的、近乎植物性的生活转变为极度放纵的荒淫。他们的活力的钟摆,他们的行为、思想与感情的钟摆,摆动的幅度似乎比欧洲的其他任何地方都大。"(Auerbach, *Mimesis*, p.523)[译注]中文译文见奥尔巴赫:《摹仿论》,第617页。

第五章　易卜生和资本主义精神

一、灰色地带

169　　首先，是易卜生系列作品的社会性天地：造船专家、工业家、金融家、商人、银行家、开发商、行政官、法官、经理人、律师、医生、校长、教授、工程师、牧师、新闻记者、摄影师、设计师、会计师、职员、印刷工……没有哪位作家如此一心一意地关注布尔乔亚世界。[或许有]托马斯·曼；但在托马斯·曼那里，有一个恒定不变的布尔乔亚与艺术家之间的辩证法（托马斯与汉诺、吕贝克与克罗格、蔡特布罗姆与莱维屈恩[1]），而在易卜生那里则完全没有；易卜生笔下唯一的一个伟大的艺术家——《咱

1　[译注]托马斯（Thomas）与汉诺（Hnno）、吕贝克（Lübeck）与克罗格（Kröger）、蔡特布罗姆（Zeitblom）与莱维屈恩（Leverkühn）分别为托马斯·曼的小说《布登勃洛克一家》《托尼欧·克罗格》和《浮士德博士》中的人物。

们死人醒来的时候》(*When We Dead Awaken*, 1899)中的雕塑家鲁贝克,他将"不停工作,至死方休",他喜欢"征服与控制他的材料"——却和所有其他人一样,完全是一个布尔乔亚。[1]

社会历史学家有时也曾疑惑,一个银行家和一个摄影师,或一个造船专家和一个牧师,是否真的属于相同的阶级。在易卜生那里,他们就是如此;至少,他们分享着相同的空间,使用着相同的语言。在这里,一点也不存在那种英国"中间"阶级的伪装;这不是一个在中间位置的阶级,不是一个被遮蔽在那些在它之上的阶级之下,无涉于世界进程的阶级;这是**统治**阶级,世界之所以是这样的世界,是因为他们就是用这种方式来**建造**这个世界的。这就是为什么易卜生是本书的尾声:借用他自己的一个隐喻性的说法,他的剧作就是关于布尔乔亚世纪的一次伟大的"账目结算"。他是唯一一个直面布尔乔亚并这样发问的作家:那么,最终,是什么使你们降生在这个世界?

当然,我将回到这一问题。目前,就让我说说拥有这样一幅阔大的布尔乔亚壁画是一件多么奇怪的事情——在这幅壁画里没有工人,只有几个家仆。《社会支柱》(*Pillars of Society*, 1877),作为这组套曲的第一部剧作,在此一方面与众不同:它

---

[1] Henrik Ibsen, *The Complete Major Prose Plays*, translated and introduced by Rolf Fjelde, New York, 1978, pp.1064, 1044. 非常感谢莎拉·艾里逊(Sarah Allison)在核对挪威语原作方面所提供的帮助。[译注] 中文译文见易卜生著,潘家洵译:《咱们死人醒来的时候》,《易卜生文集》第七卷,人民文学出版社,1995年,第304、282页。

的开场呈现的是工会领袖与船厂管理者之间的交锋，他们在争执安全与利润哪个更重要；虽然这一主题绝不处在情节的中心，却自始至终都看得到，并在对结尾的塑造中发挥了决定性的作用。不过，《社会支柱》之后，资本与劳动的冲突在易卜生的世界里消失了，尽管从总体上说并**没有什么**在这里消失：《群鬼》(*Ghosts*, 1881) 是易卜生的一个如此完美的标题，因为他笔下的众多角色都**是**鬼魂。这一部剧作的次要形象在另一部剧作里重新出现就变成了主角，或正好相反；一个妻子在这一部剧作的最后离家出走，会留在接下来的一部剧作里直到进入苦涩的结局……就好像易卜生在进行一个长达20年的实验：随处更改一个变量，看整个体系会有什么发生。但是在这场实验里没有工人——虽然在这20年里，工会、社会党和无政府主义正在改变着欧洲政治的面貌。

没有工人，因为易卜生想要聚焦的冲突**内在**于布尔乔亚什自身。有四部作品尤其清晰地证明了这一点：《社会支柱》、《野鸭》(*The Wild Ducks*, 1884)、《建筑师索尔尼斯》(*Masterbuilder Solness*, 1892)、《约翰·盖博吕尔·博克曼》(*John Gabriel Borkman*, 1896)。这四部剧作有着相同的前史，在那里，两个商业上的伙伴与/或朋友，展开了一场不顾一切的斗争，在这一进程中，他们每一个人都在经济上遭遇破产，在精神上受到伤害。在这里，布尔乔亚内部的竞争是一场殊死的搏斗，它极易变得残酷无情；但是，这一切是重要的，无情的，不公平的，模棱两可的，阴暗的——然而实际上却很少是**非法的**。还有几个例子同样如此，像《玩偶之家》(*Dollhouse*, 1879) 里的伪造签字，或《人民公敌》(*An Enemy of the People*, 1882) 中的水污染，或博克曼的一些金融花招。但是，富有特色的是，易卜生笔下的坏事都发生在难以捉摸的、其性质从未被完全弄清过的灰色地带。

这个灰色地带是易卜生对布尔乔亚生活的伟大直觉，因此请让我举几个例子来说明它看起来是怎样的一种形态。在《社会支柱》中，博尼克的公司流传着公司发生了偷盗的流言；博尼克知道流言是虚假的，但他也意识到，这些流言将会把他从破产中拯救出来；因此，虽然流言毁掉了一个朋友的名声，他仍让它们流传；后来，他运用政治的影响力，以勉强合乎法律的方式来保护其勉强合乎法律的投资。在《群鬼》中，曼德牧师劝说阿尔文太太不要为她的孤儿院投保险，由此公众的意见就不会认为"无论你还是我都对神的旨意缺少足够的信仰"；[1] 神的旨意就是如此，孤儿院烧毁了——可能是有人纵火，但也不一定——一切都完了。在《野鸭》的前史中，存在着一个威利可能已经（或者，可能还没有）为他的伙伴设好的"圈套"，而在《建筑师》的前史中，索尔尼斯与他的伙伴之间存在着一个不清不楚的交易；在那里，也有一个应该被修理的烟囱，没有修，房子烧毁了——但保险专家说，出于一个完

---

1 Henrik Ibsen, *The Complete Major Prose Plays*, translated and introduced by Rolf Fjelde, New York, 1978, p.216. [译注] 中文译文见易卜生著，潘家洵译：《群鬼》，《易卜生全集》第五卷，人民文学出版社，1995年，第228页。

全不同的理由……

这就是灰色地带的样子：沉默寡言，背信弃义，造谣中伤，疏忽大意，半真半假……据我所知，没有一个术语可以总括这些行为；鉴于我对作为布尔乔亚价值的关键词的倚重，首先我感到这颇令人沮丧。然而，关于这个灰色地带，我们有这个事物，但没有这个词语。真的，我们**确实**有这个事物：资本发展的方式之一就是随时侵入新的生活领域——甚或就像在金融的平行宇宙里那样，**创造**生活领域——在那里，法律必然还不完备，行为极有可能变得模棱两可。模棱两可：并非非法，但也并不是很正当。想想几年以前（在这个问题上，或者就想想今天）：对银行来说，有反常的风险对资产的比率是非法的吗？不是。是"正当"的吗——在该词的任何一个想得到的意义上？也不是。或者想想安然公司（Enron）：在走向破产的那几个月里，由于清楚地了解实情，肯尼斯·雷（Kenneth Lay）[1]以非常夸张的价值抛售了股票。在这个案件的刑事部分，政府并没有控告他；在这个案件的民事部分，政府控告了，因为举证的标准相对较低。[2]同一个行为，**既被**起诉，又**不被**起诉：在它的光与影的嬉戏中，这一行为几乎接近巴洛克艺术，但又具有典范性

---

1 [译注] 安然公司的创始人，当时的首席运营官。
2 参见Kurt Eichenwald（库尔特·埃欣瓦尔德），"Ex-Chief of Enron Pleads Not Guilty to 11 Felony Counts"（《安然前首席运营官面对11条重罪罪状辩称无罪》），*New York Times*（《纽约时代周刊》），9 July 2004。

效应——法律本身，承认这个灰色地带的存在。人们做某件事情，因为并没有针对它的明确规范；但人们也没有感到正当，对被追究责任的恐惧挑唆出对真相的无尽遮掩。关于灰色的灰色：暧昧可疑的行为，包裹在模棱两可的措辞之中。一位检察官几年以前解释说，初始的"实质行为或许是有些含混的，但妨碍行为却可能是清楚的"。[1]第一步可能永远都是不可判定的，但紧随其后的东西——"谎言"，易卜生将这样称呼它——那一切，却是无可置疑的。

初始的行为可能是两歧的……在灰色地带，事情就是这样开始的，一个计划之外的机会兀自出现：一场偶然的大火；一个突然从画面中被驱逐的伙伴；匿名的流言；对手已经丢失但又在错误的场所和时间现身的文件。意外。但意外如此频繁地发生，并带有如此长远的后果，以至于它们变成了隐秘的生存基础。初始事件通常都是不可重复的，谎言则延续好几年，甚或数十年；它变成了"生活"。可能这就是这里没有关键词的原因：就像某些银行太大而不能破产，灰色地带太普遍而无法被承认；至多，给它一连串的隐喻——"金融化的迷雾""不透明的数据""暗池交易""影子银行"——反复申述着这份灰，却并没有真正说明灰是什么。之所以会出现这种半盲的状况，是因为灰色地带将一束太过暗淡的阴影投射在了一个价值之上，面对

---

[1] Jonathan Glater "On Wall Street Today, a Break from the Past", *New York Times*, 9 July 2004.

这个世界，布尔乔亚什就是用这个价值为自身辩护：诚实。诚实之于这个阶级，就像在过去光荣之于贵族；从词源学上说，诚实甚至源出于光荣——而事实上，在它们之间有一个历史的**连字符**（*trait d'union*），它就在女性的"贞洁"（"chasty"，它同时既是光荣也是诚实）之中，而"贞洁"在18世纪的戏剧中居于如此中心的位置。诚实把布尔乔亚什同其他阶级区分了开来：商人的这个词语，珍贵如金；透明（"我可以把我的书拿给任何人看"）；道德（在托马斯·曼看来，破产是"耻辱，是比死更糟糕的不名誉之事"）。即使是麦克洛斯基（McCloskey）长达600页的讨论"**布尔乔亚美德**"的狂文——它把这些美德分别归入布尔乔亚什的勇气、节制、审慎、正义、信仰、希望、爱……即使在那里，论证的核心仍然同诚实相关。根据这一理论，诚实就是**这个**布尔乔亚的价值，因为它完全适合资本主义：市场交易需要信任，诚实提供了信任，市场则对信任做出了回报。诚实**发挥着作用**。麦克洛斯基总结道："由于行恶，我们工作不佳；通过行善，我们表现良好。"

由于行恶，我们工作不佳……这是真的，不过它既不在易卜生戏剧的内部，又没有超出易卜生戏剧的范围。在下文，他的同时代人，一位德国银行家，描写了金融资本那些"难以识破的诡计"：

> 银行业受到一种异乎寻常的、非常灵活的道德的支配。

它的某些种类的操作，没有哪位善良的**市民**会凭着良知接受……而这些人却赞许它们是聪明的举措，是才智的证据。这两种道德之间的矛盾是完全不可调和的。[1]

诡计、操作、无良知、灵活的道德……灰色地带。在它的内部，是"两种道德之间的不可调和的矛盾"：这些词语几乎是在逐字重复黑格尔关于悲剧的观念。而易卜生是一个剧作家。这就是吸引着他走向灰色地带的东西吗？是这个由诚实的**市民**与腹黑的银行家的冲突所产生的戏剧的潜能？

二、"征象与征象相反"

幕布升起，世界是坚固可靠的：几个房间，全都摆满了扶手椅、书架、钢琴、沙发、书桌、火炉；人们平静地、小心地走动，用低低的声音交谈……坚固可靠的。老派的布尔乔亚价值：防备着幸运女神变化无常特性的船锚，这位女神，站在她的转轮与波涛之上是如此动荡不定，蒙着双眼，风吹动着衣衫……看看易卜

---

[1] 理查德·梯利（Richard Tilly）在《19世纪德国与英国的道德标准与商业行为》（"Moral Standards and Business Behavior in Nineteenth-Century Germany and Britain"）中引用了这段话，见 Kocka and Mitchell, *Bourgeois Society in Nineteenth-Century Europe*, pp.190–191。

生时代银行的建筑：廊柱、金塔、楼厅、球面、雕像。庄严。然后行动展开，没有稳定与安全的交易，没有听起来不空洞的言词。人们焦虑。恶心。垂死挣扎。这是欧洲资本主义的第一次总危机：1873—1896年间长期的经济萧条，易卜生的12部剧作（1877—1899）几乎就像是对它的逐年的追踪。

这场危机揭示了布尔乔亚世纪的受害者："失败者"（*I Vinti*: "the defeated"），这是维尔加在[易卜生的]《社会支柱》发表的第二年，给自己计划中的系列小说的命名，《杰苏阿多工匠老爷》是这个系列的第二部（结果却成了最后一部）。《玩偶之家》中的柯洛克斯泰，《野鸭》中的老埃克达尔和他的儿子，《索尔尼斯》中的布罗维克和他的儿子，《约翰·盖博吕尔·博克曼》中的佛尔达尔和他的女儿及博克曼和他的儿子。埃克达尔和儿子，布罗维克和儿子……在这个自然主义的四分之一世纪里，失败就像梅毒，从这一代流传到下一代。对易卜生笔下的失败者来说，不存在救赎：是的，他们就是资本主义的受害者，而且还是类属于**布尔乔亚**的受害者，他们与压迫他们的人一样，完全是用同一种黏土造成的。一旦这场斗争结束，输了的人就会被毁掉他的人雇用过去，变为可笑的穿着彩色衣服的丑角，既是食客，又是工人、知己、谄媚者……一个学生曾就《野鸭》发问道："为什么你把我们装进这个所有人都失常的小盒子里？"她是对的，这部作品的确使人艰于呼吸。

不，诚实的布尔乔亚与诈欺性的布尔乔亚之间不可调和的矛盾并不是易卜生的意图所在。在诸多剧作的前史之中,都有某个人**是**欺骗性的,但他的对手通常都更愚蠢,而不是更诚实——不管怎样,他既不诚实,也不再是对手。在《人民公敌》中,唯一的矛盾是善良的市民与腐化的银行家的矛盾;而这部剧作也是易卜生唯一的一部平庸之作(维多利亚人喜爱的就是这种作品)。但总体而言,为布尔乔亚什"清洗"其阴暗的一面并不是易卜生的课题;那是萧伯纳的。[在萧伯纳的《华伦夫人的职业》中] 薇薇·华伦:离开她的母亲,她的男友,她的金钱,她的一切,而后——如最后的舞台说明所指出的——"马上就埋头于她的工作之中"。[1] 在《玩偶之家》的结尾,当娜拉做出同样的举动,她走进黑夜,而不是走向正等待着她的一份美好的白领的工作。

吸引着他走向灰色地带的……不是好的布尔乔亚什与坏的布尔乔亚什之间的冲撞。毫无疑问,也不是受害者的利益。或许,是赢了的人?拿《野鸭》中的老威利来说吧。就像《哈姆莱特》中的克劳狄斯、《唐·卡洛斯》(*Don Carlos*) 中的腓力,他占据了一个相同的结构性的位置:他不是这部剧作的主角(主角是他的儿子格瑞格斯——就像那两部戏的主角是哈姆莱特、卡洛斯),但他无疑是拥有最大权力份额的一个;他控制着舞台上的所有女人;他赢取了人民与他的合谋,甚至赢取了人民对他的爱戴;而他做这一切,没有用强调的

---

[1] [译注] 中文译文见萧伯纳著,潘家洵译:《华伦夫人的职业》,《萧伯纳戏剧集》第一卷,人民文学出版社,1956年,第162页。

语气，而是用一种几近克制的方式。但在他的过去，有某种东西并不是十分正当。多年以前，在"一次不合格的测绘"之后，[1]他的商业伙伴埃克达尔"在国有土地上进行非法砍伐"。[2]埃克达尔身败名裂，威利则幸免于难，而后兴旺发达。像往常一样，初始行为仍然是两歧的：砍伐树木真的是不合格测绘的后果吗？砍伐树木是欺诈吗？埃克达尔是独自一人行动的吗？威利知道吗——他甚至如格瑞格斯所表明的，"设计陷害"[3]埃克达尔吗？这部剧作并没有说。威利说："可是事实摆在眼前，[埃克达尔]被判有罪，而我被判无罪。"[4]是的，他的儿

---

1 莎拉·艾里逊向我解释说，这个"不合格的测绘"本身就是一个**非常灰色的区域**："uefterrettelig"这个词语，在布吕尼尔森（Brynildsen）的《挪威语-英语词典》（Norsk-Engelsk Ordbog, Kristiania 1917）中被解释为"虚假的、错误的"（false, mistaken）；在米歇尔·迈耶（Michael Meyer）为该剧所做的译本（Methuen, 1980）中被译为"误导的"（misleading）；在克里斯托弗·汉普顿（Christopher Hampton）的译本（London 1980）中被译为"不准确的"（inaccurate）；在都尼亚·B. 克里斯蒂安尼（Dounia B. Christiani）的译本中被译为"诈欺性的"（fraudulent）；在布莱恩·约翰斯顿（Brian Johnston）的译本（Lyme, NH, 1996）中被译为"极度虚假的"（disastrously false）；在斯蒂芬·马尔林（Stephen Mulrine）的译本（London 2006）中则被译为"歪曲的"（crooked）。"uefterrettelig"的词源——一个表否定的前缀"u"+"efter"（"after"）+"rettel"（"right"）+一个指示改变为形容词的后缀"ig"——表明，某个不可能被依赖、不再被认为将会正确的事或人似乎正是这样一个词语的最好的（但又是偏颇的）对应物——在这个词语中，一种客观上的不可信任性既不包含但也没有排除主观上提供虚假信息的意图。

2 Ibsen, *Complete Major Prose Plays*, p.405. [译注] 中文译文见易卜生著，潘家洵译：《野鸭》，《易卜生文集》第6卷，第20页。

3 Ibid., p.449. [译注] 中文译文见易卜生著，潘家洵译：《野鸭》，《易卜生文集》第六卷，第74页。

4 Ibid., p.405. [译注] 中文译文见易卜生著，潘家洵译：《野鸭》，《易卜生文集》第六卷，第20页。

子回答："我知道法院没有发现证据。"而威利宣称："无罪就是无罪。"

有一种关于同语反复的"神话学"，为罗兰·巴特在《拉辛就是拉辛》（"Racine is Racine"）一文中所创建，分析了它所包含的傲慢态度：巴特写道，这种修辞"抵制思想"，就像"狗的主人牵拉着拴狗的皮带"。[1]牵拉拴狗的皮带确实属于威利的风格，但在这里，重点并不在此；无罪就是无罪，也就是说，审判的结果是一个合乎法律的行为——而合法律性并**不是**格瑞格斯所要求的伦理正义（ethical justice）：合法律性是一个形式的概念，而不是一个实质的概念。威利接受了这两个领域之间的不一致，易卜生同样如此：如我们所看到的那样，在他的大部分剧作中，将非道德性与合法律性结合起来正是布尔乔亚成功的前提。[对于这种不一致] 其他作家的反应则与此不同。以布尔乔亚英国的杰作为例。在《米德尔马契》中，银行家布尔斯特罗德是从欺骗一对母子的遗产来开始其职业生涯的。[这是] 一个身处灰色地带的银行家——并且还是一个虔诚的**基督徒**银行家：[这是] 一场属于布尔乔亚两歧性的胜利，而由于艾略特对自由间接文体的使用，这种两歧性变得甚至更为明显，这使得要找到一个立足点来批评布尔斯特罗德已几乎不可能：

---

1 ［译注］中文译文见罗兰·巴特著，屠友祥译：《神话修辞术》，上海人民出版社，2016年，第76页。

为了利益出卖灵魂吗？但是谁能划出一条界线，指明人道的交易应从哪里开始？难道这不可能正是上帝拯救他的选民的途径吗？……在运用金钱和地位方面，谁能比他所做的打算更好？在自我嫌恶和颂扬上帝的事业方面，谁能比他更高？[1]

一场属于两歧性的胜利——艾略特曾经就在这里停下来了。但她不能停下来。卑劣的骗子拉弗尔斯知道[布尔斯特罗德]旧时的故事，而经由一系列的巧合，这个"往事的化身"，[2]在艾略特精彩的易卜生式的表述中，既找出了布尔斯特罗德也找出了那个孩子的准确位置。就在拉弗尔斯住在布尔斯特罗德的庄园里准备要敲诈他的时候，拉弗尔斯病倒了；布尔斯特罗德找来了医生，接受了他的嘱咐，并按照这些嘱咐去做；然而，后来，他允许管家无视这些嘱咐。他并没有提议这样做，他只是听凭它发生——于是拉弗尔斯死了。叙述者说："至于[布尔斯特罗德]做过什么加快了那个人的灵魂的离开，那是无法证明的。"[3]"无法证明"："没有发现证据"。但我们不需要证据。我们已经**看到**布尔斯特罗德默许了过失杀人的罪行。灰色已经变

---

[1] Eliot, *Middlemarch*, pp.616, 619. [译注] 中文译文见乔治·艾略特著，项星耀译：《米德尔马契》，第730、733页。

[2] Ibid., p.523. [译注] 中文译文见乔治·艾略特著，项星耀译：《米德尔马契》，第622页。

[3] Ibid., p.717. [译注] 同上，第845页。

成了黑色：不诚实,已经被迫去杀人。"被迫"：因为这是如此悖于情理的一个叙事的串联,很难相信,一个像艾略特这样在智识上对因果律持深切敬意的人居然写出这样的情节。

但她就这样写了；当一个伟大的小说家如此公开地违反自己的原则的时候,通常这是某件重要的事情陷入危急的时候。可能,就是这个：非正义的观念被保护在合法律性的外衣之下——有罪的、富有的布尔斯特罗德,丝毫未受到他早年行为的影响——对于艾略特来说,这是她所在社会的一个太过惨淡的景象。请注意,这就**是**资本主义运行的方式：剥夺与征服,被改写为"改善"与"文明"("在运用金钱和地位方面,谁能……更好")。过去的强权,变成了现在的公理/正当 (right)。但维多利亚时代的文化,即便在它最好的情形下——在伍尔夫说《米德尔马契》"属于屈指可数的几部为成年人所写的英国小说之列"的时候[1]——不可能接受这样一种观念：世界由**完全合法的非正义**所支配。这种矛盾是难以忍受的：合法性(lawfulness) 必须变成正义的,或者非正义必须变成犯法的,不管以哪种方式,形式与实质必须被结合起来。如果资本主义不能够一直保持在道德上是善的,那么它至少必须保持在道德上一直都是**易辨识**的。

对易卜生来说却不是这样。在《社会支柱》中有一条线索

---

[1] [译注] 中文译文见弗吉尼亚·伍尔夫著,刘炳善译：《普通读者》,北京十月文艺出版社,2005年,第136页。

在[《米德尔马契》的]那个方向上,当时,博尼克让他的"往事的化身"登上了一条他知道将会沉没的船,就像布尔斯特罗德让他的管家去照看他的"往事的化身"。不过易卜生改动了结尾,决不再做类似的事情。他能看出布尔乔亚的两歧性,而不必去解决这个两歧性。就像《海上夫人》(The Lady from the Sea, 1888)中的那些人所说的,"征象与征象相反":道德征象说的是一回事,而法律征象说的则是另一回事。[1]

征象与征象相反。但是,正如易卜生笔下的受害者与其压迫者之间并没有真正的矛盾,所以这个"相反"所标示的并不是一种通常戏剧意义上的对立。它更像是一个悖论:合法的/非正义;不公平的合法律性(unfair/legality)——形容词顶着名词发出刺耳的声音,就像是粉笔刮过黑板。极度地不舒适,但没有采取行动。此前我曾经问,是什么吸引着他走向灰色地带……就是这个:它清清楚楚地揭示了**布尔乔亚生活无法解决的失调**。失调,而不是冲突。[失调]尖锐刺耳,令人不安——[易卜生《海达·高布乐》中的]海达和她的那些手枪——这恰恰是因为没有别的选择。一位关于失调的伟大理论家写道,

---

[1] [译注] 中文译文见易卜生著,潘家洵译:《海上女人》,《易卜生文集》第六卷,第300页。"Sign"是一个多义词,有"符号""迹象""标志"等的意思。在医学上一般翻译为"体征"或"病征",尤其在与"symptom"连用的时候("sign and symptom":体征与症状)。易卜生的这部剧作用的是它的医学含义,潘家洵将这句"signs against signs"翻译为"她的症状可以从两方面解释"。莫莱蒂在此有意借用它的多义性,在一句之中,从医学上的"体征"迅速转移到道德与法律上的"迹象""标记"。这里姑且统一翻译为"征象"。

《野鸭》不是要解决布尔乔亚道德的矛盾,而是要阐述这种矛盾的绝对性。[1]易卜生的幽闭恐惧症就来自这里;这个所有人都失常的盒子;用易卜生的伟大的仰慕者之一乔伊斯早期的一个隐喻来说,这种麻痹状态。对于后1848秩序的其他几位死敌——波德莱尔、福楼拜、马奈、马查多、马勒——来说,这是同一座监狱。他们所做的一切,是对布尔乔亚生活的批判;而他们所看到的一切,是布尔乔亚的生活。**伪善的读者——我的同类——我的兄弟!**(*Hypocrite lecteur — mon semblable — mon frère!*)[2]

三、布尔乔亚散文,资本主义诗歌

到目前为止,我所谈论的都是易卜生笔下的角色在剧中"做"什么。现在我将转向他们怎么说话,尤其是,他们怎么使用隐喻。(毕竟,这个系列的前五个标题——《社会支柱》《玩偶之家》《群鬼》《人民公敌》《野鸭》——都是隐喻。)拿《社会支柱》来说吧。支柱:博尼克和他的同伴:经过一场为意识形态

---

1 Theodor W. Adorno, *Problems of Moral Philosophy*, Palo Alto, CA, 2001(1963), p.161. [译注] 中文译文见西奥多·阿多诺著,谢地坤、王彤译:《道德哲学的问题》,上海人民出版社,2007年,第182页。这是阿多诺引用保罗·施伦特尔(Paul Schlenther) 的话。
2 [译注] 中文译文见波德莱尔著,钱春琦译:《致读者》,《恶之花》,人民文学出版社,1986年,第5页。

所独有的这种语义大转折之后,这个隐喻将这些剥削者变成了施恩者。然后第二个词义就出现了:支柱就是(虚假的)"道德威望",[1]它过去曾使博尼克免于破产,现在他再次需要它来庇护自己的投资。再然后,在这部剧作的最后几行,又有两次转变发生:博尼克说,"我学会的另一件事"就是"你们女人是社会的支柱"。楼纳回答:"不,亲爱的——真理的精神和自由的精神——**那些**才是社会的支柱。"[2]

一个词语;四个不同的词义。这里,隐喻是灵活的:它就像一个预先存在的语义沉淀物,诸角色可以使之服从他们不同的目标。在别处,它是一个更具威胁性的符号,指称着一个拒绝消亡的世界:

牧师,我几乎都以为我们——我们所有人都**是**鬼。不仅是我们从父母那里继承过来的东西,还包括各种各样陈旧僵死的信条、意见和信仰,在我们身上反复不断地出现。它们毫无生气,但照样纠缠不休,而我们无法摆脱。我只要拿起报纸,就似乎能看到鬼在字里行间溜来溜去。它们必定正萦绕着我们整个国家,到处都是鬼……[3]

---

1 Ibsen, *Complete Major Prose Plays*, p.78. [译注] 中文译文见易卜生著,潘家洵译:《社会支柱》,《易卜生文集》第五卷,第72页。
2 Ibid., p.118. [译注] 中文译文见易卜生著,潘家洵译:《社会支柱》,《易卜生文集》第五卷,第112页。
3 Ibid., p.238. [译注] 中文译文见易卜生著,潘家洵译:《群鬼》,《易卜生文集》第五卷,第252—253页。

它们纠缠不休,而我们无法摆脱。易卜生笔下有一个角色却和我们不同:

> 咱们的家不过是一个游戏围栏。在这儿我是你的玩偶妻子,就像在父母家我是爸爸的玩偶女儿。接着孩子们又变成我的玩偶。你陪我玩儿的时候我觉得很有趣,就像我陪他们玩儿的时候他们也觉得很有趣一样。托伐,这就是咱们的婚姻生活。[1]

不过是一个游戏围栏。对娜拉来说,这个隐喻是对真相的揭示。而这个隐喻之所以令人难忘,真正的原因在于,它引发出一种全然不同的文体。"你觉没觉得,"在把舞会服装换成日常衣着之后,她说,"这是我们两人第一次……严肃地交谈?"[2] 严肃;那个伟大的布尔乔亚词语;在这个痛苦的场景中,严肃意味着悲哀,同时也意味着冷静、专心、精确。严肃的娜拉祭出伦理话语的偶像("职责""信任""快乐""婚姻"),以实际行为为背景进行测量。她曾用多年的时间等待一个隐喻成真:"世界上最美妙的事情"(或用另一种译法,"最伟

---

[1] Ibsen, *Complete Major Prose Plays*, p.191. [译注] 中文译文见易卜生著,潘家洵译:《玩偶之家》,《易卜生文集》第五卷,第201页。

[2] Ibid., p.190. [译注] 中文译文见易卜生著,潘家洵译:《玩偶之家》,《易卜生文集》第五卷,第199—200页。

大的奇迹")；现在这个世界用她丈夫的身份逼迫她变得"现实"一些。[1] "托伐，咱们该清清账了。"你这话怎么讲，他回应道；[他一再说] 我不理解你的话，这是什么意思，你这话怎么讲，这是什么话……当然，这不是说他不**理解**她在说什么：而是说在他看来，语言绝不该这样的——严肃。它绝不该是**散文**。

现在，本书的读者知道：散文才是本书唯一的、真正的主人公。本书并非有意这么做，但在试图公正对待布尔乔亚文化的成就的时候，它刚好就发生了。在最广泛的意义上，散文就是**这**——布尔乔亚风格/文体；是在世界中**存在**的方式，而不只是再现世界的方式。首先，散文是分析，[是] 黑格尔所说的"鲜明的确定性、清晰的可理解性"或韦伯所说的"明晰性"。散文不是灵感——这种荒唐无稽的天赋——而是工作：艰苦的、试探性的（"哦，托伐，这个问题不容易说"[2]）、永不可能完美的工作。散文是理性的辩论：娜拉的感情，得到了思想的强化。它是易卜生的自由观念：一种理解隐喻的虚妄而把它们丢弃的文体。一个理解男人而把他丢弃的女人。

在《玩偶之家》的结尾，娜拉对谎言的消除，是布尔乔亚

---

1 Ibsen, *Complete Major Prose Plays*, p.206. [译注] 中文译文见易卜生著，潘家洵译：《玩偶之家》，《易卜生文集》第五卷，第207页。
2 [译注] 中文译文见易卜生著，潘家洵译：《玩偶之家》，《易卜生文集》第五卷，第203页。

文化最伟大的篇章之一：可媲美康德关于启蒙的言词，或密尔(Mill)对自由的论述。然而，不管它如何意义非凡，这一时刻就应该如此短暂。自《野鸭》以降，隐喻倍增——这就是所谓易卜生晚期的"象征主义"——早期阶段的散文就变得难以想象了。而这一次，隐喻不是过去"僵死的教条"，或者一个未经世事的少女的幻想，而是布尔乔亚活性自身的创造。有两个非常相似的段落，分别来自博尼克与博克曼——两个金融企业家，一个位居这一作品系列的开端，一个位居这一作品系列的结尾——它们将说明我的意思。首先看博尼克的这个段落，描述铁路将给经济带来的影响：

> 想一想这将给整个共同体带来多大的提升！只要想想大片大片的森林将得到开发！丰富的矿石的蕴藏将得到开采！一个瀑布连着一个瀑布的那条河流将得到利用！工业发展的可能性是无穷无尽的。[1]

在这里，博尼克很兴奋：句子都是短促的感叹句，两个"想一想"(想一想多大的提升，想一想森林)试图唤起他的听众的想象，而那些复数名词(大片、蕴藏、瀑布、可能性)将倍增的结果展现在我们眼前。这是一个充满激情的段落——但完全都

---

[1] Ibsen, *Complete Major Prose Plays*, p.32.［译注］中文译文见易卜生著，潘家洵译：《社会支柱》，《易卜生文集》第五卷，第26页。

是描写性的。再来看看博克曼：

> 你看见**那边**那些山脉没有……那就是我心中疆域无限、取用不竭的王国！……风打在我身上，就像生命的呼吸。它来到我近前，就像被俘的精灵的致意。我能感受到它们，这埋藏在下的百万财富。我触摸到了金属的矿脉，它们向我伸出弯曲的、分岔的、诱人的手臂。那一夜，我手拿提灯站在银行保险库里——我看见它们在我面前就像鲜活的影子。你们想要你们的自由——而我已在尽力给你们自由。然而我缺少足够的力量。你们这些宝藏又陷落到地下的深处。(他伸开两手)但现在夜深人静，我要悄悄告诉你们：我爱你们，你们无意识地躺在深渊与黑暗之中。我爱你们，你们这些财富在竭力寻求降生——寻求带着你们所有的权力与荣耀的闪闪光环一同降生！我爱你们，我爱你们，我爱你们！[1]

博尼克的世界，是一个森林、矿山与瀑布的世界；博克曼的世界，是一个精灵、影子与爱的世界。资本主义被去物质化了："矿石的蕴藏"已变为王国、呼吸、生命、光环、降生、荣耀……散文充斥着比喻：被俘精灵的致意、诱人的金属矿脉、陷落到

---

[1] Ibsen, *Complete Major Prose Plays*, p.1021. [译注] 中文译文见易卜生著，潘家洵译：《约翰·盖博吕尔·博克曼》，《易卜生文集》第七卷，第259—260页。

深处的宝藏、竭力寻求降生的财富……隐喻——这是整个系列里最长的一条隐喻链——不再解释世界；就像为建筑师索尔尼斯照清道路的夜火，它们抹去了世界然后又重塑了世界。创造性毁灭：灰色地带，变成了引诱性的地带。桑巴特写道，"把黄金世界的迷人图景召唤至读者的眼前——这种属于诗人的才能——隐喻式的才能"是企业家的典型特征，"带着他能够承受的一切激情的强度，他自己梦着这个梦：他的事业能取得最后的成功"。[1]

他梦着这个梦……梦不是谎言，但也不是真实。一位研究投机的历史学家写道，投机"仍然保留了一些最初的哲学含义，也就是在没有可靠事实依据的情况下反思或推理"。[2]博克曼的言谈带着原本为［英国］南海公司（South Sea Company）（现代资本主义最初的泡沫之一）[3]的董事所特有的那种"先知的风格"；带着浮士德濒临死亡之际的那种巨大——又盲目——的幻象；带着"黄金时代不在人类的过去，而在人类的未来"这一

---

[1] Sombart, *The Quintessence of Capitalism*, pp.91-92.人们不可能看不到桑巴特言词中的情欲的潜流，因为正是在浮士德这个歌德笔下最具有毁灭性——也最具创造性——的引诱者身上，桑巴特看到了"企业家的经典类型"。在易卜生那里，企业家的隐喻式的愿景同样有一种情欲的成分，如索尔尼斯同希尔达（Hilda）之间带着歇斯底里意味的贞洁的奸情，或博克曼被压抑的对其妻妹的爱。

[2] Edward Chancellor, *Devil Take the Hindmost: A History of Financial Speculation*, New York 1999, p.xii. ［译注］中文译文见爱德华·钱塞勒著，姜文波译：《金融投机史》，机械工业出版社，2013年版，第Ⅵ页。

[3] Ibid., p.74. ［译注］中文译文见爱德华·钱塞勒著，姜文波译：《金融投机史》，第53页。

信仰,而在[经济史家]格申克龙(Gerschenkron)看来,这一信仰正是经济腾飞所需要的"强大的机器":

> 你能看见海峡里的那些巨大的轮船所冒出的烟吗?不能?我能。……听见了吗?顺河而下,工厂在轰鸣。**我的工厂!**所有那些,原本都是我想创建的工厂!你能听见它们是怎样运转的吗?是日夜轮班。无论白天还是夜晚,它们都在工作。[1]

184 幻想的,专制的,毁灭的;**自我**毁灭的:这就是易卜生笔下的企业家。就像[瓦格纳]《[尼伯龙根的]指环》里的阿尔贝里希,博克曼为了金钱而摈弃爱;为了金钱而被监禁;他将自己拘禁在家中八年;在幻象带来的狂喜中,长驱直入于冰雪之中而最终无可避免地死去。对于晚期的易卜生来说,企业家之所以如此重要,原因就在于此:他将狂妄带回到世界之中——因此而招致了悲剧。他是现代的僭主:在1620年,《约翰·盖博吕尔·博克曼》原本题作"银行家的悲剧"(*The Banker's Tregedy*)。对这一事态来说,索尔尼斯的晕眩是其最好的标记:为了在王国的始创者所要求的致命的勇敢中保存自己,他的身体做着绝望的努力。但他的灵魂又是强大的:他**将会**爬到他刚

---

[1] Ibsen, *Complete Major Prose Plays*, p.1020. [译注]中文译文见易卜生著,潘家洵译:《约翰·盖博吕尔·博克曼》,《易卜生文集》第七卷,第259页。

刚建好的房屋的顶端，挑战上帝——"听我说，万能的……从现在开始，我将只建造这个世界上最美的东西"[1]——向下面的人群挥手致意……然后跳下。这种不可思议的自我献祭的行为正是我最后的问题的前奏：那么，易卜生对欧洲布尔乔亚什做出了怎样的裁决？这个阶级将什么带进了这个世界？

答案存在于比19世纪80年代和90年代更宽广的一段历史弧线里；而19世纪伟大的工业变革，就位居于这段弧线的中心。在此之前，就像在[康德]那篇给腓特烈大帝的著名答复中所说的那样，布尔乔亚所渴求的是不被干涉；至多，是被认可与接受。如果说有什么区别的话，在抱负问题上，他太过于谦逊，太过于狭隘，如鲁滨孙·克鲁索的父亲，或威廉·麦斯特的父亲。他的志向就是"舒适"：这个介于工作与休息之间的几近医疗的概念，作为单纯的福乐状态的快感。这个早期的布尔乔亚，陷于永无休止的斗争，抵制幸运女神的变幻无常，他是有秩序的，是小心的，怀着第一代布登勃洛克的那种"几近宗教般的对事实的尊重"。他是一个讲究细节的人。他是资本主义历史的散文。

在工业化之后，虽然比我们惯常认为的更加缓慢——但在年代学的意义上，易卜生的所有作品都堕入亚诺·迈耶（Arno Mayer）所说的"旧制度的持存"——布尔乔亚什成为统治阶

---

[1] Ibsen, *Complete Major Prose Plays*, p.856. [译注] 中文译文见易卜生著，潘家洵译：《建筑师》，《易卜生文集》第七卷，第92页。

级;一个掌握着庞大的工业手段的阶级。现实主义的布尔乔亚,被创造性的毁灭者取代;分析性的散文,则为世界变革的隐喻所驱逐。与长篇小说相比,戏剧更好地捕捉了这个新阶段,在那里,时间之轴从对过去的冷静记录——《鲁滨孙》与《麦斯特》的复式簿记——转换为对未来的大胆塑形,后者正是戏剧对话的典型特征。在《浮士德》中,在《[尼伯龙根的]指环》中,在晚期易卜生的作品中,角色们都在"推测/投机"("speculate"),远眺着即将到来的时间。细节被削弱于想象;现实之物则见绌于可能之物。这是资本主义发展的**诗歌**。

可见之物的诗歌……此前我曾说过,布尔乔亚的伟大美德是诚实;但诚实是回溯性的:如果你在过去没有做任何错误的事情,你就是诚实的。在将来时态中你则不可能是诚实的——而将来时态是企业家的时态。对于五年之后的油价,或这一方面的其他事情,一个"诚实的"预测是什么?即使你**渴求**诚实,你都不可能诚实,因为诚实需要确凿的事实,而这正是"推测"(speculating)——即便是在它最中性的意义上——所缺少的。例如,在安然公司的故事中,迈向巨大骗局的一大步是采取所谓的逐日盯市会计方法(mark-to-market accounting):把仍还存在于未来(有时,是未来的若干年)的收益当作现存收益来入账。美国证券交易委员会(Securities and Exchange Commission)批准这种资产价值"投机"的当日,[安然首席执行官]杰夫·斯基林(Jeff

Skilling)把香槟带到了办公室：作为"职业怀疑态度"的会计学，作为其古典的定义包含着"职业怀疑态度"的会计学——这种怀疑态度听起来非常像是现实主义诗学——结束了。现在，会计学是愿景。"它不是一份差事——而是一项使命……我们正在做的是上帝的工作。"[1]这是遭到起诉之后的斯基林。[这是]博克曼：他再也不能够区分猜测、欲望、梦想、幻觉与纯粹的欺骗之间的差异。

布尔乔亚什给这个世界带来了什么？是这样一种错乱的分歧：一面是更为合理的社会统治，一面是愈加**不**合理的社会统治。韦伯与熊彼特提出了令人难忘的两种理想型——一个在工业化之前，一个在工业化之后。由于来自一个资本主义到来较迟，又几乎没有遇到什么障碍的国家，易卜生有机会——并有天赋——将几个世纪的历史压缩为不过20年的长度。一个现实主义的布尔乔亚占据着他早期的剧作：[《社会支柱》中的]楼纳，[《玩偶之家》中的]娜拉，或许还有《群鬼》中的吕嘉纳。这个现实主义者是一个女人：这是一个对其时代（《黑暗的心》："真奇怪，女人们距离真理竟是那么遥远。"[2]）来说古怪的选择。这也是一个本着密尔《妇女的屈从地位》(*Subjection of*

1　Bethany McLean and Peter Elkind，*The Smartest Guys in the Room: The Amazing Rise and Scandalous Fall of Enron*，London, 2003, p.xxv.
2　[译注] 中文译文见康拉德著，智量译：《黑暗的心》，《康拉德小说选》，第497页。

Women)[1]的精神所做出的激进的选择。但这样也是对于布尔乔亚"现实主义"作用域的深刻的悲观：这种"现实主义"——作为核心家庭及其谎言的溶解剂——在私密领域是可想象的，但在广大社会中是不可想象的。在《玩偶之家》的结尾，娜拉的散文回荡着沃斯通克拉夫特（Wollstonecraft）、富勒（Fuller）与马提诺（Martineau）的书写；[2]但他们的公共论辩现在被锁闭在一间起居室里［在褒曼（Bergman）所做的著名演出中，则是一间卧室］。多么悖论的一件事情，这部剧作震惊了欧洲公共领域，但实际上它并**不信任**公共领域。于是，一旦出现了创造性毁灭，娜拉们没有哪一位能够留存下来，去对抗博克曼与索尔尼斯的毁灭性隐喻；相反：［《建筑师》中的］希尔达诱使**"我的建筑师"**[3]产生了自杀的幻觉。现实主义越是不可缺少，它就变得越是不可思议。

记住这位德国银行家，在他身上有一种"不可调和的矛盾"：一面是良善的**市民**，一面是寡廉鲜耻的金融家。易卜生当然知道这二者之间的差异：他是一个剧作家，他在寻找一种客

---

1 ［译注］中文译文见约翰·斯图加特·密尔（旧译穆勒）著，汪溪、汪溪译：《妇女的屈从地位》，载于玛丽·沃斯通克拉夫特与约翰·斯图加特·密尔合著，汪溪、汪溪译：《女权辩护 妇女的屈从地位》，商务印书馆，1995年。
2 娜拉（Nora）言语的诸个来源，已得到琼·坦普尔顿（Joan Templeton）的鉴证；见Alisa Solomon（艾丽莎·所罗门），*Re-Dressing the Canon: Essays on Theater and Gender*（《重修正典：论戏剧与性别》），London/New York，第50页。
3 Ibsen, *Complete Major Prose Plays*, p.29. ［译注］中文译文见易卜生著，潘家洵译：《建筑师》，《易卜生文集》第七卷，第96页。

观的冲突来作为他的作品的基础。[他]为什么不运用这种内在于布尔乔亚的矛盾呢？如果这样做，可能确实会有很丰富的意义；这丰富的意义会让易卜生成为萧伯纳而不再是易卜生。但易卜生做了他所做的，因为那两种布尔乔亚形象之间的差异也许是"不可调和的"，但真正说来并不是**矛盾**：良善的**市民**将永远不会拥有抵挡创造性毁灭者的力量，不会拥有与创造性毁灭者的意志相对抗的力量。面对资本主义的自大，承认布尔乔亚现实主义的无能：正是在这里存在着易卜生留给今日世界的持久不衰的训谕。

索 引

索引页码皆为原书页码,即本书的页边码。粗体数字表示插图编号。

Adam Bede (Eliot)《亚当·比德》(爱略特),69—70nl

Adjectives in English (Bolinger)《英语中的形容词》(鲍林格),127—128n52

Adorno, Theodor W. 西奥多·W. 阿多诺,179nl3

Aesthetics (Hegel)《美学》(黑格尔),38n40,62nl05,74n9,127,127n51

Age of Empire (Hobsbawm)《帝国的年代》(霍布斯鲍姆),2,3n8

Age of Equipoise, The (Burn)《均衡时代》(伯恩),115nl7

Aitken, George A. 乔治·A. 埃特金,64nl08

Albert Memorial 阿尔伯特纪念碑,114—115

Allison, Sarah 莎拉·艾里逊,176n6

Alpers, Svetlana 斯维特拉娜·阿尔珀斯,67,69

Althusser, Louis 路易·阿尔都塞,124

Anatomy of Criticism (Frye)《批评的解剖》(弗莱),53,54n83

Anderson, Perry 佩里·安德森,2—3,12n25,21,23,115

Anderson Counseling 安达信会计师事务所,31n25

Andromeda (Poynter)《安德洛墨达》(波因特),108

Angus, Ian 伊恩·安格斯,144n93

Anti-Intellectualism in American Life (Hofstadter)《美国生活中的反智主义》(霍夫施塔特),137n68

Antinomies of Realism, The (Jameson)《现实主义的二律悖反》(杰姆逊),164n64

"The Antinomies of Antonio Gramsci" (Anderson)《安东尼奥·葛兰西的二律悖反》(安德森),2,21n45,49n75

Appleby, Joyce 乔伊斯·阿普尔比,29n18

Arabian Nights, The《天方夜谭》,28n14

Arendt, Hannah 汉娜·阿伦特,20n43

Arnold, Matthew 马修·阿诺德,138,141–143,143n90

Arnold, Thomas 托马斯·阿诺德,138

Around the World in 80 Days (Verne)《八十天环游世界》(凡尔纳),82

Arrighi, Giovanni 杰奥瓦尼·阿瑞基,26n7

Art of Describing, The (Alpers)《描写的艺术》(阿尔珀斯),67

"The Art of Portraiture and the Florentine Bourgeoisie" (Warburg)《肖像画艺术与佛罗伦萨的布尔乔亚》(瓦尔堡),5n13

Asor Rosa, Alberto 阿尔贝托·亚索·罗萨,17n35

Athenaeum (journal)《雅典娜神殿》(杂志),84

Atlas of the European Novel (Moretti)《欧洲小说地图》(莫莱蒂),22

Auerbach, Erich 埃里希·奥尔巴赫

 on Balzac 论巴尔扎克,91–93,98n57,155

 on bourgeois in seventeenth-century France 论17世纪布尔乔亚,163

 on Flaubert 论福楼拜,98n57

 on Russian novel characters 论俄罗斯长篇小说特征,168,168n78

 and "serious everyday" 与"严肃的日常生活",71n4,77,77n11,79,167

 on Stendhal 论司汤达,98n57

Austen, Jane 简·奥斯丁,71,80,94–97,96n50–51

Autour de "Bouvard et Pécuchet" (Descharmes)《〈布瓦尔和佩库歇〉的四周》(德沙尔姆),100n60

Le avventure di Robinson Crusoe (Sertoli)《鲁滨孙历险记》(塞尔托利),33n29

Bacon, Francis 弗朗西斯·培根,88

Bagehot, Walter 沃尔特·白芝浩,62n104,81–82,82n21,137,137n71

Bakhtin, Mikhail 米哈伊尔·巴赫金,167

Bally, Charles 夏尔·巴利, 97

Balzac, Honoré de 奥诺雷·德·巴尔扎克, 76, 80, 91–94, 98n57, 145, 155

Barthes, Roland 罗兰·巴特, 63, 70–72, 71n3, 77, 176

Basic Concepts of Poetics (Staiger)《诗学的基本概念》(施塔格尔), 63

Baudelaire, Charles 夏尔·波德莱尔, 73, 179

"*Begriffgeschichte* and Social History" (Koselleck)《概念史与社会史》(柯塞勒克), 7n16, 18

Bellos, David 大卫·巴洛斯, 127–128n52

Bentham, Jeremy 杰里米·边沁 166

Benveniste, Emile 埃米尔·邦弗尼斯特, 8n17, 18

Berg, Maxine 玛克辛·伯格, 50n78

Biber, Douglas 道格拉斯·比伯, 163n61

Birth of a Consumer Society, The (McKendrick)《消费社会的诞生》(麦肯德里克), 49, 49n76

Blanchard, Rae 瑞伊·布兰卡, 29n17

Blumenberg, Hans 汉斯·布鲁门伯格, 56n92, 65

Bolinger, Dwight 德怀特·鲍林格, 127–128n52

Boltanski, Luc 吕克·博尔坦斯基, 115, 115n20, 119

Bourdieu, Pierre 皮埃尔·布迪厄, 57n93

Les bourgeois conquérants (Morazé)《布尔乔亚征服者》(莫拉泽), 45

Bourgeois Experience, The (Gay)《布尔乔亚经验》(盖伊), 4, 134

"Bourgeois(ie) as Concept and Reality" (Wallerstein)《布尔乔亚作为概念与现实》(沃勒斯坦), 1n2, 8rt17

Bourgeois Society in Nineteenth-Century Europe (Kocka and Mitchell, eds)《欧洲19世纪的布尔乔亚社会》(科卡、米切尔编), 80n 16, 159n51, 174n5

Bourgeois Virtues, The (McCloskey)《布尔乔亚美德》(麦克洛斯基), 173

"The Bourgeois Way of Life and Art for Art's Sake" (Lukács)《布尔乔亚生活方式与为艺术而艺术》(卢卡契), 81n17

Bouvard et Pécuchet (Flaubert)《布瓦尔和佩库歇》(福楼拜), 100

Boyle, Robert 罗伯特·波义耳, 64, 64n109

Boym, Svetlana 斯维特兰娜·博伊姆, 167n73

Braudel, Fernand 费尔南德·布罗代尔 48
Brenner, Robert 罗伯特·布伦纳, 27n9
Briggs, Asa 阿萨·布里格斯, 122, 122n40, 135n61
Brontë, Charlotte 夏洛特·勃朗特, 110
Brougham, Henry 亨利·布鲁厄姆, 11n23
Brunner, Otto 奥托·布伦纳, 93n44
Buarque, Sérgio 塞尔吉奥·布瓦尔克, 158
Buddenbrooks (Mann)《布登勃洛克一家》(曼), 17, 79, 184
Bunyan, John 约翰·班扬, 47, 58–61
Burgess, Ernest W. 欧内斯特·W. 伯吉斯, 122n41
Burgher of Delft (painting)《代尔夫特的市民》, 画作, 1
Burke, Peter 彼得·伯克, 61, 61 nl02, 80
Burn, W. L. 伯恩, 115nl7
Bush, George 乔治·布什, 133n59
"A Businessman in Love" (Jameson)《恋爱中的商人》(杰姆逊), 157n40

Caillebotte, Gustave 古斯塔夫·卡耶博特 73
Capital (Marx)《资本论》(马克思), 17
Capitalism, Culture and Decline in Britain 1750–1990 (Rubinstein)《资本主义、文化与英国的衰落 (1750–1990)》(鲁宾斯坦) I44n93
Capitalism, Socialism and Democracy (Schumpeter)《资本主义、社会主义与民主》(熊彼特), 16n31, 2ln44
Capitalism and Material Life (Braudel)《资本主义与物质生活》(布罗代尔), 48n72
Carlyle, Thomas 托马斯·卡莱尔, I6n3l, 116–117, 116n21, 131–132, 136, 136n64
Castle Rackrent (Edgeworth)《拉克伦特堡》(埃奇沃思), 90–91
Chadwyck-Healey database, xi 查德威克-黑利数据库, 9, 131n56
Chancellor, Edward 爱德华·钱塞勒, 183n23
Chiappello, Eve 夏娃·希亚佩罗, 115, 115n20, 119
City, The (Park, Burgess, and McKenzie, eds)《城市》(帕克, 伯吉斯, 麦肯齐), 122n41

Civilizing Process, The (Elias)《文明的进程》(埃利亚斯), 30

Clark, Kenneth 肯尼斯·克拉克, 114, 114nl6, 142

Clark, T. J. T. J. 克拉克, 102-104

Clifford, Helen 海伦·克利福德, 50n78

Cohen, Margaret 玛格丽特·科恩, 27, 28

Cohn, Dorrit 杜丽·科恩, 98n58

Collini, Stefan 斯蒂芬·科里尼, 142n89

Common Places (Boym)《共同之处》(博伊姆), 167n73

Communist Manifesto (Marx and Engels)《共产党宣言》(马克思, 恩格斯) 11, 15, 56, 93, 101-102, 102n2, 112

Complete Major Prose Plays (Ibsen)《约翰·盖博吕尔·博克曼》(易卜生), 179-187

"Complex, Modem, National, and Negative" (Schwarz)《复合的, 现代的, 民族的, 否定的》(施瓦茨) 146n5

Coningsby (Disraeli)《康宁斯比》(迪斯雷利), 113

Conrad, Joseph 约瑟夫·康拉德, 34-35, 41n53, 111-112n8-10, 112

Conrad, Susan 苏珊·康拉德, 163n61

Conservatism (Mannheim)《保守主义》(曼海姆), 92n41

Consumers and Luxury (Berg and Clifford, eds)《消费者与奢侈》(伯格、克利福德编), 50n78

Conze, Werner 维尔纳·孔策, 93n44

Corpus Linguistics (Biber, Conrad, and Reppen, eds)《语料库语言学》(比伯、康拉德、瑞潘编), 163n61

"La cour et la ville" (Auerbach)《宫廷与城市》(奥尔巴赫), 163n62

Craik, Dinah 黛娜·克雷克, 9, 113, 117-118, 117n23, 120, 151

Crime and Punishment (Dostoevsky)《罪与罚》(陀思妥耶夫斯基), 165-168

Culture and Anarchy (Arnold)《文化与无政府状态》(阿诺德), 89, 126, 141-143, 142n87

Culture and Society (Williams)《文化与社会》(威廉斯), 18, 31n24, 124n46

Culture of Capital, The (Wolff and Seed, eds)《资本的文化》(伍尔夫, 锡德), 115, 115n19

Daniel Defoe (Novak) 丹尼尔·笛福,34n31
Darwin, Charles 查尔斯·达尔文,109
Daston, Lorraine 洛林·达斯顿,86,89,89n36
Davidoff, Leonore 利奥诺·大卫杜夫,87
Davis, John H. 约翰·H. 戴维斯,20n41
Decadence (Gorky)《阿尔塔莫诺夫家的事业》(高尔基),153n27
Defoe, Daniel 丹尼尔·笛福
    adventure versus work 冒险对工作,25-26,28-30,33-36,34n31
    Crusoe's work description 对鲁滨孙工作的描写37-39,51-53
    on honesty,论诚实,64,64nl08
    prose style 散文文体,46n65,52-53,56-59,57n94,61,82,85,87-88
    and Weber 韦伯,13,26,39
    work description 工作描写,29-30,30n23,32,32n27
Descharmes, René 勒内·德沙尔姆,100n60
Devils (Dostoevsky)《群魔》(陀思妥耶夫斯基),168n76
Devil Take The Hindmost (Chancellor)《落后者遭殃》(钱塞勒),183n23
de Vries, Jan 扬·德·弗里斯29nl8,49,49n74
Dickens, Charles 查尔斯·狄更斯,22,23n47,73n6,127,151
Diderot, Denis 丹尼斯·狄德罗,72n5
"Disorder and Early Sorrow"(Mann)《颠倒错乱与早年的伤痛》(曼),23
Disraeli, Benjamin 本杰明·迪斯雷利,113
Distinction of Fiction, The (Cohn)《虚构的差别》(科恩),98n58
Doktor Faustus (Mann)《浮士德博士》(曼),85
Dolezel, Lubomir 卢保米尔·多勒泽尔,96n51
Doll, The(Prus)《玩偶》(普鲁斯),13,156-160
Doll's House, A (Ibsen)《玩偶之家》(易卜生),110,171-174,175,181,186
Dombey and Son (Dickens)《董贝父子》(狄更斯),113
Dom Casmurro (Machado)《唐·卡斯穆罗》(马查多),147,148-149
Doña Perfecta (Galdós)《悲翡达夫人》(加尔多斯),112,112nl1
Don Carlos (Verdi)《唐·卡洛斯》(威尔第),175
Dostoevsky, Fyodor 费奥多·陀思妥耶夫斯基,157,165n66,167,167n76

Dual Voice (Pascal)《双重声音》(帕斯卡尔),95n49

Dummett, Michael 迈克尔·达米特,142n85

Dumont, Louis 路易·迪芒,115

Dutch painting 荷兰绘画,61-62,67-70,80

Economy and Society (Weber)《经济与社会》(韦伯),82,89n25

Edgeworth, Maria 玛利亚·埃奇沃思,90-91

Edinburgh Review (journal)《爱丁堡评论》(杂志),131,135-136

Egan, Michael 迈克尔·伊根,1 10n7

Eichenwald, Kurt 库尔特·埃欣瓦德,172n3

1832 Reform Bill《1832年改革法案》,11-12,12n24,114

Elemente der literarischen Rhetorik (Lausberg)《文学修辞学原理》(劳斯贝格),56n90

Elias, Norbert 诺贝特·埃利亚斯,30

Eliot, George 乔治·爱略特,69-72,69nl,78-80,83-84,83-85,177-178

Elkind, Peter 彼得·埃尔金德,185n27

Elster, Jon 乔恩·埃尔斯特,15n29

Embarrassment of Riches, The (Schama)《富人的困窘》(沙玛),6nl4,62nl03

Emile (Rousseau)《爱弥儿》(卢梭),33

Eminent Victorians (Strachey)《维多利亚时代名人传》(斯特拉齐),135n61

Emma (Austen)《爱玛》(奥斯丁),94-95

Empson, William 威廉·燕卜荪,28

Enemy of the People, An (Ibsen)《人民公敌》(易卜生),171,175

Energy of Delusion (Shklovsky)《幻觉的能量》(什克洛夫斯基),167n74

Engels, Friedrich 弗里德里希·恩格斯,101-102

Engels, Manchester, and the Working Class (Marcus)《恩格斯、曼彻斯特与工人阶级》(马尔库斯),133

English Constitution, The (Bagehot)《英国宪法》(白芝浩),62nl04,82n21

English Culture and the Decline of the Industrial Spirit (Wiener)《英国文化与工业精神的衰落》(威纳),114n14

Englishman, The (Blanchard, ed)《英国人》(布兰卡),29nl7

English Questions (Anderson)《英国问题》(安德森), 12n25

Enron 安然公司, 172, 185

"Entrepreneurship in a Latecomer Country" (Kocka)《后发国家的企业家精神》(科卡), 150n20

Entretien sur le fils naturel (Diderot)《关于〈私生子〉的谈话》(狄德罗), 72-73

Entzauberung 祛魅, 22-23, 66, 130-131, 134

Essay on Government (Mill)《论政府》(密尔), 10-11

Essays on Seventeenth-Century French Literature (Bellos, ed)《论17世纪法国文学》(贝罗编) 127-128n52

"An Essay upon Honesty" (Defoe)《论诚实》(笛福), 64n108

Essential Tension, The (Kuhn)《必要的张力》(库恩), 64n109

Etty, William, 威廉·埃蒂, 108

"The European Pattern and the German Case" (Kocka)《欧洲模式与德国状况》(科卡), 80n16, 159n51

Explaining Technical Change (Elster)《解释技术变迁》(埃尔斯特), 15n29

Fable of the Bees, The (Mandeville)《蜜蜂的寓言》(曼德维尔), 47

Family Fortunes (Davidoff and Hall, eds)《家运》(大卫杜夫, 霍尔), 87n33

Fanny (Feydeau)《范妮》(费多), 77

Fanon, Frantz 法农 110

Farther Adventures of Robinson Crusoe (Defoe)《鲁滨孙漂流续记》(笛福), 34n31

Fathers and Sons (Turgenev)《父与子》(屠格涅夫), 166

Faust (Goethe)《浮士德》(歌德), 35n32, 183n22

Feydeau, Ernest-Aime 恩斯特-艾米·费多, 77

Fiorentino, Francesco 弗朗切斯科·费奥伦蒂诺, 162n59

Fjelde, Rolf 罗尔夫·菲耶勒, 169n1

Flaubert, Gustave 古斯塔夫·福楼拜

and everyday 与日常生活 77, 78n12, 86n30, 97-100, 97n55, 179

and moral judgment 与道德判断, 97-100, 97n55, 98n57-58

on "objective' impersonality" 论"形容词的非人人格性", 88-89

Oeuvres《全集》, 97n55

on style 论文体,84,84n27

Les Fleurs du Mai (Baudelaire)《恶之花》(波德莱尔),140

Flores d'Arcais, Paolo 保罗·弗洛雷斯·达凯斯,23

Forster, E. M. 福斯特,47n61

Fortunata y Jacinta (Galdós)《福尔图娜塔和哈辛塔》(加尔多斯),73n8,157

Fortunatus 福图纳特斯,28

Franklin, Benjamin 本杰明·富兰克林,47

From Max Weber (Gerth and Wright Mills, eds)《马克斯·韦伯社会学文集》(格特、赖特·米尔斯),66nll4,84n26

Frye, Northrop 诺思罗普·弗莱,53

Fuller, Margaret 玛格丽特·富勒,186

"The Function of Measurement in Modem Physical Science" (Kuhn)《测量在现代物理科学中的作用》(库恩),64nl09

Futures Past (Koselleck)《过去的未来》(柯塞勒克),7nl6

Galdós, Benito Pérez 本尼托·佩雷兹·加尔多斯,73n8,112,112n11,149,157,160,163

Gallagher, Catherine 凯瑟琳·加拉格尔,121,121n39

Gaskell, Elizabeth 伊丽莎白·盖斯凯尔,17-18,121n37,123n43,124n47

Gay, Peter 彼得·盖伊,4,45n61,134

Genealogy of Morals, The (Nietzsche)《论道德的谱系》(尼采),130,130n54,155

Germanisch-Romanisehe Monatschrift (journal)《日耳曼语-罗曼语月刊》(杂志),97n53

Germinie Lacerteux (Goncourt)《热曼尼·拉瑟顿》(龚古尔),72

Gerth, H. H. 汉斯·格特,66n 114,84n26

Gesammelte politische Schriften (Weber)《政治论文集》(韦伯),1n1

Geschichtliche Grundbegrijfe (Brunner, Conze, Koselleck, eds)《历史学的基本概念》(布伦纳、孔策、柯塞勒克编),93n44

Ghosts (Ibsen)《群鬼》(易卜生),170-171,186

Glater, Jonathan 乔纳森·格拉特,172n4

Goethe, Johann Wolfgang 约翰·沃尔夫冈·歌德,39-41,73-75,96,183n22

"Goethe as a Representative of the Bourgeois Age" (Mann)《歌德——布尔乔亚时代的代表》(曼), 20

Goldberg, Michael K. 米克尔·K. 古德伯格, 132n57

Goncharov, Ivan 伊凡·冈察洛夫, 165n65

Goncourts (brothers) 龚古尔兄弟, 72

Google Books 谷歌图书, xi, 11, 59n96, 131 n56

Gorky, Maxim 马克西姆·高尔基, 153

Gothic Revival, The (Clark)《哥特式的复兴》(克拉克), 114, 114n16, 142

Gramsci, Antonio 安东尼奥·葛兰西, 20, 115, 121, 121n39, 125, 125n48

Graphs, Maps, Trees (Moretti)《表图、地图、树图》(莫莱蒂), 97n52

Greek Slave, The (Powers)《希腊奴隶》(鲍尔斯), 103n4, 108

Groethuysen, Bernard 伯纳德·格罗修森, 6-7, 12, 18, 19

Grundsätze der Realpolitik (von Rochau)《现实政治的原则》(冯·罗豪), 93n44

Guggenheim, Benjamin 本雅明·古根海姆, 19-20

The Guggenheims (Davis)《古根海姆家族》(戴维斯), 20n41

Gustave Flaubert (Thibaudet)《古斯塔夫·福楼拜》(蒂博代), 84n27

Hacking, Ian 伊恩·哈金, 81

Hall, Catherine 凯瑟琳·霍尔, 87

Hamlet (Shakespeare)《哈姆雷特》(莎士比亚), 175

Hard Times (Dickens)《艰难时世》(狄更斯), 112

Harvey, David 戴维·哈尔, 34

Heart of Darkness (Conrad)《黑暗的心》(康拉德), 41-42, 110- 111, 11ln8-10, 186

The Heart of Mid-Lothian (Scott)《中洛辛郡的心脏》(司各特), 76nl0

Hebbel, Christian Friedrich 弗里德里希·黑贝尔 134

Hegel, G. W. F. 黑格尔
    on Enlightenment 论启蒙, 35
    on prose,, 论散文 38, 62, 74, 76, 127, 181
    on tragedy, 论悲剧 174

Helgerson, Richard 理查德·黑格森, 15n30

"The Heroism of Modern Life"(Baudelaire)《现代生活的英雄》(波德莱尔),

73n8

Heuser, Ryan 瑞恩·霍伊泽尔, 128-129

Hirschmann, Albert O. 阿尔伯特·赫希曼, 31-32, 82

"History of Art and Pragmatic History"(Jauss)《艺术史和实用主义历史》(姚斯), 90n37

Hobsbawm, Eric 艾瑞克·霍布斯鲍姆, 2

Hofstadter, Richard 理查德·霍夫施塔特, 137, 137n68

Horkheimer, Max 马克斯·霍克海默 39

Houghton, Walter E. 沃尔特·E. 霍顿, 110n6, 136-137

Houses of Parliament 威斯敏斯特宫, 又称议会大厦, 114, 142

Howards End (Forster)《霍华德庄园》(福斯特), 45n61

Hughes, Thomas 托马斯·休斯, 131, 135n60

Ibsen (Egan)《易卜生》(伊根), 110n7

Ibsen (Fjelde)《易卜生》(菲耶勒), 169nl

Ibsen, Henrik 亨里克·易卜生, 14, 110, 110n7, 168-187

Idea of a University, The (Newman)《大学的理念》(纽曼), 49n73, 137, 142

Ideology of Adventure, The (Nerlich)《冒险意识形态》(内里希), 16n32, 25n3

Imagining the Middle Class (Wahrman)《想象中产阶级》(沃尔曼), 12n24, 143n91

I Malavoglia (Verga)《马拉沃利亚一家》(维尔加), 149-150

Indo-European Language and Society (Benveniste)《印欧语言与社会》(邦弗尼斯特), 8nl7

Industrial Culture and Bourgeois Society (Kocka),《工业文化和布尔乔亚社会》(科卡), 3n7, 10nl9, 150-15ln20, 157n42

Industrial Reformation of English Fiction, The (Gallagher)《英国小说的工业变革》(加拉格尔), 121n38

Industrious Revolution, The (de Vries)《勤劳革命》(德·弗里斯), 29nl8, 49n74

Ingres, Jean Auguste Dominique 让·奥古斯特·多米尼克·安格尔, 103

In Memoriam (Tennyson)《悼念集》(丁尼生), 109-110, 137-141, 138n741

Inside Arthur Andersen (Squires et al)《安达信内幕》(斯夸尔斯等), 31n25

"Intelligence of the Middle Classes" (Brougham)《中产阶级的智性》(布鲁厄姆)

Introduction to the Reading of Hegel (Kojève)《黑格尔导读》(科耶夫), 30n21

"An Introduction to the Structural Analysis of Narrative" (Barthes)《叙事结构分析导论》(巴特), 70-71

Istorie Florentine (Machiavelli)《佛罗伦萨史》(马基雅维利), 4-5

Jakobson, Roman 罗曼·雅各布森, 167

James, Henry 亨利·詹姆斯, 54, 79, 94, 160

Jameson, Fredric 弗里德里克·杰姆逊, 157, 157n40, 163-164, 164n64

Jane Austen (Miller)《简·奥斯丁》(米勒), 96n50, 96n51

Jauss, Hans Robert 汉斯·罗伯特·姚斯, 58, 89-90, 98, 98n56

John Gabriel Borkman (Ibsen)《约翰·盖博吕尔·博克曼》(易卜生), 170, 174-175, 184

John Halifax, Gentleman (Craik)《绅士约翰·哈里法克斯》(克雷克), 9, 113, 117-120, 126, 132n58, 159

Joyce, James 乔伊斯·阿普尔比, 179

Joyless Economy, The (Scitovsky)《无乐趣的经济》(西托夫斯基), 49n74

Kant, Immanuel 伊曼努尔·康德, 181

Keefe, Rosanna 罗珊娜·基夫, 142n85

Kenilworth (Scott)《肯纳尔沃思堡》(司各特), 90-91

Keywords (Williams)《关键词》(威廉斯), 18, 31n24

Kingsley, Charles 查尔斯·金斯利, 110, 110n6

Knight Errant, The (Millais)《游侠骑士》(米莱斯), 104-108, **10**, 109, 140

Kocka, Jürgen 于尔根·科卡
    on bourgeoisie as class 论作为阶级的布尔乔亚, 3-4, 10, 157, 174n5
    on free time and work 论空闲时间与工作, 80nl6, 81
    on latecomer countries 论后发国家, 150-151, 150n20, 159n51

Kojève, Alexandre 亚历山大·科耶夫, 30

Koselleck, Reinhart 莱因哈特·柯塞勒克, 7-8, 18, 93n44

Kuhn, Thomas 托马斯·库恩, 64nI09

Kuske, Bruno 布鲁诺·库斯克, 25

索引

La Capra, Dominick 多米尼克·拉卡普拉, 98n58

Lade Bringas (Galdós)《布林加斯夫人》(加尔多斯), 157

Lady from the Sea, The (Ibsen)《海上夫人》(易卜生), 178

Laizik, Sue 苏·雷基克, 31n24

Landseer, Edwin Henry 埃德温·亨利·兰德希尔, 108

Lausberg, Heinrich 亨利希·劳斯贝格, 56n90

Lawrence, D. H. 劳伦斯, 150nl6, 154

Lay, Kenneth 肯尼斯·雷, 172

"Leaders of Industry" (Carlyle), (卡莱尔), 116

Legitimacy of the Modem Age, The (Blumenberg)《现代的正当性》(布鲁门伯格), 56n92, 61

Le Goff, Jacques 雅克·勒高夫, 149nl4

Le-Khac, Long 朗·勒-卡克, 128-129

Lemonnier, Camille 卡米耶·勒莫尼埃, 103n4

Lingua (journal)《语言》, 127—128n52

"Literary History as Challenge to Literary Theory" (Jauss)《文学史作为向文学理论的挑战》(姚斯) 98n56, 98n58

Literary Lab 文学实验室, xi, 10, 52n80, 59n96, 78nl2, 128n53, 131n56

Literary Studies (journal)《文学研究》(杂志), 137n71

Locke, John 约翰·洛克, 31n23, 36

Long Twentieth Century (Arrighi)《漫长的20世纪》(阿锐基), 26n7

Lord Grey 格雷勋爵, 12n24

Lost Illusions (Balzac)《幻灭》(巴尔扎克), 76, 92n43, 145-146

Lotman, Jurij M. 尤里·洛特曼, 168, 168n77

Love Letter (Vermeer)《情书》(维米尔), 5

Lucinde and the Fragments (Schlegel)《路琴德与断片集》(施勒格尔), 84n25

Lukács, Georg 格奥尔格·卢卡契 14, 54-55, 58, 65-66, 80-81

Machado de Assis 马查多·德·阿西斯, 145-148, 155, 167, 179

Machiavelli, Niccolo 马基雅维利·尼可罗, 4

Madame Bovary (Flaubert)《包法利夫人》(福楼拜), 77, 77nl1, 86n30, 97-99, 140

Madame Bovary on Trial (La Capra)《法庭上的包法利夫人》(拉卡普拉), 98n58
Madler, Gustav 古斯塔夫·马勒, 179
Mandeville, Bernard 伯纳德·曼德维尔, 47, 51
Manet, Edouard 爱德华·马奈, 104, 108, 179
Manifesto of the Communist Party. See《共产党宣言》, 见 Communist Manifesto《共产党宣言》
Mann, Thomas 托马斯·曼
 on bourgeois 论布尔乔亚, 17, 17n35, 20, 79-80, 94
 compared to Ibsen 同易卜生比较, 169
Doktor Faustus《浮士德博士》, 85
 and ernste Lebensfuhrung 与严肃的生活方式, 87
 on honesty 论诚实, 173
Mannheim, Karl 卡尔·曼海姆, 92
Marcus, Steven 斯蒂芬·马尔库斯, 133-134
Martineau, Harriet 马提诺·哈瑞特, 186
Martyr of Solway, The (Millais)《索尔韦的殉道者》(米莱斯), **11**, **12**
Marx, Karl 卡尔·马克思, 17, 34, 93, 101-2, 155
Marx-Engels Reader, The (Tucker, ed)《马克思恩格斯读本》(塔克编), 101nl
Masterbuilder, The (Ibsen),《建筑大师》(易卜生) 170-171
Master on the Periphery of Capitalism, A (Schwarz)《资本主义边缘的主人》(施瓦茨), 146n4
Mastro-Don Gesualdo (Verga)《杰苏阿多工匠老爷》(维尔加), 150-155, 150nl69, 151n22-23, 174
Mayer, Arno 亚诺·迈耶, 114, 114nl5, 160n53, 184
Maza, Sarah 莎拉·玛萨, 15n28
McCloskey, Deirdre N. 迪尔德丽·N. 麦克洛斯基, 173

McDougall, Lorma 洛玛·麦克道格, 31n25
McKendrick, Nei 尼尔·麦肯德里克 49, 49n76
McKenzie, Roderick D. 罗德里克·D. 麦肯泽, 122n41
McLean, Bethany 伯达尼·麦克林, 185n27

Meiksins Wood, Ellen 艾伦·麦克森斯·伍德, 2n3, 120n35

Men of Property (Rubinstein)《有财产的人》(鲁宾斯坦), 144n93

Merchants and Revolution (Brenner)《商人与革命》(布伦纳), 27n9

"Middle Class and Authoritarian State" (Kocka)《中产阶级与威权国家》(科卡), 3n7, 10nl9

Middlemarch (Eliot)《米德尔马契》(爱略特), 78-79, 78nl3, 83-84, 11 ln9, 127, 177-178

Mill, James 詹姆斯·密尔, 10, 11

Mill, John Stuart 约翰·斯图亚特·密尔, 181, 186

Millais, John Everett 约翰·埃弗里特·米莱斯, 104—108, 109

Miller, D. A. D.A. 米勒, 96n50, 96n51, 99n59

Mimesis (Auerbach)《摹仿论》(奥尔巴赫)

    on Balzac 论巴尔扎克, 91-93, 92n43, 98n57, 155

    on Russian novelistic characters 论俄罗斯小说的篇章, 168, I68n78

    and "serious everyday" 与《严肃的日常生活》, 71-72n4, 77, 77nl1, 79, 167

Misplaced Ideas (Schwarz)《错位的观念》(施瓦茨), 5, 146-147, 146n3, 149, 149nl5, 158, 158n45

Mitchell, Allan 艾伦·米切尔, 159n51

Moore, Barrington 巴林顿·摩尔, 81

Moral Aspects of Economic Growth (Moore)《经济增长的道德面向》(摩尔), 81n19

    "The Moral Economy of Science" (Daston)《科学的道德经济学》(达斯顿), 86n32

    "The Moral Economy of the English Crowd in the Eighteenth Century" (Thompson)《18世纪英国群众的道德经济学》(汤普森), 118n27

    "Moral Standards and Business Behaviour in Nineteenth-Century Germany and Britain" (Tilly)《19世纪德国与英国的道德标准与商业行为》(梯利), 174n5

Moraze, Charles 夏尔·莫拉泽, 45

Moretti, Franco 弗朗哥·莫莱蒂, 22, 157n40

Morley, John 约翰·莫雷, 138, 142

Muller, Adam 亚当·米勒, 92

The Myth of the French Bourgeoisie(Maza)《法国布尔乔亚的神话》(玛萨), 15n28

Narrative Modes in Cqech Literature(Dolezel)《捷克文学的叙事模式》(多勒泽尔), 96n51

"Der Nationalstaat und die Volkswirtschaftspolitik"(Weber)《民族国家与经济政策》(韦伯), 1n1

"The Natural History of the Newspaper" (Park)《报纸的自然史》(帕克), 122n41

Nerlich, Michael 米歇尔·内里希, 16n32, 25

Newman, John Henry 约翰·亨利·纽曼, 49n73, 137, 137n70, 142

New Spirit of Capitalism, The (Boltanski and Chiappello, eds)《新型的资本主义精神》(博尔坦斯基与齐亚佩洛, 编), 115n20

New York Times《纽约时代周刊》, 172n3–4

Ngai, Sianne（倪迢雁）, 147, 147n7

Nietzsche, Friedrich 尼采, 130, 133, 154–155

Nock, O. S. O. S. 诺克, 144n93

North and South (Gaskell)《南方与北方》(盖斯凯尔夫人)

　adjective use in (《南方与北方》) 中形容词的使用, 126–127, 129–130, 132–133n58

　bourgeois described (《南方与北方》) 中对于布尔乔亚的描述, 16–17, 121

　"influence" and "personal contact" in (《南方与北方》) 中的"影响"与"个人间接触", 121–125, 123n43

　and "useful" knowledge 与"有用的"知识, 137

　"The Notion of Bourgeois Revolution" (Anderson)《资产阶级革命的概念》(安德森), 3n6

Novak, Maximillian 马克西米利安·诺瓦克, 34n31

Novel, The (Moretti, ed)《小说》(莫莱蒂, 编), 157n40

Novel and the Police, The (Miller)《小说与治安》(米勒), 99n59

Novel and the Sea, The (Cohen)《小说与海洋》(科恩), 27

Obama, Barack 贝拉克·奥巴马 133n59

Objectivity (Daston and Galison)《客观性》(达斯顿和加里森), 89

Oblomov (Goncharov)《奥勃洛莫夫》(冈察洛夫),165

Officer and Laughing Girl (Vermeer)《军人与微笑的女郎》(维米尔),**6**

Olympia (Manet)《奥林匹亚》(马奈),102–104,103,108,140,**8**

On Compromise (Morley)《论妥协》(莫雷),138,142

On Heroes, Hero-Worship, and the Heroic in History (Carlyle, ed. Goldberg)《论英雄、英雄崇拜与历史上的英雄业绩》(卡莱尔著,乔治伯格编),131–132,132n57

"On the Nature and Form of the Essay" (Lukacs)《论说文的本质和形式》(卢卡契),54n87

On the Present Condition of the Labouring Poor in Manchester (Parkinson)《论曼彻斯特劳动贫困的现状;及改善的建议》(帕金森),11n21,120–121,121n36

"On Wall Street Today, a Break from the Past" (Glater)《论今日华尔街,一次同过去的决裂》(格拉特),172n4

Origines de L'esprit bourgeois en France (Groethuysen)《法国布尔乔亚精神的起源》(格罗修森),6–7

Origin of Species, The (Darwin)《物种起源》(达尔文),109

Origins of Totalitarianism, The (Arendt)《极权主义的起源》(阿伦特),20n43

Orlando, Francesco 弗朗西斯科·奥兰多,93n46

Orwell, George 乔治·奥威尔,144n93

Orwell, Sonia 索尼娅·奥威尔,144n93

Osiris (journal)《奥西里斯》(杂志),86n32

Other Victorians, The (Marcus)《另类维多利亚人》(马尔库斯),133

Our Mutual Friend (Dickens)《我们共同的朋友》(狄更斯),127

Outline of a Theory of Practice (Bourdieu)《实践理论大纲》(布迪厄),57n93

Paese di cuccagna, Il (Serao)《幸福之国》(塞拉奥),157

Painting of Modern Life, The (Clark)《现代生活的画像》(克拉克),103n3

Park, Robert E. 罗伯特·E. 帕克,122n41

Parkinson, Richard 理查德·帕金森,11,120–123,123n43

Pascal, Roy 罗伊·帕斯卡,95

Passions and the Interests (Hirschmann)《激情与旨趣:资本主义在其胜利前的政治论辩》(赫希曼),32n26

Past and Present (Carlyle)《过去与现在》(卡莱尔), 116–117, 116n21, 136
Past and Present (journal)《过去与现在》(杂志), 118n27
Pater, Walter 沃尔特·佩特, 77
Pere Goriot (Balzac)《高老头》(巴尔扎克), 92
Perez Galdos, Benito 佩雷兹·加尔多斯, 73n8, 112, 112n11, 149, 157, 160, 163
Pericoli, Tullio 图里奥·佩瑞科里, 36
Persistence of the Old Regime, The (Mayer)《旧制度的持存》(迈耶), 114n15, 160n53
Phenomenology of Spirit (Hegel)《精神现象学》(黑格尔), 30, 35n34, 56
Pilgrim's Progress (Bunyan)《天路历程》(班扬), 47, 47n67, 58–61, 139
Pillars of Society (Ibsen)《社会支柱》(易卜生), 170–171, 174, 178–179
Pinard, Ernest (prosecutor) 恩斯特·毕纳德(公诉人), 97–99, 97n55
Place de L'Europe (Caillebotte)《欧洲的广场》(卡耶博特), 7
Plumpe, Gerhard (格哈德·普林佩), 93n44
  "Politics and the English Language" (Orwell)《政治与英语》(奥威尔), 144n93
  "The Poor Old Woman and Her Portraitist" (Schwarz)《贫穷的老妇与她的肖像画家》(施瓦茨), 146n3
Poor Richard's Almanack (Franklin)《穷理查年鉴》(富兰克林), 47
Posthumous Memoirs of Bras Cubas, The (Machado)《布拉斯·库巴斯死后的回忆》(马查多), 145–148
Powers, Hiram 鲍尔斯, 108
Poynter, Edward 波因特·爱德华, 108
  "Present System of Education", in Westminster Review (1825)《当前的教育系统》, 在《威斯敏斯特评论》, 166n68
Pride and Prejudice (Austen)《傲慢与偏见》(奥斯丁), 71–72, 95, 99
Prison Notebooks (Gramsci)《狱中札记》(葛兰西), 121n39
Pristine Culture of Capitalism (Wood)《资本主义的原始文化》(伍德), 2n3, 120n35
Problems of Dostoevsky's Poetics (Bakhtin)《陀思妥耶夫斯基诗学问题》(巴赫金), 167n75
Problems of Moral Philosophy (Adorno)《道德哲学的问题》(阿多诺), 179n13
Protestant Ethic and the Spirit of Capitalism, The (Weber)《新教伦理与资本主义精

神》(韦伯)

Asceticism 禁欲主义, 44—45

"calling" "天职", 42

"capitalist adventurer" "资本主义冒险家", 26, 33

"irrational" "非理性", 43—44n56, 100

work culture 工作文化, 2, 43, 56, 81, 100

Proust, Marcel 马赛尔·普鲁斯特, 77, 160

Prus, Boleslaw 波·普鲁斯, 156, 158-159

Quademi del carcere (Gramsci)《狱中札记》(葛兰西), 20n42, 115n18, 121, 125n48

"Quantitative History of 2, 958 Nineteenth-Century British Novels" (Heuser and Le-Khac)《对2958部19世纪英国小说的计量史学研究：语义队列方法》(霍伊泽尔，勒-卡克), 128n53

Quincas Borba (Machado)《金卡斯·博尔巴》(马查多), 147-148

Quintessence of Capitalism, The (Sombart)《资本主义的精华》(桑巴特), 35n32, 183n22

Raises do Brasil (Buarque)《巴西之根》(布瓦尔克), 158, 158n45

"The 'Recit de Theramene' in Racine's Phedre" (Spitzer)《拉辛〈费德尔〉中的"德拉曼尔叙事"》(斯皮策), 127-128n52

Re-Dressing the Canon (Solomon)《重修正典》(所罗门), 186n28

Reform Act (1832)《改革法案》, 11-12, 12n24, 114

Relentless Revolution (Appleby)《无情的革命》(阿普尔比), 29n18

"Remarks on the Function of Language in Freudian Theory" (Benveniste)《论弗洛伊德理论中的语言的功能》(邦弗尼斯特), 18n39

Renewal of Pagan Antiquity, The (Warburg)《异教古代的复兴》(瓦尔堡), 5n13, 27n8

Reppen, Randi 兰迪·瑞潘, 163n61

Ridicolo nel teatro di Moli re, Il (Fiorentino)《莫里哀戏剧中的嘲讽》(费奥伦蒂诺), 162n59

Ring, The (Wagner)《[尼伯龙根的]指环》(瓦格纳), 184

"The Rise of Literal-Mindedness" (Burke)《务实心态的兴起》(伯克), 61n102
Rise of Respectable Society, The (Thompson)《上流社会的兴起》(汤普森), 12n24
Rise of the Novel (Watt)《小说的兴起》(瓦特), 26n4
Robinson Crusoe (Defoe)《鲁滨孙历险记》(笛福)
  as adventure 作为冒险, 25–29
  compared to *Pilgrims Progress* 同《天路历程》比较, 58–62
  Dickens on 狄更斯论《鲁滨孙历险记》, 73n6
  gerunds, use of《鲁滨孙历险记》中动名词的使用, 14, 52–53, 52n80, 55
  prose style 散文的风格, 39, 73, 82, 87–88
  on "providence of God" 论上帝的意旨, 58
  "things" of use "things" 的使用, 60–65
  and tools 与工具, 35–38
  "two souls" of 两个灵魂, 34–35
  wealth accumulation of 财富积累, 27n9, 28
  and work 与工作, 29–30, 30n23, 32, 32n27
Robinson Crusoe, frontispiece《鲁滨孙漂流记》标题页, 32
Rochau, Ludwig August von 路德维希·奥古斯都·冯·罗豪, 93
  "The Role of Dual Models in the Dynamics of Russian Culture" (Lotman and Uspenskij)《二元模式在俄罗斯文化力学中的作用》(洛特曼与乌斯宾斯基), 168n77
Rothschild brothers 罗斯柴尔德兄弟, 86n30
Rousseau, Jean-Jacques 让-雅克·卢梭, 33
Rubinstein, W. D. 鲁宾斯坦, 144n93
Rucellai, Giovanni 杰奥瓦尼, 26–28
Ruskin, John 约翰·拉斯金, 142

Sartre, Jean-Paul 萨特, 110
Savage Landor, Walter 沃尔特·萨维奇·兰德, 73n6
Scenes from the Drama of European Literature (Auerbach)《欧洲文学的戏剧场景》(奥尔巴赫), 163n62
Schama, Simon 西蒙·沙玛, 5–6, 62n103

Schivelbusch, Wolfgang 沃尔夫冈·希维尔布希, 50-51, 50n78

Schlegel, Karl Wilhelm Friedrich 弗里德里希·施勒格尔, 84, 132

Schnitzler, Arthur 阿图尔·施尼兹勒, 160

Schumperer, Joseph 约瑟夫·熊彼特, 15n29, 16n31, 21, 50n77, 186

Schwarz, Roberto 罗伯托·施瓦茨, 42, 146-149, 146n3-5, 149nl5, 158n45, 167

"Science as a Vocation" (Weber)《以学术为业》(韦伯), 43, 66n ll4, 84, 131n55, 140n78

Scitovsky, Tibor 提勃尔·西托夫斯基, 49n74

Scott, Walter 沃尔特·司各特, 75, 76nl0, 90, 93, 137

Secular Age, A (Taylor)《世俗时代》(泰勒), 86n31

Securities and Exchange Commission 美国证券交易管理委员会, 185

Seed, John 约翰·锡德, 115, 115nl9

Self-Help (Smiles)《自助》(斯迈尔斯), 125-126, 125n49, 129, 136n65-66

Selkirk, Alexander 亚历山大·塞尔柯克, 29

Semiotics of Russian Culture, The (Shukman, ed.)《俄罗斯文化符号学》(舒克曼, 编), 168n77

Sentimental Education (Flaubert)《情感教育》(福楼拜), 78

Serao, Matilde 马蒂尔德·塞洛, 157

"Du serieux et du romanesque dans lavie anglaise et americaine", in *Revue des deux mondes* "英国人与美国人生活中的严肃与浪漫", 在《两个世界杂志》中, 88

Serious Reflections during the Life and Surprising Adventures of Robinson Crusoe (Defoe)《对幻想着天使世界的鲁滨孙·克鲁索的生活与奇遇的严肃思考》(笛福), 64nl08

Sertoli, Giuseppe 朱塞佩·塞尔托利, 33n29

Shakespeare, William 威廉·莎士比亚, 175

Shaw, George B. 萧伯纳, 175, 187

Sherman, Stuart 斯图尔特·谢尔曼, 29nl5

Shklovsky, Viktor 维克多·什克洛夫斯基, 167, 167n74

Shukman, Ann 安·舒克曼, 168n77

Simmel, Georg 格奥尔格·西美尔, 55n88

Skilling, Jeff 杰夫·斯基林, 185

Smartest Guys in the Room, The (McLean and Elkind)《房间里最聪明的人》(麦克林、艾尔金德), 185n27

Smiles, Samuel 萨缪尔·斯迈尔斯, 125-126, 127–128n52, 129, 136

Smith, Alison 艾莉森·史密斯, 103n4

Smith, Synthia J. 辛西娅·J. 史密斯, 31n25

Smith, Peter 彼得·史密斯, 142n85

Society for the Diffusion of Useful Knowledge 有用知识推广协会, 137

"Soldiers and Enigmatic Girls" (Helgerson)《士兵与神秘女郎》(黑格森), 15n30

Solomon, Alisa 艾丽莎·所罗门, 186n28

Sombart, Werner 维尔纳·桑巴特, 35n32, 183

Some Versions of Pastoral (Empson)《田园诗的几种形式》(燕卜荪), 28

Sontag, Susan 苏珊·桑塔格, 71n3

Soul and Form (Lukacs)《心灵与形式》卢卡契, 81nl7

"Soziologische Aesthetik" (Simmel)《审美社会学》(西美尔), 55n88

Spielberg, Steven 史蒂文·斯皮尔伯格, 23n47

Spitzer, Leo 里奥·斯皮策, 127–128n52

Squires, Susan E. 苏珊·E. 斯奎尔斯, 31n25

Staiger, Emil 埃米尔·施塔格尔, 63

Stanford Literary Lab. See Literary Lab 斯坦福文学实验室。见文学实验室

Steele, Richard 理查德·斯蒂尔, 29nl7

Steen, Jan 扬·斯蒂恩, 6

Stories of Three Decades (Mann)《三十年小说集》(曼), 23

Story and Discourse (Chatman)《故事与话语》(查特曼), 70

Strachey, Lytton 利顿·斯特拉齐, 135n61

Style (journal)《语体》(杂志), 96n51

"Le style indirecte libre en frangaismoderne" (Bally)《双重声音：自由间接引语及其在19世纪欧洲小说中的功能》(巴利), 97n53

Subjection of Women, The (Mill)《妇女的屈从地位》(密尔), 186

Tastes of Paradise (Schivelbusch)《味觉乐园》(希维尔布希), 50n78

Taylor, Charles 查尔斯·泰勒, 86

Telling Time (Sherman)《生动的时间》(谢尔曼), 29nl5

Templeton, Joan 琼·坦普尔顿, 186n28

Tempus (Weinrich)《时态》(维因里希), 78nl2

Tennyson, Alfred 阿尔弗雷德·丁尼生, 109–110, 111nl0, 112, 137–140

Tennyson, Hallam 哈勒姆·丁尼生, 140n77

Theorie des bürgerlichen Realismus (Plumpe, ed)《布尔乔亚现实主义理论》(普林佩), 93n44

Theory of the Leisure Class (Veblen)《有闲阶级论》(凡勃伦), 48

Theory of the Novel (Lukacs)《小说理论》(卢卡契), 14, 54, 65–66, 66nl13

Thibaudet, Albert 阿尔贝·蒂博代, 84

"Thomas Mann o dell'ambiguita borghese" (AsorRosa)《托马斯·曼, 或布尔乔亚的含混》(亚索·罗萨), 17n35

Thompson, E. P. 爱德华·汤普森, 118, 118n27, 120

Thompson, F. M. L. 汤普森, 12n24

Tilly, Richard 理查德·梯利, 174n5

Tobler, Adolf 阿道夫·托布勒, 94

Tom Brown's Schooldays (Hughes)《汤姆·布朗的求学时代》(休斯), 131, 135

Torquemada (Perez Galdos)《托克马达》(佩雷斯·加尔多斯), 149, 157–158, 160–164

Toward a Freudian Theory of Literature (Orlando)《走向一种弗洛伊德式的文学理论》(奥兰多), 93n46

Toward an Aesthetic of Reception (Jauss)《文学史作为向文学理论的挑战》(姚斯), 90n37, 98n56

Travaux du seminaire de philology romane (Journal)《罗曼语语文学研讨课》(杂志), 72n4

Traviata (Verti)《茶花女》(威尔第), 112, 112n12

Tucker, Robert C. 罗伯特·C. 塔克, 101nl

Turgenev, Ivan 伊凡·屠格涅夫, 166

Two Treatises on Government (Locke)《政府论两篇》(洛克), 31n23

Ugly Feelings (Ngai)《丑陋的感觉》(恩迦), 147n7

Uspenskij, Boris A. 鲍里斯·乌斯宾斯基, 168, 168n77

Vagueness (Keefe and Smith, eds)《模糊论读本》(基夫、史密斯编), 142n85

Varieties of Cultural History (Burke)《多样的文化史》(伯克), 61n102

Veblen, Thorstein 凡勃伦, 48

Venus Anadyomne (Ingres)《从海中诞生的维纳斯》(安格尔), 103–105, 9

Verti, Giuseppe 威尔第, 112

Verga, Giovanni 乔万尼·维尔加, 23, 149–155, 150nl9, 151n21, 156, 158, 160, 174

Vermeer, Johannes 约翰内斯·维米尔, 67–69, 72, 80

Verne, Jules 儒勒·凡尔纳, 82

Victorian Cities (Briggs)《维多利亚时代的城市》(布里格斯), 122n40

Victorian era 维多利亚时代

    adjectives of (维多利亚时代) 的形容词, 14, 19, 125–131, 127n50, 137, 144

    anti-intellectualism in (维多利亚时代) 的反智主义, 136

    in bourgeois history 布尔乔亚历史中的 (维多利亚时代), 4–6, 13

    Britain's hegemony during (维多利亚时代) 的英国霸权期间, 133–135

    compared with post-war United States 同战后的美国相比, 22–23, 137

    literature of (维多利亚时代) 的文学 117–120, 178

    nudes 裸体画, 102–108

    sentimentalism of (维多利亚时代) 的感伤主义, 108–112, 135

    "Victorianism" term use "维多利亚主义" 术语的使用, 133–134

Victorian Frame of Mind, The (Houghton)《维多利亚人的心智框架》(霍顿), 110n6, 137n67

Victorian Nude, The (Smith)《维多利亚时代的裸体画》(史密斯), 103n4

Victorian People (Briggs)《维多利亚时代的人民》(布里格斯), 135n61

von Rochau, Ludwig August 路德维希·奥古斯都·冯·罗豪, 93

Wahrmann, Dror 德洛尔·沃尔曼, 12n24, 143–144

Waldron Neumann, Anne 沃尔德伦·纽曼, 96n51

Wallerstein, Immanuel 伊曼纽尔·沃勒斯坦, 1, 8, 8nl7

Wanderjahre (Goethe)《威廉·麦斯特的漫游年代》(歌德), 39–40

Warburg, Aby 阿比·瓦尔堡, 5, 26-28

Watt, Ian 伊恩·瓦特, 26n4

Waverley (Scott)《威弗莱》(司各特), 75

"The Waverley Novels" (Bagehot)《威弗利小说》(白芝浩), 137n71

Way of the World, The (Moretti)《世界之路》(莫莱蒂), 22

Webb, Ignor 伊格诺尔·韦伯, 113-114, 114n 13

Weber, Max 马克斯·韦伯

    on asceticism 论禁欲主义, 44–45

    on "clarity" "明晰性", 181

    and Defoe 与笛福, 13, 26, 39

    "disenchantment" "祛魅", 22-23, 66, 130-131, 134

    and "irrationality" 与"非理性", 43–44, 43n56-57, 88–89, 186

    and Lukacs 与卢卡契, 66, 81

    and "rationalization" 与"合理性", 35, 38–39, 81-82, 88–89

    on vocation 论使命, 84, 100, 140

    on work 论工作, 34, 42–43

Weinrich, Harald 哈拉尔·维因里希, 78n12

Westminster Review (Journal)《威斯敏斯特评论》(杂志), 165–166

"Who Can Tell Me That This Character Is Not Brazil?"(Schwarz)《谁能告诉我这种品格不是巴西的?》(施瓦茨), 149n15

Wiener, Martin J. 马丁·威纳, 114, 114nl4, 115

Wild Duck, The (Ibsen)《野鸭》(易卜生), 170-171, 174-176, 178-179

Wilhelm Meisters Apprenticeship (Goethe)《威廉·麦斯特的学习年代》(歌德), 39-40, 40n47, 73-75, 85-86

Wilhelm Meisters Journeyman's Years (Goethe)《威廉·麦斯特的漫游年代, 或断念者》(歌德), 39-40, 39n41

Williams, Raymond 雷蒙·威廉斯, 18, 31n24, 124, 124n46

Wolff, Janet 珍妮特·伍尔夫, 115, 115nl9

Wollstonecraft, Mary 玛丽·沃斯通克拉夫特, 186

Woman in Blue Reading Letter (Vermeer)《读信的蓝衣女人》(维米尔), 4

Woolf, Virginia 弗吉尼亚·伍尔夫, 178

Works of the Honourable Robert Boyle, The (ed. Birch)《罗伯特·波义耳阁下作品集》(伯奇编), 64nl09

Wretched of the Earth, The (Fanon)《全世界受苦的人》(法农), 110

Wright Mills, C. 赖特·米尔斯, 66nl14, 84n26

Yeack, William R. 威廉·R. 耶克, 31n25

Your Money or Your Life (LeGoff)《你们的金钱与你们的生活》(勒高夫), 149nl4

Zeitschrift fur romanische Philologie (Journal)《罗曼语语文学杂志》(杂志), 94

Zerubavel, Eviatar 伊维塔·泽鲁巴维尔, 81

Zweckrationalitat 目的理性, 44, 53

图片来源

Introduction: Jan Steen, *The Burgher of Delft and his Daughter*, 1655. With permission from the Bridgeman Art Library.

Part 1: Frontispiece for *Robinson Crusoe*, author's own.

T. Pericoli, *Robinson e gli attrezzi*, 1984, India ink and watercolor on paper, 76 cm× 57 cm. With permission from Studio Percoli.

Part 2: Johannes Vermeer, *Woman in Blue Reading Letter*, 1663, oil on canvas, 47 cm×39 cm. With permission from the Bridgeman Art Library.

Vermeer, *Love Letter*, 1669, oil on canvas, 44 cm×38 cm. With permission from the Bridgeman Art Library.

Vermeer, *Officer and Laughing Girl*, 1657. Courtesy of the Frick Collection.

Gustave Caillebotte, *Study for a Paris Street, Rainy Day*, 1877, oil on canvas. With permission from the Bridgeman Art Library.

Part 3: Édouard Manet, *Olympia*, 1863, oil on canvas. With permission from the Bridgeman Art Library.

Jean Auguste Dominique Ingres, *Venus Anadyomene*, 1848, oil on canvas. With permission from the Bridgeman Art Library.

John Everett Millais, *A Knight Errant*, 1870. With permission from the Bridgeman Art Library.